茅盾研究
八十年書系

丁爾綱◎著

錢振綱・鍾桂松◎主編

48

茅盾：翰墨人生
八十秋(下)

花木蘭文化出版社

國家圖書館出版品預行編目資料

茅盾：翰墨人生八十秋（下）／丁爾綱 著 — 初版 — 新北市：
花木蘭文化出版社，2014〔民 103〕
目 4+172 面；19×26 公分
（茅盾研究八十年書系；第 48 冊）
ISBN：978-986-322-738-0（精裝）
1. 沈德鴻　2. 中國當代文學　3. 文學評論
820.908　　　　　　　　　　　　　　103010660

中國茅盾研究會《茅盾研究八十年書系》編委會

主　編：錢振綱　鍾桂松

副主編：許建輝　王中忱　李　玲

特邀顧問：

邵伯周　孫中田　莊鍾慶　丁爾綱　萬樹玉　李　岫

王嘉良　李廣德　翟德耀　李庶長　高利克　唐金海

茅盾研究八十年書系
第四八冊　　　　　　　　　　　　ISBN：978-986-322-738-0

茅盾：翰墨人生八十秋（下）

本書據長江文藝出版社 2000 年 12 月版重印

作　　者　丁爾綱
主　　編　錢振綱　鍾桂松
總 編 輯　杜潔祥
副總編輯　楊嘉樂
編　　輯　許郁翎
出　　版　花木蘭文化出版社
社　　長　高小娟
聯絡地址　235 新北市中和區中安街七二號十三樓
　　　　　電話：02-2923-1455／傳真：02-2923-1452
網　　址　http://www.huamulan.tw 信箱 hml 810518@gmail.com
印　　刷　普羅文化出版廣告事業
初　　版　2014 年 7 月
定　　價　60 冊（精裝）新台幣 120,000 元

茅盾：翰墨人生八十秋（下）

丁爾綱　著

目次

第七章　把文學與民族、民衆的
　　　　　共同命運拉得更緊

《新華日報》和香港辦刊

　　1937 年日寇大舉侵華的「七七」事變發生了！7 月 30 日北平、天津相繼淪陷。接著日軍逼近上海。8 月 10 日，上海的戰火將燃，茅盾和鄒韜奮、胡愈之、馮雪峰等集合達成共識：「救亡工作百廢待興，這不能靠國民黨的官辦衙門，必須立即動員群衆組織自己來幹。文化宣傳工作也是一樣。而這一切又必須首先從政府那裡爭得公開合法的地位。」他們估計大型刊物難以再辦。鄒韜奮決定恢復其停辦了的小型刊物《生活星期刊》，並辦《救亡日報》。茅盾和胡愈之、馮雪峰、巴金等則醞釀由《文學》、《中流》、《文叢》、《譯文》四家即將停刊的雜誌社合辦一個小型文學刊物。經過醞釀，公推茅盾爲主編，巴金爲發行人，定名《吶喊》。「八一三」上海抗戰爆發，25 日《吶喊》創刊。茅盾在《本刊啓事》中說：「四社同人當此非常時期，思竭綿薄，爲我前方忠勇之將士，後方義憤之民衆，奮其禿筆，吶喊助威，援集群力，合組此刊」，「經費皆同人自籌，編輯寫稿，咸盡義務。」〔註1〕茅盾在創刊獻詞《站上各自的崗位》中熱血激蕩地說：「中華民族開始怒吼了！中華民族的每一個兒女趕快從容不迫地站上各自的崗位罷！向前看！」「這炮火，這血，這苦痛，這悲劇之中，就有光明和快樂產生，中華民族的自由解放！」「在必要的時候，

〔註1〕　轉引自《我走過的道路》，《茅盾全集》第 35 卷第 139 頁。

人人都要有拿起槍來的決心」，目前應「站在各自的崗位上，做他應做的而且能做的工作」。「我們一向從事於文化工作。在民族總動員的今日」，就要「和民族獨立自由的神聖戰爭緊緊地配合起來」。「我們的武器是一枝筆」：曾畫過民族戰士的英姿，漢奸們的醜臉譜；曾喊出同胞們的憤怒和保衛祖國的決心。「我們今後仍將如此做」。「和平，奮鬥，救中國，我們要用血淋淋的奮鬥來爭取光榮的和平！」〔註2〕這些話是人民的心聲；也是茅盾八年抗戰不懈奮鬥的行動綱領！《吶喊》週刊連出兩期，產生了很大影響。使假抗戰的上海當局害怕起來：他們扣報紙，打報童。種種迫害接踵而來。茅盾等奮力抗爭，在國民黨中宣部長邵力子的幫助下才獲准繼續發行。第三期起改名《烽火》，11 月 12 日上海淪陷後遷往廣州，由巴金主編，茅盾改任發行人。

9 月上旬上海已呈不能久守之勢。茅盾被迫作轉移準備。母親堅持留在烏鎮，反倒催他們趕快離滬。茅盾先把兒女送長沙孔德沚的老友陳達人處就讀。返程經武漢，答應生活書店之約：主編一文藝新刊以代替《文學》。此時長江航線已為戰火所阻，茅盾只好繞道浙贛線，經南昌赴杭州，再經紹興乘船返滬。抵家時已是 11 月 12 日晚，上海恰於當日淪陷！

1937 年除夕，茅盾攜夫人離開生活戰鬥了 20 年的上海，乘船到長沙與子女會合。在文藝界舉行的歡迎茶話會上，會見了包括轉移在此的老朋友和新朋友田漢、孫伏園、王魯彥、黃源、張天翼等在內的許多同行。特別是抗戰開始時茅盾第一個接觸到的以公開身份活動，正籌備中共和八路軍駐長沙辦事處的紅色教育家徐特立。徐老關於在湖南開展抗日工作比去陝北更重要的談話，給茅盾留下深刻印象。後來茅盾把這一戰略性思想寫進長篇《第一階段的故事》之《楔子》裡。徐老還稱讚茅盾的短篇《大鼻子的故事》寫得好。茅盾趁機向各同行約稿，也應邀為他們寫了五篇鼓吹抗日文學的文章。

春節過後茅盾赴武漢與鄒韜奮商定：辦一綜合性半月刊《文藝陣地》，社址在廣州；由鄒韜奮所辦的總店在武漢的生活書店廣州分店出版。茅盾拜會了正在漢口主持中共與八路軍辦事處與剛創刊的《新華日報》的董必武。董老指定負責中共直屬特科的吳奚如負責給茅盾提供反映八路軍和敵後鬥爭的稿件。茅盾還向在《新華日報》工作的樓適夷，以及老舍、葉以群、馮乃超、洪深、羅蘇等約稿。他自己也成為對方的約稿對象。短短十多天他寫了九篇文章。2 月 24 日茅盾舉家抵廣州。正在此辦《立報》的薩空了邀他定居香港

〔註2〕 《茅盾全集》第 16 卷第 80～81 頁。

兼辦《立報・言林》。經與生活書店廣州分店商定：在港編好稿子送廣州印刷出版，茅盾則定期往來於香港廣州之間。

　　這時的茅盾的思想境界與閱讀視野，已經大不同於在孤島上海時期了。抗戰開拓了抗日救亡的新局面，蔣政權的白色恐怖已被民族救亡政治大潮所沖淡；政治封鎖相對放鬆。1936 年 12 月 12 日的西安事變，於 25 日在中共調停下得到解決，達成了「聯共抗日」的協議，共產黨可以在國統區公開設立辦事處。到了香港這個自由城市，國民黨雖有滲透，但鞭長莫及。這一切使茅盾從上海與地下黨聯繫鬆散的困境下解脫出來，能閱讀許多有關中共與解放區的書刊讀物。茅盾在長沙就看到《毛澤東傳》、《朱德傳》等書報刊物。〔註3〕駐香港的八路軍辦事處和黨的負責人廖承志，和茅盾建立了密切的聯繫。他不僅派青年黨員文學家杜埃與茅盾聯繫，還長年供應茅盾一份《新華日報》。當時「國民黨封鎖《新華日報》」，在香港，「往往是一份報紙幾十個人輪流閱讀」。茅盾得到，「如獲至寶」，他高興地對經常來送報的杜埃說：「有了它，就有了指路明燈」，「該怎麼感激黨才好呢，我個人就獨佔一份報啊！」〔註4〕這樣茅盾和黨就有兩條直通的熱線：由武漢（後來到了重慶）的董必武通過吳奚如提供解放區和敵後八路軍的稿件的線；在香港的中國共產黨的派出機構負責人廖承志的直接聯繫以及通過杜埃保持經常聯繫的線。從此能源源不斷地聽到中央文件精神和政策的傳達，讀到包括毛澤東的論著在內的中共負責人的論著和黨在解放區、國統區出版的書刊。茅盾這時所寫的評論和所辦的《文藝陣地》上發表的論評，特別具有宏觀性與透徹性，發表的作品視野寬，涵蓋面空前地廣闊，這一切顯然與此有關。茅盾經常根據「《新華日報》評論的精神寫成文藝性評論；還把解放區的文化動態編進刊物中去，擴大傳播」。〔註5〕他實際上成了溝通黨和人民群眾及廣大讀者的重大樞紐。

　　茅盾抵港不久，他約的稿件就源源不斷地由生活書店廣州分店轉來。其中有董必武推薦來的陸定一的報告文學《一件並不轟轟烈烈的故事》，有從臨汾寄來的劉白羽的速寫《瘋人》與蕭紅的散文《記鹿地夫婦》，有津浦前線滇

〔註3〕　《我走過的道路》，《茅盾全集》第 35 卷第 159 頁。
〔註4〕　杜埃：《臨歸凝睇，難忘蓓蕾——悼念我國偉大的革命作家茅盾同志》，《憶茅公》第 202 頁。《新華日報》1938 年 1 月 11 日於武漢創刊，同年 10 月 25 日遷往重慶，直接接受周恩來同志的領導。
〔註5〕　《憶茅公》第 202 頁。

軍中的張天虛的報告文學《雪山道中》，有遠在四川的葉聖陶寄的雜感《從疏忽轉到嚴謹》，有武漢的老舍寄來的新京劇《忠烈圖》，有鄭振鐸從孤島上海寄來的魯迅遺下的書簡，等等。

　　審讀編發這批文章，茅盾覺得胸中似有一張涵蓋國內國外的時代鳥瞰圖。閱讀源源不斷的來稿，等於不斷開拓自己的視野。

　　茅盾在《發刊詞》中寫道：「我們現階段的文藝運動，一方面需要在各地多多建立戰鬥的單位，另一方面也需要一個比較集中的研究理論，討論問題，切磋，觀摩，──而同時也是戰鬥的刊物。《文藝陣地》便是企圖來適應這需要的。這陣地上，立一面大旗，大書擁護抗戰到底，鞏固抗戰的統一戰線！」「這陣地上，將有各種各類的『文藝兵』」，「又將有新的力量，民族的文藝的後備軍」；「這陣地上將有各式各樣的兵器──只要為了抗戰，兵器的新式或舊式是不應該成為問題的。」他號召：「讓我們來鞏固這陣地罷！」在《編後記》中茅盾宣告：每期都想保持「議論多於作品」的特色。創作則每期有一篇「把現實生活的種種經過綜合分析提煉，典型地表現出來的」作品；「舊瓶裝新酒」的「試驗品」和「從平凡中見出深刻」的通訊報告。此外每期都設「書報述評」檔目，溝通編者、作者與讀者。

　　《文藝陣地》「一炮打響」了。刊物不僅發行到全國各地，還傳播到解放區以至海外。在抗戰時期它的作用，從文學史的眼光看，堪與「五四」時的《小說月報》、左聯時的《文學》比肩；所以被鄒韜奮譽為「一面戰鬥的旗幟」！

　　茅盾特別注意審讀編發解放區作家反映解放區生活與戰鬥的作品。在茅盾直接編輯的第 1 卷的 12 期和第 2 卷的前 7 期共 19 期刊物中，解放區作家作品的比例極大，影響也極大。這是此前他編的刊物所難以做到的。其中報告文學比重最大，如丁玲的《冀村之夜》，陸定一的《一件並不轟轟烈烈的故事》等。其次是詩，如田間的《一個祖國的兒子》、竟之的《他們六個》、魯夫的《大別山》等。此外也有黑丁的獨幕劇《游擊隊的母親》和丁玲的論文《略談改良平劇》，艾青的《給畫家們》等。茅盾非常看重中國抗戰的指揮中心延安及各解放區軍民表現出的抗日愛國民族革命精神與追求民主自由的民主革命精神。在讀稿編稿中，他發現：像丁玲、何其芳等這些從國統區轉移到抗日革命根據地的作家們敏銳的新感受，與自己頗有思想共振與感情共鳴之處。

　　他還從閱稿中挑選發表反映部隊與游擊隊生活，特別是浴血奮戰抗擊日

寇的稿件。這類稿件占比例也很大，而且也大都是報告文學。

借此機會他扶植了一批新人，如後來成為報告文學名家的劉白羽、碧野、曾克和成為著名小說作家的張天翼、姚雪垠、谷斯範等。碧野後來回憶道：「茅盾同志在主編的《文藝陣地》上，先後發表了我的《滹沱河夜戰》和他推薦我的報告文學集《北方的原野》的書評。」「在北上軍車的奔馳中，我反覆捧讀」他給我的「字跡挺拔俊秀，情意真摯深沉」的第一封信，我覺得「手捧的不是信，而是灼熱心靈的一團火，而是照亮生活道路的一片陽光」。「他給我以信心和力量，熱情扶植我在文學創作的道路上邁步。」〔註6〕

在茅盾編發的作品中，最為震動文壇引起轟動效應的是張天翼的小說《華威先生》與姚雪垠的小說《差半車麥秸》。尤其是張天翼，以其「特有的幽默筆調寫了一個抗戰中出現的新人物——想包辦救亡運動的國民黨的『抗戰官』。華威先生也許是抗戰爆發後在文藝作品中出現的第一個典型人物。」他的出現引起了一場爭論。因為當時文壇有一種偏向：「只歌頌光明而不敢暴露黑暗」，否則就「有損於統一戰線」。〔註7〕其根源就在想「在這歌頌的掩蓋下幹他們的罪惡勾當。因此，《華威先生》一登出，他們就大肆咆哮，說這是諷刺政府，破壞抗戰等等。於是一些神經衰弱者就憂心忡忡，怕這怕那」。因此茅盾挺身而出，發表了長文《論加強批評工作》和短論《暴露與諷刺》予以回擊。但他沒有直接談《華威先生》以避免就事論事，而是採取居高臨下理論概括方式：他指出：一、理論批評與創作都必須以生活為源泉與根據，必須從生活出發。因此不僅作家，「批評家也還得向生活學習」。「加強批評工作」，不僅「是對於作品多加批評」，「對於批評家本身的工作」也應「多作批評，即所謂自我批評」。二、「抗戰的現實是光明與黑暗的交錯，——一方面有血淋淋的英勇的鬥爭，同時另一方面又有荒淫無恥自私卑劣」。「消滅這些荒淫無恥自私卑劣，便是『爭取』最後勝利首先第一的要件。目前的文藝工作必須完成這一政治的任務。」目前的歌頌光明只「反映了半面的『現實』」；因此必須同時暴露黑暗以反映另「半面的『現實』」。三、與此相應的，文藝應該塑的「典型人物」：既應包括「抗戰所產生的新的人民領導者，新的軍人，新的人民」；也應包括「到處簇長」的「新生的劣點」：「新的人民欺騙者，新的『抗戰官』，新的『發國難財』的主戰派，新的『賣

〔註6〕　《心香一瓣，遙祭我師——深深悼念茅盾同志》，《憶茅公》第205頁。
〔註7〕　《我走過的道路》，《茅盾全集》第35卷第182頁。

狗皮膏藥』的宣傳家，……新的荒淫無恥，卑劣自私」，而且後者比前者「滋生得更快更多」。因此批評家號召作家「寫新的黑暗」比「號召作家寫新的光明」更加重要，更具緊迫性。四、茅盾還認為：「批評家的權威如果縮小些，也許反於作家有利。」〔註 8〕五、暴露與諷刺具有質的界限：「暴露的對象應該是貪污土劣，以及隱藏在各式各樣偽裝下的漢奸——民族的罪人」。暴露「應當是烈火似的憎恨」！「諷刺的對象應該是一些醉生夢死、冥頑麻木的富豪、公子、小姐，一些『風頭主義』的『救國專家』，報銷主義的『抗戰官』，『做戲主義』的公務員」。「諷刺作者的筆觸是冷峭的，但他的心是熱的，他是希望今日被他諷刺的對象明日會變成被他讚揚的對象。」〔註 9〕這樣，茅盾閱讀《華威先生》引發的感受，就成了關於「歌頌與暴露」、「暴露與諷刺」這兩個關於政治態度與審美態度的理論建樹成果了。

　　不過茅盾對華威先生的審美典型意義，在《八月的感想——抗戰文藝一年的回顧》中還作了具體剖析。他仍保持高屋建瓴的方式探討理論命運：一、人與時代之關係的考察應得出的結論是：「還是應當寫人」。「人雖然是依著時代的動向而前進，但決不是完全機械地被動的，人亦推動時代使前進得更快些」；「人是時代舞台的主角，寫人怎樣在時代中鬥爭，就是反映了時代。」二、人物與故事之關係的考察應得出的結論也是：「還是應當寫人」。「創作的最高目標是寫典型事件中的典型人物」。「人所詬病」的「未能創造典型人物」的原因，「大半是」因為把人物與故事「本末倒置的緣故」。三、抗戰以來的「現實有光明的一面，也有醜惡的一面」；姚雪垠《差半車麥秸》中的主人公諢名「差半車麥秸」的，「正是肩負著這個時代的」「人民的雄姿」；張天翼的《華威先生》的主公人華威先生〔註 10〕則「是舊時代的渣滓而尚不甘渣滓自安的腳色」。四、「從『事』轉到『人』，可說是最近半年來的一大趨勢。」這兩個典型人物的出現，雖然有人覺得「是略具鬚眉的素描」，但卻分別代表著「有前途的光明」與「沒有前途的黑暗」這兩種不同的前途，是典型人物塑造的最高成就，已經成為「新時代的各種典型已經在我們作家的筆下出現了」的標誌。「蓓蕾既已含苞，終有一日燦爛開放。」〔註 11〕

〔註 8〕　1938 年 7 月 16 日《抗戰文藝》第 2 卷第 1 期，《茅盾全集》第 21 卷第 431～435 頁。

〔註 9〕　1938 年 10 月 1 日《文藝陣地》第 1 卷第 12 期，《茅盾全集》第 21 卷第 503 頁。

〔註 10〕此人物出現在張天翼總題為《速寫三篇》一書所收的三個短篇中且都是主角。

〔註 11〕1938 年 8 月 16 日《文藝陣地》第 1 卷第 9 期，《茅盾全集》第 21 卷第 464～

在香港的近 10 個月中，茅盾的讀書生涯中還有一件大事：爲紀念魯迅逝世兩周年在《文藝陣地》第 2 卷第 1 期編發「紀念特輯」，和幫助許廣平等編輯出版第一套《魯迅全集》。「紀念特輯」發表了許廣平、鄭振鐸等人所作的共五篇文章。茅盾還在《文藝陣地》第 1 卷第 3 期上發表了《魯迅全集發刊緣起》，《魯迅全集總目提要》。這是魯迅逝世時茅盾在滬參與紀念魯迅工作的繼續。當時已與商務印書館簽約，因工廠焚於戰火而告吹。現在遂由茅盾請武漢時期的老戰友黃慕蘭幫助解決了出版問題。茅盾還特請蔡元培寫了序。總共用了八個月，這套精裝的 20 卷本的《魯迅全集》就出齊了。茅盾爲紀念魯迅，繼離滬前所寫的《「一口咬住」》等文之後，他又在港寫了《學習魯迅》、《「寬容」之道》、《……有背於中國人現在爲人的道德》、《謹嚴第一》、《韌性萬歲》、《關於「魯迅研究」的一點意見》、《以實踐「魯迅精神」來紀念魯迅先生》等七篇文章。連離滬前所寫的計算在內，這八篇文章構成茅盾魯迅研究的一個獨立的階段：以短文對魯迅精神作總體概括；借魯迅精神影響讀者，以重鑄國人的靈魂。

《盛世才與新新疆》和天山之旅

1938 年 10 月 21 日和 25 日，廣州和武漢相繼淪陷。香港遂變成了孤島。《文藝陣地》發行既受阻於日，又受阻於蔣；加之香港物價飛漲，茅盾遂有離港之意。薩空了已經答應杜重遠去新疆辦《新疆日報》。杜重遠也勸茅盾赴新疆幫他辦新疆學院。杜重遠和新疆督辦盛世才是東北老鄉和朋友；他已經三次入疆。現在回來搬家眷和聘請教員。他贈茅盾一本他的新作《三渡天山》，此書後改名曰《盛世才與新新疆》。此書著重宣傳盛世才的「反帝、親蘇、民平〔註12〕、和平、清廉、建設」六大政策。

這本書使茅盾「動了去新疆做點事的念頭」。因爲新疆「背靠蘇聯，在當時是惟一的國際軍援通道」，如果盛世才「眞如杜重遠所談的那樣進步，那麼把新疆建設成一個進步的革命的基地，無疑有重大的戰略意義」，茅盾覺得有責任「爲此事業稍盡綿薄」。〔註13〕爲弄清盛世才的眞假，茅盾去問廖承志。廖承志所知不多，但說的確有許多延安的黨員幹部在那裡工作，其中就有茅

---

　　473 頁。
〔註12〕民族平等的簡稱。
〔註13〕《我走過的道路》，《茅盾全集》第 35 卷第 215 頁。

盾的熟人。這就使茅盾下了最後的決心。這時杜重遠也送來盛世才歡迎他的電報。茅盾把《言林》交給杜埃，把《文藝陣地》交給樓適夷，就於1938年12月20日乘船離港，經越南海防轉車赴河內，再乘車赴昆明，改乘飛機飛抵蘭州，和先抵蘭州的杜重遠會合。在蘭州等飛機費了45天之久！直到2月20日才離蘭州飛抵新疆哈密。受到哈密區行政長官劉西屏（地下黨員）的熱烈歡迎。然後乘車過火焰山、吐魯藩，翻天山，抵迪化〔註14〕市郊，受到盛世才的熱烈歡迎。

在歡迎會上，茅盾發現了在武漢一起辦《民國日報》的老戰友毛澤民：他化名周彬，擔任財政廳長。還有茅盾之弟沈澤民在莫斯科的同學徐夢秋，化名孟一鳴，擔任教育廳長。後來茅盾從他們那裡了解了盛世才的底細。1933年4月12日，以由東北退到蘇聯轉到新疆的東北義勇軍為主的東北軍進步軍人，和十月革命後流落新疆的白俄形成的歸化族組建的歸化軍，聯合發動了革命政變，推翻了反動軍閥原督辦金樹仁的統治，被稱為「四一二」革命。當時盛世才是金樹仁手下的東路總指揮，他擁兵觀望，沒有鎮壓革命，這次事變後被推為臨時督辦；從此建立起獨裁政權。不久受到甘肅軍閥馬仲英的挑戰。在兵臨城下時盛世才「投靠」蘇聯，取得支持始得解圍。從此時起盛世才打出了「六大政策」的旗幟。蘇聯派滯留在蘇聯的中共黨員和蘇共黨員來新疆幫助盛世才，盛世才和延安也建立了聯繫。1937年5月，盛世才迎接紅西路軍餘部進入新疆。中國共產黨為團結抗日，與盛世才建立了統一戰線關係。先後派鄧發、陳潭秋任中共駐新疆代表與八路軍駐疆辦事處主任。1938年應盛世才之邀，又派毛澤民、林基路等50多名黨員幹部分批來疆。他們為新新疆的建設立下汗馬功勞。但盛世才實際上是假革命、真反共，建立了嚴密的特務組織實行特務政治。他一開始就要求中共不在新疆搞組織活動。1939年他利用蘇聯肅清布哈林分子之機，以「托派」罪名把大批蘇共黨員、中共黨員處決。茅盾來新疆時雖處於暫時平靜時期，但仍暗藏殺機。毛澤民讓茅盾少和他來往，一切通過孟一鳴，以上下級關係保持聯繫。孟一鳴也勸他多觀察，少說話；多做事，少出風頭。並且要注意利用盛世才只提馬克思主義，不提列寧主義，廣為散發李達的《政治經濟學》和沈志遠的《新經濟學大綱》等政治上的特點，巧妙地宣傳馬列主義和中國共產黨的路線方針與政策。

盛世才在開始時雖對茅盾等懷有戒心，但仍採取拉攏重用的方針。除杜

〔註14〕今烏魯木齊市，當時的新疆省會。

重遠委任茅盾和張仲實分別擔任新疆學院教育系主任和政治經濟系主任外，盛世才還讓他倆分別擔任新疆文化協會正副委員長；但又派其親信李佩珂擔任副委員長以控制實權。茅盾了解了真實情況後，就不能完全依據杜重遠在《盛世才與新新疆》一書所寫的情況行事了。他決定了以下方針：「工作上，以馬列主義的觀點來宣傳六大政策下的新文化，進行文化啓蒙工作；教好新疆學院的課程；有選擇地進行文化藝術方面的介紹和人材的培養。人事關係上，實行『堅壁清野』，一切對外聯繫」由自己出面，「把夫人和孩子與當地社會隔開」。〔註15〕茅盾和張仲實的寓所都是在南梁租的民房。新疆學院在城南蔣家營盤。盛世才提供馬車以代步出行。

　　茅盾名義上是這個學院的教育系主任，其實手下沒有一個教師，所設課程包括教育學、中外歷史、思想史等。

　　茅盾只能先唱獨腳戲！他先把中國通史、中國學術思想概論、西洋史等好幾門歷史課開出來，每周要上 17 個課時。他又不肯用現成教材，他想：「既然千里迢迢到新疆來講學，就應該講自己之所學。」於是他同時「編寫幾門課的講義，邊編邊上課」。他「在蘭州商務印書館分館買的那一箱書，這時候發揮了作用」。〔註16〕但作為支撐好幾門課程的參考書，這不過是杯水車薪。實際上茅盾靠的是半生博覽群書的學術積累。他當時編的好幾門講義有的曾印過，但現在已經難尋。其回憶錄中摘有他殘存的寫在舊練習本上的《中國學術思想概論》從 28 節至 33 節共 6 節的片斷文字。我們可以借斑窺豹。這些片斷講義前四節，講先秦諸子；重點講了孔子、墨子、楊朱三「子」分別代表的儒、墨與「為我」三派的相互對立的學說。後兩節則講上述三派的分化及此後異軍突起的諸派共同形成的「百家」爭鳴局面。重點講了「齊威王立『稷下宮』」招納天下士的鼎盛局勢；重點介紹評述了孟子。這些片斷表現出茅盾博古通今的讀書生涯所得的收益；也表現出其學識獨到的兩大特點：一是取精用宏，概括精當。如論孔子及其所創的儒家之作用，僅用「開戰國時代講學遊說之風」，「『士』的階級（即以政治為生計者）之養成」與「傳統思想與制度之擁護」三句話，就囊括無遺。二是歷史唯物主義的批判精神。如評價孟子這樣的大學者僅寥寥數語：孟子是「躲避於理想化了的堯舜的世界中」的「小市民的理想主義者」；他不滿「戰國之擾亂」的現狀，卻不懂這

〔註15〕《我走過的道路》，《茅盾全集》第 35 卷第 267 頁。
〔註16〕《我走過的道路》，《茅盾全集》第 35 卷第 269 頁。

「正是社會經濟大變革時代除舊布新中必有的現象」；所以就不能面向未來，「而只回顧那『過去』了！其「主張上的矛盾」，概源於此！茅盾若非讀透萬卷書而得其精髓，焉能舉重若輕至此？

茅盾是一粒文學種子，不久就生根發芽，成片成林。許多學生跟著他尋繆斯之夢。後來成為著名的創作家的趙明，就是當時茅盾的得意門生趙普林。在茅盾支持下他主編校刊《新芒》。茅盾應約在其一、二期發表了論文《五四運動之檢討》、詩《新新疆進行曲》、散文《學習與創造》等以示支持。茅盾還輔導這批學生集體創作了報告劇《新新疆進行曲》。茅盾不僅費心費力為其加工潤色劇本，還寫了劇評《為〈新新疆進行曲〉的公演告親愛的觀眾》。

茅盾在新疆學院不久，就因杜重遠的冤案而攜張仲實一起脫離了新疆學院。盛世才是猜忌狠毒、卑鄙無恥的小人，杜重遠是胸襟坦蕩、心直口快的君子，他自持對盛有恩，是其朋友，遂因隨便說話遭忌。他 1939 年 1 月接任院長，9 月因此被迫去職。後來還被加諸勾結「汪逆」的罪名，又說他是中共新疆負責人，遂被軟禁。在茅盾離疆後，杜重遠也被害於獄中。

在香港特別的是在新疆，茅盾能直接從黨組織獲得毛澤東發表的指導黨內外與時局的許多論著名篇。特別是《論新階段》〔註 17〕和《論持久戰》等文的閱讀，對茅盾啟發很大。不僅在新疆學院和教學中，就是主持文化協會和許多著述中，都貫串著它的精神和理論原則，以及黨在抗日戰爭時期的各種方針政策。新疆文化協會地址在小南門裡。承茅盾當年的學生、新疆文聯副主席郭基南指點，我參觀了這個磚木結構的二層小樓；並目睹了保存完好的當年茅盾在委員長任上用過的簡陋的寫字台。茅盾按黨在抗戰時期的民族政策、文化政策、統一戰線政策，為「文協」制定了以下工作方針：一、適應抗戰時期人民的需要，提高人民精神生活，為民族解放戰爭作最大貢獻。二、把提高人民文化水平作為當前新疆文化工作的主要任務。三、既要「使漢族文化因時代潮流之變異而揚棄而昇華」，又要反對以漢族文化「窒息與凝滯」各少數民族文化的錯誤，使各民族文化相互促進，共同發展。這就是經茅盾闡述過的「以民族為形式，以六大政策為內容」的文化工作方針。〔註 18〕

〔註 17〕即《毛澤東選集》第二卷中所收的他在六大六中全會上的報告：《中國共產黨在民族戰爭中的地位》一文。

〔註 18〕《新疆文化發展的展望》，1939 年 4 月 12 日《新疆日報》，《茅盾全集》第 22

　　茅盾根據毛澤東的理論和新疆 14 個民族的實際，闡述了發展文化工作必須正確處理通俗化、大眾化與中國化之關係問題。茅盾說：「『中國化』問題，第一個提出來的，是毛澤東先生。在《論新階段》中，他指出：「今天的中國是歷史的中國之一發展，我們是馬克思主義的歷史主義者，我們不應該割斷歷史。」「洋八股必須廢止，空洞抽象的調頭必須少唱，教條主義必須休息，而代之以新鮮活潑的，為中國老百姓所喜聞樂見的中國作風與中國氣派。」茅盾解釋說：這些話包括兩個方面：「第一是運用辯證的唯物論與歷史的唯物論這武器，以求明白我們這大民族數千年歷史發展的法則，及其民族特點，學習我們的歷史遺產，而給以批判的總結；第二是揚棄我們的歷史遺產，更進一步而創造中國化的文化。」即「中國的民族形式的，同時亦是國際主義的」文化。﹝註 19﹞

　　茅盾正是依據這些精神與原則，普及與提高相結合地廣泛開展「文協」工作：他主持編寫了全套高級與初級小學教科書，用漢、維、哈、蒙四種文字出版；編了漢族學生學維語讀本 4 冊及讀本教授法 1 冊；編譯出版了包括張仲實譯《新哲學讀本》、陳培生著《新疆 14 個民族》、孟一鳴著《民族問題講話》、姜作周著《七年來新疆建設》、史枚著《抗戰建國基本知識》等在內的「新新疆叢書」。茅盾兼任「文協」下的藝術部部長，指導推廣話劇、歌詠、漫畫、民謠搜集等工作。茅盾是在新疆普及話劇的第一人。他以隨後來疆的趙丹、葉露茜、徐韜、王為一、朱今明、易烈等著名藝術家為基礎，組成實驗話劇團，首先上演了章泯的話劇《戰鬥》。茅盾發表了《關於〈戰鬥〉》的劇評。接著組織他們集體創作了《新新疆萬歲》。茅盾發表了《演出了〈新新疆萬歲〉以後》的劇評。實驗劇團還培訓了話劇人才。茅盾為這個培訓班講文學課。這一切工作推而廣之，使工廠、機關、學校紛紛成立業餘話劇團，先後演出了富抗戰時代精神的新劇《鄭成功抗日》、《台兒莊》、《抓漢奸》，曹禺的《雷雨》、《日出》、《北京人》，陳白塵的《魔窟》、《亂世男女》、《太平天國》，宋之的的《旗艦出雲號》、《鞭》、《武則天》，以及大型新疆民族歌劇《阿娜爾罕》、《艾里甫與賽乃木》、《貨郎與小姐》等。﹝註 20﹞

卷第 35～38 頁。

﹝註 19﹞ 《通俗化、大眾化與中國化》，1940 年 3 月 1 日《反帝戰線》第 3 卷第 5 期，《茅盾全集》第 22 卷第 91～92 頁。

﹝註 20﹞ 參看陸維天：《茅盾在新疆的革命文化活動》，《茅盾在新疆》一書第 213～238 頁。

茅盾還主辦了新疆文化幹部訓練班，招各族學員 200 餘名。茅盾自任班長。課程設置有社會科學常識、自然科學常識、政府政策、國內外時事、文化工作方法、話劇、漫畫歌詠、文史常識、會計常識、帝國主義侵略中國史等共 10 餘門，茅盾開的課是「問題解答課」。茅盾讓學生把各門課程費解的或沒領會的問題寫成條子，當堂交給他，及時解答。當時的錫伯族學員後曾任新疆文聯副主席的郭基南回憶道：「每堂課所涉及的面很廣，從哲學、社會科學到文化藝術」，「無所不包。令人讚嘆的是，他對這些問題，分別繁簡主次，深入淺出，講解得十分精闢透徹，真不愧是位中外頗負盛譽的學識淵博、出類拔萃的文學家和學者。」茅盾還用毛澤東的《論持久戰》作教材給學生上課。郭基南回憶道：茅盾的開場白是，「我們每一個不願做亡國奴的人們，都想堅持抗戰，奪取抗日戰爭的勝利。但如何才能奪取最後勝利呢？我找來的這本書裡，對這個問題已經作了詳盡的回答。這書名叫《論持久戰》，是毛澤東寫的。」茅盾用了七八節課，闡述「這部光輝著作的精神實質」，他「聯繫自己耳聞目睹的實際，痛斥日本法西斯的野蠻罪行，揭露國民黨反動派的罪惡勾當，讚揚中國共產黨領導下全國人民奮起抗戰、浴血鬥爭的英雄事跡」。學員們「越聽越受感動，越聽越義憤填膺。這堂課使我們初步地接受了毛澤東思想的教育，堅定了抗戰必勝的信念」。〔註 21〕當時的滿族學員艾里後來在文章中回憶道：「這批學員，分散在天山南北」，他們播撒了新文化革命運動的種子。到今天，「有些有成就的民族文化工作者，就是參加過訓練班後逐漸成長起來的文藝人才。」〔註 22〕

這時茅盾對盛世才披著「革命外衣」，打著「親蘇、聯共」與「馬克思主義」旗號掩蓋其反革命軍閥統治之本質，已經看得很透。其實盛世才也不是不明白，茅盾是在把自己的「假戲」當真的來唱：根據馬克思主義理論，實施中共抗日民族統一戰線方針，在多民族的新疆播撒革命的種子。只是茅盾畢生謹言慎行；所作所為又深思熟慮；不像杜重遠那麼莽撞。盛世才一時抓不住把柄。他對這位國內外有重大影響的人物，也不敢輕舉妄動。然而他也伺機待動。例如他讓茅盾擔任反帝會的會刊《反帝戰線》主編。但該會工作人員多是共產黨員，遭到盛世才疑忌，盛世才派特務監視，有的則被捕下獄。因此茅盾堅辭不就。盛世才極為不滿。為此，茅盾為此刊寫了十多篇文章以

〔註 21〕 《灑淚念師情》，1981 年 4 月 12 日《新疆日報》，《茅盾在新疆》第 199 頁。
〔註 22〕 《巍姑仙子下天山》，《新疆文學》1981 年第 6 期，《茅盾在新疆》第 203 頁。

示支持。此舉固然爲了解疑；其實茅盾更是自覺適應國際國內政局的需要。於是，繼 1927 年武漢時期之後，在新疆形成茅盾政論寫作的第二個高潮。

　　與內地相比，新疆固然閉塞，但它是地處陝甘寧邊區與蘇聯之間的國際通道，周恩來就曾經此地赴蘇聯就醫，且與茅盾會晤過。茅盾又有與孟一鳴的上下級作掩護的與共產黨的密切聯繫，這一切使寫這些政論時的茅盾的政治視野與耳目空前地開闊。他根據從蘇聯與延安獲取的信息，也借助薩空了主持的《新疆日報》特有的新聞信息渠道，特別是以毛澤東的《論新階段》、《論持久戰》、《關於國際形勢對新華日報記者的談話》等文章爲依據與參照，先後發表了《白色恐怖下的西班牙》、《「納粹」的侵略並不能挽救經濟上的危機》、《顯微鏡下的汪派叛逆》、《英法蘇談判遷延之癥結》、《侵略狂的日本帝國主義底苦悶》、《送 1939 年》、《所謂「芬蘭事件」》、《帝國主義戰爭的新形勢》〔註 23〕等等一大批國內外時事政論。其內容大體包括三個方面：一是對第二次世界大戰的形勢與性質的剖析；二是對日本帝國主義侵略中國稱霸亞洲以至全世界的野心的透徹分析；三是對汪精衛漢奸政權的徹底揭露。這些文章提高了新疆各族人民的民族的階級的覺悟，開拓了讀者的政治視野，激發了反帝愛國的精神，堅定了抗戰與反法西斯鬥爭必勝的信心。特別是夾在國內外時事政論中對作爲反帝抗日、民主自由的堡壘的蘇聯與中國共產黨的讚揚與宣揚，使盛世才非常惱火，但又啞子吃黃蓮般無法阻止也無可奈何。

　　茅盾的第二類文章是科學、文化論文。若把他起草的「文協」的公文計算在內，共有十餘篇。第三類則是茅盾進疆後非到必要時就一直克制著不寫的文藝論文。即便如此，也有 16 篇之多。可粗略地分爲四個方面。一是作家作品論（如《在抗戰中紀念魯迅先生——魯迅先生逝世三周年紀念》、《〈子夜〉是怎樣寫成的》等就是）；二是對蘇聯大學歷史與現狀的評介；三是爲紀念「五四」運動 20 周年所寫的對「五四」以來新文學發展歷史的新反思與有關的重大理論之探討（如《中國新文藝運動》、《「五四」運動之檢討》等就是）；四是對抗戰以來文藝形勢與當前文藝思潮取向的總結。在茅盾說來，這些文章是他此時此地讀書心得與長期的文學歷史反思之心得所結的碩果；但對處於封閉條件下的新疆讀者的讀書生涯說來，茅盾讀書生涯的這種延伸，則使他們獲得了千載難逢的機會與難得的讀物。這是茅盾新疆之行從另一方面播撒

〔註23〕　先後刊於《反帝戰線》1939 年 8 月第 2 卷第 10 期至 1940 年 5 月第 4 卷第 2 期，收入《茅盾全集》第 16 卷。

的革命文化與文學的種子。

杜重遠的冤獄，使茅盾下定離疆的決心。他一邊以十分巧妙的策略應付盛世才；一邊爲離疆製造輿論。他託病推辭約稿；他利用盛世才有書信必檢查的制度，在致友人信中，一再宣示：痼疾發作，本地又無對症之良藥。1940年4月20日茅盾獲二叔的唁電：沈母於17日病故。茅盾就一邊向盛世才請假返鄉奔喪；一邊大張旗鼓，設靈堂祭奠。迫使盛世才不得不准假，並前來祭祀。但他以沒有飛機〔註24〕爲理由，拖延經月。茅盾在蘇聯總領事的幫助下，巧妙地利用機會，搭乘蘇聯飛機；使盛世才失卻藉口。1940年5月5日，飛機離開迪化飛抵哈密過夜。盛世才一夜之間連打三次電話給行政長官劉西屏：先讓扣留，後又讓放行。在劉西屏幫助下，茅盾終於脫險，離開了新疆！茅盾1939年3月11日抵新疆迪化；1940年5月6日離開；「歷時一年又兩個月」。〔註25〕

《新民主主義論》和延安之行

1940年5月茅盾一家和張仲實同機離開新疆，去蘭州。5月19日他們乘汽車抵西安，次日就去了八路軍辦事處。意外地碰到擬赴重慶的中央軍委副主席周恩來和擬回延安的八路軍總司令朱德。他們聽茅盾說要赴延安，十分歡迎。當即決定搭朱總司令的車。

5月24日車隊離西安，中途拜謁了黃帝陵。茅盾應朱總司令的要求向隨行人員講了黃帝的歷史傳說。他們此行途中經國統區進入解放區，5月26日下午抵延安南郊七里鋪；受到率隊前來迎接的當時任中共中央總書記的張聞天和中共中央書記處書記陳雲〔註26〕的歡迎。其中也有分別多年的弟媳張琴秋。當晚茅盾出席了延安各界的歡迎宴會和晚會。茅盾第一次聽到《八路軍進行曲》和他熟悉的聶耳的《大刀進行曲》、賀綠汀的《游擊隊之歌》。在次晚中央大禮堂的歡迎晚會上，茅盾會見了闊別多年的毛澤東。由200多人共同演出的洗星海的《黃河大合唱》使茅盾大開眼界，極受感動。茅盾覺得「它那偉大的氣魄自然而然地使人鄙吝全消，發生崇高的情感，就像靈魂洗過一

〔註24〕 新疆的交通工具特別是飛機，均由盛世才控制。
〔註25〕 《我走過的道路》，《茅盾全集》第35卷第249頁。
〔註26〕 陳雲原是商務印書館虹口分店的青年職員，1925年商務印書館大罷工時與領
　　　　導罷工的茅盾接觸很多。

次澡似的」。〔註27〕

　　茅盾一家暫住在交際處。次日張聞天來訪。茅盾談了擬在延安長住，有機會還想到前方看看的打算。張琴秋也來訪，她是女子大學的教育長；就把沈霞安排在女大上學，沈霜則到他看了《西行漫記》後嚮往日久的陝北公學上學。茅盾回訪張聞天時也拜訪了毛澤東。6月初，毛澤東回訪，贈茅盾一本剛出版的《新民主主義論》，並且一起吃便飯，暢談了古典文學。毛澤東對《紅樓夢》發表了許多精闢見解。他建議茅盾到延安魯迅藝術文學院去：「魯藝需要一面旗幟，你去當這面旗幟吧。」「魯藝」院長是吳玉章，副院長是周揚。茅盾從6月上旬到9月底，在「魯藝」將近4個月。但他沒擔任實際工作。「因爲在新疆一年」，他「深感落後於沸騰的生活，需要補課」。他想「多讀點東西，再到前線、後方去走走，體驗體驗生活」。他仍想搞創作。〔註28〕

　　茅盾在延安讀書範圍空前擴大。而且著重深入了革命理論的新領域。這是他參加的三個學習討論會帶動起來的。一是張聞天直接主持、中宣部組織的報告會，「專門學習《聯共（布）黨史簡明教程》第四章，斯大林寫的《辯證唯物主義和歷史唯物主義》。」茅盾讀了當時延安已經有的莫斯科出版的聯共黨史中文版。二是艾思奇主持的哲學座談會，討論題目十分廣泛，連康德、黑格爾以及老、莊都在其內；毛澤東、朱德、張聞天、任弼時等都去參加。三是范文瀾、呂振羽主持的歷史問題討論會。茅盾是這些活動的「熱心的參加者」，但他抱著學習和「補課」的態度：「只聽不發言」。與會前後他認真讀書，看資料。〔註29〕在他閱讀的書刊中，他特別看重的是「《中國文化》創刊號上的《新民主主義的政治與民主主義的文化》〔註30〕（毛澤東）以及第二期上的《抗戰以來中華民族的新文化運動與今後的任務》（洛甫〔註31〕）」。茅盾的讀書與「補課」，既包括哲學與歷史，也包括政治與文化以至文學諸多方面。他特別看重毛澤東和張聞天的文章，是因爲「自抗戰以來，關於文化如何服務於政治，我們抗戰勝利以後將要建設怎樣一個新中國，新中國的新文化又是怎樣一個面目、性質，以及近20年來中華民族的新文化運動是向了怎樣一個方向發展，以及今後任務是什麼，──這一切有關中華民族文化百年

〔註27〕《我走過的道路》，《茅盾全集》第35卷第355頁。
〔註28〕《我走過的道路》，《茅盾全集》第35卷第356～359頁。
〔註29〕《我走過的道路》，《茅盾全集》第35卷第372～373頁。
〔註30〕即《新民主主義論》。
〔註31〕即張聞天。

大計的問題」，雖也有人「零零碎碎」地談過，但像毛澤東、張聞天「那樣運用馬列主義的理論，對過去作了精密的分析，對今後提供了精闢的透視與指針的，實在還不曾有過」。因此茅盾認為：這「是中國新文化史上一件大事」。〔註32〕

　　茅盾這些話雖從文化視角切入，但卻概括了他在延安短短五個月時間的最大收穫，即從思想上徹底明確了影響其後半生政治道路的兩個問題：一是自 1920 年加入共產主義小組時起就孜孜以求的「中國革命的方向與道路」問題。當時他雖明確了中國革命屬於無產階級性質的社會主義革命，但從入黨到 1927 年大革命失敗，他一直存在中國革命「速勝論」的觀念，即對蔣鬥爭很快就能取得勝利。及至大革命徹底失敗，他這幻想才徹底破滅了。這次來到延安，精讀了毛澤東的《新民主主義論》。毛澤東提出的劈頭第一個問題，就是「中國向何處去」。茅盾懷著心靈的震動，讀著「我們要建立一個新中國」、「中國的歷史特點」、「中國革命是世界革命的一部分」這三節中毛澤東的精闢分析，結合自己 20 年來的革命實踐，真正找到了自己應有的立足點；真正把握了把馬列主義與中國革命實際結合起來的契機；找到了充分認識有中國特色的革命道路的理論基石。他接著讀「新民主主義政治」、「新民主主義經濟」這兩節，並借助「舊三民主義和新三民主義」一節中毛澤東所作的質的界分，弄清了真正具中國革命特色的無產階級革命道路即「新民主主義」道路，毛澤東在「駁資產階級專政」、「駁『左』傾空談主義」、「駁頑固派」三節中，批判的雖是個別人，茅盾卻覺得：這既堅定了自己反右防「左」的信心，又糾正了自己或多或少也存在過的「左」傾幼稚病。茅盾把這些論述和毛澤東另一篇雄文《中國革命和中國共產黨》結合起來思考，徹底明確了中國革命的方向和自己今後的政治道路應該如何把握。正是認清了這一點，他才萌生了再次要求恢復黨籍的念頭。

　　茅盾閱讀所得解決的另一重大問題是：中國文化革命的性質、方向、路線及其特點問題。讀了《新民主主義論》的前後五節：「新民主主義的文化」、「中國文化革命的歷史特點」、「四個時期」、「文化性質問題上的偏向」和「民族的科學的大眾的文化」，糾正了茅盾長期以來對「五四」新文化革命與新文學革命之性質的誤認。茅盾一直認為「五四」運動是資產階級領導的「資

〔註32〕《論如何學習文學的民族形式》，1940 年 7 月 25 日《中國文化》第 2 卷第 5 期，《茅盾全集》第 22 卷第 117 頁。

本主義文化運動」，「僅以西歐的資本主義文化爲最高目標」。〔註33〕當他讀到毛澤東的以下論述，他的思想就起了變化。毛澤東說：「五四運動，在其開始，是共產主義的知識分子、革命的小資產階級知識分子和資產階級知識分子（他們是當時運動中的右翼）三部分人的統一戰線的革命運動。」「但發展到六三運動」就「有廣大的無產階級、小資產階級和資產階級參加，成了全國範圍的革命運動了」。「在『五四』以前，中國的新文化運動，中國的文化革命，是資產階級領導的」，「在『五四』以後」，這個階級「就絕無領導作用，至多在革命時期在一定程度上充當了一個盟員，至於盟長資格，就不得不落在無產階級文化思想的肩上。這是鐵一般的事實，誰也否認不了的」。因此，「在『五四』以前，中國的新文化，是舊民主主義性質的文化，屬於世界資產階級的資本主義文化革命的一部分。在『五四』以後，中國的新文化，卻是新民主主義性質的文化，屬於世界無產階級的社會主義文化革命的一部分。」「而魯迅，就是這個文化新軍的最偉大和最英勇的旗手。」〔註34〕以下毛澤東寫了那段著名的文字，給魯迅以極高的評價。這對茅盾震動也很大。茅盾結合這一切，還讀了此前毛澤東所寫的《五四運動》、《青年運動的方向》等文，他被毛澤東有理有據的雄辯論述所折服！從此糾正了對「五四」性質的誤認；此前他不是以「六三」運動，而是以此後過了六年才發生的「五卅」運動作爲新質之標誌的。糾正了對「五四」以來新文學及前期魯迅評價偏低的偏頗。爲了配合延安紀念魯迅誕辰 60 周年和逝世四周年，茅盾發表了論文《關於〈吶喊〉和〈彷徨〉》；〔註35〕通過此文不僅糾正自己，而且還批判了學界許多人對魯迅前期思想發展估價不足的傾向。據朱子奇回憶，有一次他和蕭三去訪茅盾。茅盾和蕭三談起《新民主主義論》。茅盾讀了其中關於「以魯迅爲領導者」的「五四」「新軍」那段話後說：「『新軍』這兩個字，就是指最先進最科學的馬克思主義新思潮的力量，而在邊區和延安，就是這種力量的體現。」〔註36〕

由此可見，以上兩個問題，對從國統區走到解放區的茅盾說來，不單是理論認識的提高。他知道，解放區的今日，就是整個新中國的明日。全民抗

〔註33〕《茅盾全集》第 22 卷第 58 頁，70 頁。
〔註34〕《毛澤東選集》（橫排本）第二卷第 657～660 頁。
〔註35〕1940 年 10 月 15 日《大眾文藝》第 2 卷第 1 期，《茅盾全集》第 22 卷第 156
　　　～159 頁。
〔註36〕《我心目中的茅盾》，《茅盾和我》第 255～256 頁。

戰爆發後，他在《〈吶喊〉創刊獻詞》中所作的「這炮火，這血，這苦痛，這悲劇之中，就有光明和快樂產生，中華民族的自由解放」的預言，起碼在解放區這裡，已經變成了現實！因此茅盾覺得，自己參加革命雖有 20 年的歷程，今天才第一次真正感受到理想變成現實的喜悅！這使茅盾此後的文學道路出現了一個嶄新的階段。其突出的表現，在創作上，是以《白楊禮讚》為代表的大批謳歌中國共產黨領導下的嶄新社會生活的，象徵性很強的抒情、敘事散文的面世；在文學批評上，是大批評介解放區作家作品及文藝運動的文學評論的面世；在理論研究上，則是他從「五四」時期即夢寐以求，曾在多篇文章中刻意探討的中國文化運動、文藝運動中新文化建設的核心問題之一的「民族化、大眾化、中國化」問題，真正得到徹底的解決。

左聯時期茅盾參加了三次文藝大眾化論爭。他發表的一批包括《問題中的大眾文藝》、《大眾語文學有歷史嗎？》等在內的論文，試圖解決的，是「五四」以來新文學一直追求與人民大眾相結合，但始終沒有解決好的重大問題。抗戰爆發他在香港發表的一批包括《文藝大眾化問題》、《大眾化與利用舊形式》在內的論文，試圖解決的，是如何使文學為發動人民大眾群起抗戰服務的重大問題。他在新疆發表的那批闡述「六大政策」下的文化運動的論文，和讀了毛澤東的《論新階段》後所寫的論文《通俗化、大眾化與中國化》，由於這時已經涉及到中華文化多民族文化之複雜組合的問題，因此就不僅僅為了抗戰，而且涉及到全民族文化建設方向道路的問題了。然而，到了延安，讀了《新民主主義論》等一大批體現中國革命與共產黨的方針路線的指導全局的文件與論著，解決了新民主主義經濟、新民主主義政治、新民主主義文化這一系列從經濟基礎到上層建築、意識形態的理論認識問題；目睹了它在解放區經濟、政治、文化各方面的建設的光輝實踐，這時，只有在這時，茅盾在延安所寫的《論如何學習文學的民族形式》、《舊形式、民間形式與民族形式》、《關於〈新水滸〉》、《談〈水滸〉》，他在魯藝講課時所寫的講稿《中國市民文學概論》，這一大批論著，才從歷史與現實兩個方面縱橫結合，作出了空前透徹的新論述。而他離開延安赴重慶後，所作的《在戲劇的民族形式問題座談會上的講話》，所寫的《戲劇的民族形式問題》、《雜談延安的戲劇》等論文，特別是《抗戰期間中國文藝運動的發展》這篇氣勢恢宏的長文，則是具備嶄新認識後對此問題所作的更深入的闡述與發揮。

在這幾個不同時期，從不同角度論述這一命題的一批論文中，在延安寫

的《論如何學習文學的民族形式》一文，和以此文爲基礎在「魯藝」講過五六次的《中國市民文學概論》課，是茅盾「最早的一篇討論中國文學史（嚴格地說是小說史）的文章」。他「企圖把中國文學中腐朽的與進步的東西區別開來，而對具有民主性、革命性和現實主義傳統的東西作一歷史的分析」。〔註37〕這個工作與他1957年寫的《夜讀偶記》的工作，是一脈相承的。茅盾當時顯然受到《新民主主義論》中以下文字的啓發：「清理古代文化的發展過程，剔除其封建性的糟粕，吸取其民主性的精華，是發展民族新文化提高民族自信心的必要條件；但是決不能無批判地兼收並蓄。必須將古代封建統治階級的一切腐朽的東西和古代優秀的人民文化即多少帶有民主性和革命性的東西區別開來。」對待外國文化，也同樣應該「排泄其糟粕，吸收其精華」。〔註38〕

在《論如何學習文學的民族形式》一文中，茅盾首先對毛澤東、張聞天上述兩文的發表作出「中國新文化史上一件大事的評價」。然後從兩文所論到的許多問題中挑出「如何學習文學的民族形式」這個與「個人本行有關的問題」，依據毛澤東所說「剔除其封建性的糟粕，吸收其民主性的精華」這一基本原則，分別論述了「一、向中國民族的文學遺產去學習；二、向人民大眾的生活去學習」這兩大問題。茅盾認爲：文學遺產雖然「汗牛充棟」，但「百分之九十九」是「極少數人」「爲了極少數人的利益，並爲絕少數人所享樂的」東西。「和人民大眾的利益，思想情感，全不相干。」而這「剩下來的百分之一，才是我們民族的貨眞價實的文學遺產」。茅盾謂之曰：「市民文學」。這「市民，指城市商業手工業的小有產者」，「鄉村中農富民也應當包括在內。」這種「市民文學」「代表了市民階級的思想意識」，「其文字是『語體』，其形式是全新的，創造的，其傳播方式則爲口述」。但先秦兩漢的市民文學爲「儒家」所排斥而淹沒了。到唐宋傳奇始有存留。茅盾沿著史的線索，分析了宋人評話、元曲和明清小說。分析了從人民口頭創作，經文人加工而成長篇小說的文學發展的歷史過程。並列舉《水滸》、《西遊記》和《紅樓夢》的成書沿革，作出重點剖析。他認爲：《水滸》雖「寫的是農民

〔註37〕據康濯回憶，他看過「茅盾同志在魯藝講課的稿子」，是「土紙的油印本」，「其中一課《茅盾談〈水滸〉》的講義內容，至今我還能記得不少」。（參看《憶茅公》第296頁）可惜這份稿子至今找不到油印稿，手稿「大概焚於香港戰爭的炮火中了」。參看《茅盾全集》第35卷第358～368頁。
〔註38〕《毛澤東選集》第2卷第667～668頁。

起義」，但「寄託了市民階級（還有廣大農民）的喜怒愛憎，以及他們的經濟的政治的要求的」；雖是「複雜的、多樣的」，又是「統一而諧和」的一部「八百年前中國『民族民主革命』文學的代表作」。茅盾認爲：《西遊記》「與其說是宣傳佛門教義，倒不如說是對抗『一尊』的儒家」；是既「反封建思想」，又對已經特權化了的佛教不滿的一部「幻想的寓言文學作品之中國民族形式的代表」。茅盾認爲：《水滸》、《西遊記》經過了口頭流傳與文人加工的「集體創作」過程；《紅樓夢》卻是第一部個人獨立寫成的作品。它所塑造的賈寶玉，是反封建、反「名教」的「叛徒」；不過他沒有找到應該去的路。但「它不失爲從思想上對於儒家提出抗議的一部傑作。我們可以把《紅樓夢》看作中國文學的問題小說之民族形式的代表」。

關於「向人民大眾的生活去學習」問題，茅盾說：人的直接「經驗」畢竟有限，不能不借助間接的「觀察」，從而達到主觀經驗與客觀觀察之統一。在這過程中，要用「進步的宇宙觀人生觀」爲「唾液」，把直接的生活經驗與間接的觀察體驗「重新拿出來咀嚼」，從而保證其「吸收」既「廣」且「深」。最後茅盾告誡說：有了這些「理論算是解決了一半，剩下的一半，要到實踐中去完成」。〔註39〕

茅盾這篇長文，談的重點是如何學習民族形式，其所揭示的規律，則是新民主主義文化建設的方向、路線、原則問題。

新中國建立後，毛澤東點名請茅盾擔任首任文化部長。除了茅盾「五四」以來對新文化革命與建設，幾十年來作出突出貢獻，成爲眾望所歸的人選之外，茅盾對新民主主義文化革命的方針、路線與理論、原則，幾十年來所作的理論探索達到的超人的境界，也是重要原因之一。

茅盾來延安，計劃是長住。然而時局卻不給他提供這樣的機會。1940 年9 月下旬，張聞天來「魯藝」看望茅盾，他出示了周恩來從重慶打來的電報。「大意是：郭沫若他們已退出第三廳，政治部另外組織了一個文化工作委員會，仍由郭老主持。爲了加強國統區文化戰線的力量」，希望茅盾「能到重慶去工作，擔任文化工作委員會的常務委員」。〔註40〕張聞天說：「第三廳是掛著軍事委員會政治部牌子的，集結了大批抗日進步文化人士，作出了很大貢獻，影響愈來愈大，成爲蔣介石的心腹之患。蔣介石把它壓垮了。」周恩來

〔註39〕 《茅盾全集》第 22 卷第 117～135 頁。
〔註40〕 《我走過的道路》，《茅盾全集》第 35 卷第 378 頁。

就去找政治部長張治中，說：「第三廳這批文化人你們國民黨不想要，我們共產黨就要了，我把他們送到延安去！」蔣介石無奈，就挽留他們在政治部下設的文化工作委員會去工作。張聞天說：「恩來請你去重慶，就是考慮你在國內外的名聲，在那種環境裡活動比較方便，國民黨對你也奈何不得。不過，這只是我們的建議。一切由你們自己定。」茅盾和孔德沚研究：當然應該服從革命需要。不過兩個孩子要留在延安上學，交給張琴秋照顧。孔德沚堅決要跟茅盾赴重慶，繼續執行其「保護神」的職責。

　　因為就要離開延安，茅盾就向張聞天提出恢復黨籍的要求。幾天後，張聞天告訴茅盾：「中央認真研究了你的要求，認為你目前留在黨外，對今後的工作，對人民事業，更為有利。希望你能理解。」茅盾當然理解：這是統戰工作的需要！就愉快地接受了。他向毛澤東辭行，毛澤東風趣地說：「你把兩個『包袱』扔在這裡，可以輕裝上陣了！」

　　1940 年 10 月 10 日，茅盾夫婦隨董必武的車隊離開革命心臟延安赴重慶。但這一千五百里路，由於國民黨軍隊重重設阻，一直走了一個半月，直到 11 月下旬才抵達重慶。毛澤東在別後仍十分惦記茅盾，1944 年他致信道：「雁冰兄：別去忽又好幾年了，聽說近來多病，不知好一些否？回想在延安時，暢談時間不多，未能多獲教益，時以為憾，很想和你見面，不知有此機會否？」〔註 41〕機會當然是有的，但那已經是抗戰勝利，毛澤東赴重慶舉行談判的時候了！

離渝赴港　「第二戰線」編《筆談》

　　茅盾 1940 年 11 月下旬應戰鬥需要赴重慶；1941 年 3 月下旬，又因皖南事變後國民黨加緊反共而離重慶。這三個多月一直在周恩來領導與關懷下參加文化工作委員會的工作。黨派葉以群作為黨與茅盾之間的聯絡員，負責傳達精神、傳閱文件、溝通信息，幫助他辦《文藝陣地》，且照料茅盾的生活。茅盾住在棗子崗埡良莊。主要活動是「參加各種集會，並在會上發言；寫的幾篇文藝論文，多半就是這些發言的再整理；發言和文章的內容著重於介紹延安和敵後抗日根據地的生氣勃勃的文藝運動」。〔註 42〕特別是介紹延安和新疆的概況。但是這裡的政治壓迫嚴重，用鄒韜奮對茅盾作介紹時的話就是：

〔註 41〕據 1981 年《文藝界通訊》第 2 期封面，毛澤東的手跡。
〔註 42〕《我走過的道路》，《茅盾全集》第 35 卷第 395 頁。

現在重慶「面臨的困難和壓迫，超過了三十年代的上海，在上海還有個租界可以回旋，而這裡是戴笠的天下」。「那時候言抗日就是『共匪』，而現在反過來了，動不動就說你破壞『抗建』，是『奸黨』言論。」〔註43〕然而茅盾懷著忘我犧牲的精神，他不怕危險，參加政治、文化活動。這段時間，他參加的比較重要的會議有三次，發表了三篇很有分量的講話，會後整理成文章發表。1940 年 11 月 8 日他出席了中蘇文化人聯歡會，發表了題爲《抗戰期間中國文藝運動的發展》的講話。當日晚他參加了全國文協總會組織的關於小說創作的討論會。他發表了題爲《關於小說中的人物》的講話。12 月 28 日他參加了文化工作委員會成立後舉辦的第一次盛大的演講會，旨在就一年的工作成績作檢查式的報告。茅盾發表了題爲《今後文藝界的兩件事》的演講。

本來茅盾在重慶的主要工作是《文藝陣地》的復刊工作。茅盾離港後由樓適夷負責的《文藝陣地》先是遷往上海。但在上海，在內地都被禁止發行。這次鄒韜奮費了很大力氣辦妥正式發行執照。因爲樓適夷不能來重慶，就成立了一個由茅盾牽頭，包括葉以群、沙汀、宋之的、章泯、曹靖華和歐陽山在內的七人編委會。實際工作是葉以群負責。茅盾作後台，每期稿件都經他過目審定。1941 年 1 月 10 日《文藝陣地》復刊號六卷一期面世了。茅盾著名的謳歌延安新人新事新風尚新生活的《風景談》刊在此期。刊物不僅保持了原有特色，還增加了新的欄目：設「雜感」欄專登雜文。茅盾希望雜文起匕首投槍與突擊隊作用。但第二期出版後茅盾就離開了重慶，重振雜文之想化爲泡影！

在重慶除讀些內部資料外，茅盾還用了許多時間閱讀西南聯大幾個反動教授陳銓、林同濟編的《戰國策》刊物。此刊是以「國家至上、民族至上」口號爲掩護，宣傳希特勒代表的法西斯主義的吹鼓手。茅盾寫了一批雜文，如《「時代錯誤」》、《我的一九四一年》等等，給予批駁與抨擊。

1941 年 1 月 7 日皖南事變爆發。蔣介石封鎖眞實消息，反以「叛變」相誣。《新華日報》報導眞情的文章被撤，1 月 18 日周恩來在《新華日報》「開天窗」，代之以親筆題詞：「千古奇冤，江南一葉，同室操戈，相煎何急？！——爲江南死國難者致哀。」周恩來親自上街賣報，並發表演說揭露蔣敵僞合流反共賣國的陰謀。然後又約見民主黨派與無黨派人士集會，揭露「事變」眞相，宣告了中共中央嚴正立場及所提的 12 條要求。不久《新華日報》遭特

〔註43〕《我走過的道路》，《茅盾全集》第 35 卷第 383 頁。

務搗毀。茅盾怒火難平,他發表的《霧中偶記》,說:「中華民族是在咆哮了,然而中國似乎依然是『無聲的中國』。」霧「迷蒙了一切,美的,醜的,荒淫無恥,以及嚴肅的工作」。「在霧季,重慶是活躍的,……是活動的萬花筒:奸商、小偷、大盜、漢奸、獰笑、惡眼、無恥、奇冤、一切,而且還有沉默。」〔註44〕

2 月下旬,周恩來約見茅盾,推心置腹地說:「我把你從延安請來,沒想到政局會發生這麼大的變化。現在這裡危險,想請你離開重慶,到香港開闢一個新陣線。孔大姐是否去延安和孩子們團聚?不久有車去延安,可以一道走。」孔德沚要保護茅盾,表示堅決隨茅盾去香港。茅盾和葉以群商定:《文藝陣地》不出刊也不停刊,以示抗議,將來待機而動。為防特務暗害,八路軍辦事處主任徐冰送茅盾先到離城 20 里的南溫泉躲避,孔德沚仍在城裡公開活動以掩護茅盾先生。茅盾在南溫泉繼續寫他的「見聞」,所得六篇散文,其中的《「霧重慶」拾零》,對重慶的黑暗極盡諷刺揭露之能事!

3 月中旬,徐冰作出安排,護送茅盾乘車赴桂林轉乘飛機,赴香港。茅盾在《渝桂道中口占》一詩中,盡情傾瀉憤懣之情:「存亡關頭逆流多,森嚴文網欲如何?驅車我走天南道,萬里江山一放歌。」奮戰不息的精神溢於言表!

茅盾於 1941 年 3 月底抵香港,兩週後孔德沚也趕到了。茅盾肩負著周恩來的囑託:開闢「第二戰線」。他「有一種巨大的緊迫感——必須全力以赴地工作」。因此 1941 年是茅盾「戰鬥的一年」。〔註45〕「香港經過三年戰史的重染,已有很大的變化,政治空氣濃厚了」,市民對國家大事都極關心。港英當局對日本的態度日益強硬,對抗日宣傳不再阻攔。因此進步文藝界十分活躍。文協香港分會早已成立,主其事者是許地山、戴望舒、蕭紅、端木蕻良、林煥中等老朋友。夏衍和范長江在皖南事變後相繼奉命來港辦《華商報》。聽說茅盾在南溫泉伏案寫作,開口就要一部長篇供連載。茅盾答應把「見聞錄」陸續給他們,總題是《如是我見我聞》。編者發表時刊一介紹文章,說這是茅盾「漫遊大西北及新新疆,長征萬里,深入民間」的「長篇筆記,以其年來隨時精密而正確的觀察,用充滿著愛與力的能筆,作深入而雋永的敘述。尤其注意的是抗戰中舊的勢力和新的運動的鬥爭與消長,暴露著黑暗社會孕育著危機與沒落,指示出新中華民族的生長與出路」。

〔註44〕《茅盾全集》第 12 卷第 19~20 頁。
〔註45〕《我走過的道路》,《茅盾全集》第 35 卷第 411 頁。

　　茅盾被鄒韜奮抓官差，在《大眾生活》上連載的，倒真的是長篇：以日記體寫的《腐蝕》。茅盾以「皖南事變」為背景，著力揭露蔣政權大搞特務政治，蔣、敵、偽合流，鎮壓共產黨和抗日的人民群眾的黑暗現實。茅盾在前言中假託他發表的是他在防空洞撿來的日記。並說道：「塵海茫茫，狐鬼滿路，青年男女為環境所迫，既未能不淫不屈，遂招致莫大的精神痛苦，然大都默然飲恨，無可申訴。我現在斗膽披露這一束不知誰氏的日記，無非想借此」說明，「今天的青年們在生活壓迫與知識飢荒之外，還有如此這般的難言之痛，請大家多加注意罷了。」〔註46〕《腐蝕》激起了廣大讀者對蔣政權特務政治與蔣敵偽合流的強烈憤恨；也引起對失足青年命運的熱切關注。此作連載，不僅轟動香港，而且波及南洋及上海孤島。讀者認為這是對「當前政治有力的諍言」。「是一部用血寫成的特務反動分子罪行的記錄。」還有許多讀者紛紛投書編輯部與作者，要求修改失足淪為特務的女主角趙惠明的結局：給失足者以自新之路。茅盾接受了這一要求，改成趙惠明棄暗投明的結局。不料建國後因此結局描寫，遭到「同情特務」的指責。解放前後讀者的反映，兩者截然相反！但正與反這兩個面，都說明此作在讀者中產生的強烈影響。當時國民黨嚴令查禁；共產黨卻在解放區翻印，有的單位還規定為學習材料。在茅盾畢生創作經歷中，《腐蝕》是與讀者關係最密切，讀者的接受與參與最多最大也最強烈的一部。

　　茅盾在香港的主要任務是辦刊物，這就是以發表小品文為主的《筆談》半月刊。茅盾宣告：《筆談》提供的是「短小精悍的文字，也有翻譯」。當時黨在香港的負責人仍是廖承志。黨和茅盾之間的聯絡員仍是葉以群。廖承志十分重視國際國內形勢的分析研究，每週舉行一次時局漫談會，向來港的文化人通報黨的方針、政策、文件精神，和延安報刊發表的重要文章內容，大家相互交流情報。每次開會廖承志先介紹國內形勢，喬冠華再講國際形勢。然後大家漫談。再加上葉以群時常送來黨的和解放區的文件、報刊等資料可供閱讀參考，因此茅盾辦《筆談》比辦《文藝陣地》所得的信息更加廣泛和及時。他在延安的直接生活體驗，使他把《筆談》辦得政治性與戰鬥性更強了。

　　《筆談》的作者陣容也更強。而且大都在港，供稿十分及時。柳亞子提供了可以連載的談辛亥革命前後掌故的《羿樓日札》。羿是「后羿」，暗含要

把「日」（日本）射下來的「堅持抗日」之意。茅盾審讀此稿，引起學生時代經歷辛亥革命生活的許多回憶。茅盾則與之配合連載了談建黨前後人物、事件、掌故的《客座雜憶》（13 則）。正好和柳亞子的《羿樓日札》相銜接，使《筆談》有了史的視野。郭沫若從重慶寄來了《龍戰與雞鳴》。在港的作者分屬各界，如陳此生、胡繩、于毅夫、張鐵生、喬冠華、楊剛、葉以群、戈寶權、胡風、袁水拍、林煥平、鳳子、柳無垢、高荒、孫源、胡考、丁聰等。茅盾的審讀編稿範圍，也較此前辦刊擴大了很多。

《筆談》共出了七期。茅盾自己推出的重頭文章還有《大地山河》、《開荒》、《談一件歷史公案》等散文隨筆，《最理想的人性——紀念魯迅先生逝世五周年》、《國粹與扶箕的迷信——紀念許地山先生》等論文。此外他還包寫該刊的四個專欄的文章。

茅盾隨時牢記周恩來開闢「第二戰線」的囑託，所以編刊之外，仍重著述。小說創作如《腐蝕》，當然是重磅炸彈；雜文創作則是匕首與投槍。《兩週間》、《雜俎》和《書報春秋》等專欄重在國際時事，鼓吹反法西斯侵略的愛國主義和國際主義，還有一批雜文則重在譏刺政局、針砭時弊、抨擊暴政、呼喚民主。有的直言不諱：如《復活》借孫中心的亡靈之「復活」，考察蔣介石背叛革命賣國求榮之劣跡，有如竊國大盜袁世凱者，即是範例。有的則用曲筆：如《談一件歷史公案》明寫殺抗金將領岳飛的執行者雖是秦檜，主謀卻是制定對外求和對內鎮壓「國軍」的宋高宗。這裡借古諷今的人物對位，顯然宋高宗指蔣介石；「國軍」則指其「蔣敵偽合流」！

應政治急需茅盾這一時期多寫短文，但仍發表了一些作深入的宏觀探討的大文章。一類是作家作品的研讀所得。最有代表性的是為紀念魯迅逝世五周年所寫的《最理想的人生》與《研究·學習·並且發展他》兩文。茅盾認為：「想要學習魯迅，便須研究魯迅！」「無論用什麼方法去研究魯迅的著作，都是需要的。」〔註47〕但方法有優劣之分。「讀魯迅著作，尤其要有」好方法。「不得其法，譬如兩手掬錢，而沒有繩子串連起來，終究不受用。」魯迅的「著作大部分是隨時隨地為了反抗惡勢力為了闡揚真理而寫成的」短文，沒有時間「寫一部有頭有尾有間架，如古所謂『一家言』的著作」。然而「魯迅著作自成一家言，自有其思想體系」。因此「讀他的著作，必須要有方法」。

〔註47〕《關於研究魯迅的一點感想》，1942 年 10 月 30 日《文藝陣地》第 7 卷第 3 期，《茅盾全集》第 22 卷第 351 頁。

茅盾認爲「捋摘章句」式，「提問題以作研究之範圍」式，或如「醜婦戴了滿頭珠翠」，或「太具體時，未免瑣碎」而不能「包舉無遺」：故兩者都不足取。因爲「我們讀一個思想家的著作，主要是爲攝取精華，化爲自己的血肉，以增長我們對事物的理解力、觀察力，以及分析批評的能力」。〔註48〕因此必須讀全文，學全人，以求其「博大精深」之精神。

以此爲立論前提，茅盾引用魯迅的摯友許壽裳在收在《紀念魯迅集》第一集中的《懷亡友魯迅》一文中所說：魯迅當年曾提出的三個宏觀思考問題：「（一）怎樣才是最理想的人性？（二）中國國民性最缺乏的是什麼？（三）它的病根何在？」茅盾就「懸此相聯的三問題於座前，而讀魯迅著作」，並著文論述他的心得。他認爲：「古往今來偉大的文化戰士，一定是偉大的 Humanist，〔註49〕換言之，即是『最理想的人性』的追求者、陶冶者、頌揚者。」西方如伏爾泰、羅曼・羅蘭、高爾基，中國如魯迅，這些「站在思潮前頭的戰士」莫不如此。茅盾認爲，魯迅的人性就是「最理想的人性」。用「一句話可以概括：拔出『人性』的蕭艾，培養『人性』中的芝蘭」。「魯迅先生30年工夫的努力」的諸重大貢獻之中的一個，「就是給這三個相聯的問題開創了光輝的道路。」並且提供了明確的答案。他達到了「我們最大最終極的目標」。〔註50〕

茅盾還著重研讀了魯迅的雜文並總結出一條：「誰要打算寫戰鬥性的雜文」，一定要記住魯迅雜文的兩大特點：一是「論時事不留面子」；二是「砭錮弊常取類型」。茅盾所說魯迅的雜文的「類型」，是指他塑造的「媚態的貓」，比主人「更嚴屬的狗」，咬人前先發一通大議論的蚊子和專叮戰士傷痕的蒼蠅，以及掛鈴鐸的山羊：「用他的別的話來翻譯上述的數類，那就是豪奴、幫閑、二醜、僞善者，『正人君子』等等。」這是魯迅把雜文形象典型化的精髓。

茅盾最終作結論道：要反對「把魯迅當偶像，把他的學說思想當作死的教條」的態度；提倡把魯迅作爲「活在我們心中的戰士」，「他的著作是我們鬥爭的指南針，是幫助我們了解這社會，了解這世界，認明了敵和友的活的方法。倘取了這一態度，則魯迅的著作將成爲我們鬥爭的武器，滋補了我們

〔註48〕 《「最理想的人性」》，1941年10月16日《筆談》第4期，《茅盾全集》第22卷第261～263頁。

〔註49〕 英語，意即人文主義者，人道主義者。

〔註50〕 《茅盾全集》第22卷第263～265頁。

的鬥爭力的血液」。我們就能「把魯迅的思想和業績更發展起來，成為民族文化的最燦爛的一部分」。〔註51〕

　　茅盾對外還有一批讀書有感寫成的評論。如為慶祝郭沫若五十壽辰重溫郭詩、郭劇而寫的短論《為祖國珍重！》。為悼念因戰鬥勞累而死的許地山所寫的《悼許地山先生》和《論地山的小說》。〔註52〕

　　另一類是宏觀概括閱讀所得的文論，最有代表性的就是《談技巧、生活、思想及其它》這篇長文了。茅盾認為當前文藝創作之根本問題是：國內政治日趨反動，爭取自由民主、解除民生疾苦已是關乎民族存亡之大事，但作家對此卻沒有作出反映或沒作出深刻反映。作家沒有把握住當前時代的主要特徵是「變」。也沒掌握這「變」的特徵，表面上看形勢是「道高一尺，魔高一丈」，但其時代演變趨勢卻是：「一個走的是下坡路，一個卻是在步步上坡。」茅盾認為：作家以「表現時代為其任務」，就是「表現時代的特徵」，亦即「表現了從今天到明天這一戰鬥的過程中所有最典型的狂瀾伏流方生方滅以及必興必廢」。〔註53〕要做到這一點，作家必須對社會作全面的觀察分析，選擇最典型的事物，沿其發展軌跡用藝術手腕表現出來。茅盾要求作家充分把握此次的抗戰的性質：具「反法西斯侵略的全民族的自衛戰」與「資產階級民主革命的戰爭」的雙重特點。他批評作家對後者有所忽略。茅盾以魚知水之冷暖作比喻說：知冷暖之魚，未必知水之冷暖的原因；「一個作家魚卻必須把腦袋武裝起來，使能知水何以冷暖，及將有何等結果」。這就要以「正確的宇宙觀」去「向生活學習」，才能使技巧發揮文學表現之充分功能。而「今天文壇的貧血症，主要還是由於思想的深度的問題」所致。茅盾以四年來寫農民問題及「農民與抗戰的關係」的作品為例，說明作品思想深化的必要性與緊迫性。茅盾最後鄭重告誡：「我們渴望『偉大的作品』有好多時了」，它之所以至今未出現，原因固然有很多，「但是思想深度之如何」必須特別強調指出。「因為現實的變化太複雜、太快，思想深度不夠，就免不了要迷惘而自失。」〔註54〕

〔註51〕　《茅盾全集》第 22 卷第 269～270 頁。
〔註52〕　此兩文是《落華生論》的延伸與補充。
〔註53〕　著重號為茅盾原文所有的。
〔註54〕　此文寫於 1941 年 11 月 12 日，因戰事關係，已經打好刊登此文的 1941 年 12月 5 日《奔流新集》之二《橫眉》的清樣，但未能印刷。幸被人保存了清樣，才得存留，收入《茅盾全集》第 22 卷。

　　爲開闢「第二戰線」，茅盾用此文引導文藝創作的政治取向，而且也是他抗戰四年來跟蹤閱讀與研究抗戰文藝作品心得，顯示出茅盾達到的新境界新高度。

　　進入 12 月，日寇已呈進攻香港之勢。廖承志按照黨中央的意圖，著手舉世聞名的撤出大批文化人的準備。1941 年 12 月 8 日，以日軍偷襲珍珠港爲標誌，太平洋戰爭爆發。同日日軍攻九龍新界，港戰開始。茅盾夫婦按照黨的統一安排先後轉移了五個地點，這期間他仍帶著《元曲選》抽空捧讀。〔註 55〕24 日英軍投降，香港全部淪陷。1942 年 1 月 10 日，在黨派人護送下，茅盾夫婦經九龍步行奔赴黨領導的東江游擊區。幾經輾轉，經惠陽抵老隆。夜行途中，孔德沚從橋上跌入水中，幸無大傷！從老隆起程時，茅盾扮作「義僑」和教徒，化名孫家祿，帶著一部起掩護作用的《新舊約全書》，乘汽車經曲江轉乘火車，於 3 月 9 日抵桂林。這時，距撤離香港整整兩個月！旅館的茶房見這一對身著「又骯髒又肥大的藍布棉襖」的老年夫婦，竟投以「鄙夷」的目光。〔註 56〕豈不知這套棉衣是東江游擊隊發的；是茅盾夫婦步行跋涉，奔赴國難的歷史見證！

輾轉桂林　讀「經」論史寫「雨天」

　　由於廣西當局維護自身利益抗衡重慶，所以桂林是抗戰以來政治環境相對寬鬆之地；內地文化人紛至沓來；書店、出版社大小六十餘家；遂形成著名的「文化城」。皖南事變後，重慶對桂林加緊控制；並明令不要給由港來此的文化人安排工作。書刊檢查較前爲緊；但比重慶仍相對寬鬆。由於外來者雲集，住房特別緊張。幸賴桂林地下黨負責人、公開身份爲文化供應社的《文化雜誌》主編邵荃麟，騰出一間廚房，茅盾才有棲身之地。5 月初蔣介石派名爲文化服務社長，實爲 CC 系文化特務的劉百閔來桂林邀由港來此的文化人去重慶；意在把他們置於特務的嚴密監控之下。他來請茅盾時說：「蔣先生特意讓我請沈先生及其他原來的文化委員回重慶，工作、生活安排，一切都好說。」

　　因爲在港寫了《腐蝕》和罵蔣的許多雜文，茅盾想審時度勢，弄清重慶方面的眞實態度再說。不僅以正寫長篇爲由婉辭劉百閔的邀約；甚至連雜文

〔註 55〕戈寶權：《憶茅盾同志》，《憶茅公》第 252 頁。
〔註 56〕《我走過的道路》，《茅盾全集》第 35 卷第 456 頁。

短論也不寫。他韜光養晦，埋頭寫長篇報告文學《劫後拾遺》，爲經受戰火洗禮的香港芸芸眾生畫一速寫，之後又集中精力寫反映「五四」以來歷史變遷的長篇《霜葉紅似二月花》。茅盾想「通過這本書的寫作，親自實踐一下如何在小說中體現『中國作風和中國氣派』」。〔註57〕從風格看，此書頗有《紅樓夢》之風，它以沒落的張、錢、黃三大家族的家事關係與人物性格發展爲「顯」描寫對象，以代表封建勢力的趙守義與代表新生資本主義勢力的王伯申的矛盾鬥爭爲「隱」描寫對象；兩者明暗結合，上溯維新變法，經過辛亥革命，主要是寫「五四」以來中國社會大變革中政治經濟與文化觀念的種種矛盾衝突。茅盾說，他的審美表現之立意，本「想在總的方面指出這時期革命雖遭挫折，反革命雖暫時占了上風，但革命必然取得最後勝利」；書中出身地主與小資產階級的青年知識分子，「四一二」之前雖都「很『左』」，像是眞的革命黨人；「四一二」反革命政變後則或消極、或投反動營壘。若拿「霜葉」作比，「這些假左派，雖然比眞的紅花還要紅些，究竟是冒充的，『似』而已，非眞也。」1927年後反革命暫時占了上風，但正「如霜葉，不久還是要凋落」。不過此書沒有寫完。茅盾借杜牧詩句「霜葉紅於二月花」，把「於」字改成「似」字，一字之易，卻有些豐富的政治深意！從現成文本，看《霜葉紅似二月花》的藝術成就，被公認爲居茅盾長篇建構之首。

茅盾這時還爲反映抗戰全貌的另一更宏大的長篇，即後來部分完成了的《鍛煉》作準備。他把讀報讀刊及他聽說的材料所得都記下來。這些札記赴重慶後繼續積累繼續記，得一大本。茅盾之子韋韜接受了我的建議：把這組筆記整理發表時，取名《桂渝札記》。

茅盾既定了韜光養晦方針，則寫作之餘，就有時間和過從甚密的清末民初南社的前輩詩人柳亞子，著名歷史學家陳此生，一起論史談經，旅遊唱酬了。幾十年中間，茅盾一直戰鬥在時代濤頭，惟有桂林時期比較消停從容，沒有主動介入社會活動政治鬥爭。但像茅盾這樣的時代弄潮兒，即便有意躲開社會活動，潛心創作，環境也不能讓他持久維持。果然，因爲盛情難卻，茅盾應邵荃麟之邀，爲文協桂林分會講習班講了一次課；講稿《雜談文藝修養》在5月5日的《中學生》上發表。這正應了「善門難開」這句話，從此約稿難再婉辭了。於是集中談文學寫作技巧的一批文章之面世，成爲桂林時期茅盾著述生涯一大特點。

〔註57〕《霜葉紅似二月花‧新版後記》，《茅盾全集》第6卷第250頁。

　　這批文章，表面上看，是理論探討；實際上這是他把多年來讀文藝書、搞文藝創作的經驗，上升為理論，從立意到社會客觀效果，都起到溝通作者與讀者之心靈的作用。

　　單以文論應付約稿就太單調了，何況此時的茅盾既自己讀「經」，又與柳亞子、陳此生論史；論史激發的興趣，又促他進一步讀「經」。這「經」字我加引號，因為這「經」既包括中國的經、史、子、集之類，又包括外國各種名著。其中當然也含港桂途中起掩護作用的那部「聖經」：《新舊約全書》了。於是這一切閱讀所得，又成為茅盾文學寫作的好材料。

　　茅盾博古通今，學貫中西，他的讀書與著述，涉及儒家的多，老莊次之；佛教禪宗也約略可見。惟獨對西方宗教文化涉獵較少。在桂林之所以從《新舊約全書》取材，一方面是由港逃出時拿此書作掩護順便讀過；二是因為文網森嚴，暫時韜光養晦以觀動靜的茅盾，不想再露鋒芒。而蔣介石是個教徒。順手牽羊從聖經取材，他們就難抓到口實。而昏庸無知的檢查官員更難窺見茅盾立意、寓意之真諦。因此，表面上看，茅盾從《新舊約全書》取材寫《耶穌之死》與《參孫的復仇》，像是順手牽羊；實際是大有深意的匠心獨運之作。由此也可看出作者小說視野寬廣的特點。如果說茅盾從日本回國所寫的歷史小說是古為今用，借古諷今，那麼《耶穌之死》與《參孫的復仇》則是洋為中用，借洋諷中。這兩條創作原則與方法，不論在開闊讀者視野方面，還是在拓展中國現代文學史方面，都是可與魯迅、郭沫若比肩的新創舉。小說寫「耶穌到處說教」，「得了許多人的信仰，但是也引起了那些僭威作福的，假冒為善的人們的憎恨與暗恨。」作品還說：耶穌明知如此，仍聲言「若有人要跟從我，就當舍己，背起他的十字架」。這一切，令人想起中國共產黨及其領導下的抗日軍民，和他們表現出的熱愛祖國、抗敵禦侮、忘我犧牲精神。小說前四節作出這種「對位」性的鋪墊描寫後，從第五節到第九節，關於法利賽人、祭司長和文士們之用盡種種陰謀詭計謀害耶穌，耶穌之門徒猶大出賣宗師、勾結上述勢力，最終把耶穌釘死在十字架上的種種動態的描寫，其「洋為中用」、「借洋諷中」的政治寓意，就不言自明了！這樣一來，《耶穌之死》的閱讀效果，就遠不止於幫讀者解讀「聖經」了；實際上倒是茅盾通過對《新約全書》的解讀有所悟有所感，且把所悟所感形諸筆端，通過影射與象徵等等審美表現手法，幫助包括基督徒在內的中國讀者和人民大眾，去「解讀」1942 年中國的民族矛盾與階級矛盾相交織的社會現實這一本「大書」！

讀書若此，實在不失爲大徹大悟！

　　《參孫的復仇》〔註58〕只截取參孫的故事中「結局」的一段。在《舊約全書》中參孫的故事有頭有尾，從出生到死，對其奇異的故事有許多描寫，占了其《士師記》卷中第13、14、15、16共四章篇幅。茅盾只截取第16章的故事：非利士人收買參孫的情婦大利拉，讓她用種種甜言蜜語騙取「用什麼方法可以破他驚人的大力」，從而殺死他的方法。她獲悉剃去其髮即破神力之後，就幫助非利士人首領眞的捉住了參孫，並剜了他的雙眼！但參孫在監中又長出了頭髮。他終於施神力推倒樑柱，與仇人同歸於盡！這個情節格局較小，主題也較《耶穌之死》隱晦。但讀者若從蔣介石僞裝革命欺騙人民並出賣人民的反革命歷史大背景去思索，也能探究到茅盾的政治寓意和理想追求：人民終究會有對屠夫徹底復仇的一天。參孫因神力與輕信而終至被害，也暗含著人民從幾十年鬥爭歷史中應該記取的政治教訓。

　　茅盾在桂林所寫的《雨天雜寫》共五篇。《茅盾散文速寫集》中所收僅三篇。《茅盾全集》第16卷收五篇。而且大體按寫作時間排列。其寫作時間自6月24日到7月25日。這恰恰是茅盾和柳亞子、陳此生談史論史時所寫。它承接著在香港所寫的《談一件歷史公案》，但取材不限於古史，倒時時涉筆近代、現代的歷史經驗教訓；它不僅涉筆中國史，也時時涉筆外國史：所以其閱讀與觀照的視野更加開闊。

　　談及這組雜文，茅盾說：「我想暗示，對於歷史人物之功罪雖各有評說，但有一點是無法改變的：凡不順應歷史潮流而妄圖阻攔社會經濟之發展者，必成爲千古罪人；凡以暴力妄圖強制思想之統一者，必遭世人唾罵。」〔註59〕其實這只概括了大端，實際這組散文雖只五篇，哲理與規律之概括卻十分廣泛。

　　茅盾又說：「我的《雨天雜寫》主要是談論歷史掌故，例如秦始皇和漢武帝，姚興和鳩摩羅什，拿破崙和希特勒，李斯和董仲舒等等。」〔註60〕但實際遠不止此。《雨天雜寫》的視野頗具雄視百代之勢，論史籍則從《永樂大典》到《廣西通志》；論史事則從古希臘到二次世戰；從先秦直貫當代：古史今史，古事今事，都作了融會貫通的總體觀照。如《雨天雜寫之二》對比了戰國時

〔註58〕1942年12月15日《文學創作》第2卷第1期，《茅盾全集》第9卷。
〔註59〕《我走過的道路》，《茅盾全集》第35卷第467頁。
〔註60〕《我走過的道路》，《茅盾全集》第35卷第467頁。

代與西晉永嘉之後經東晉到南北朝時代，茅盾認爲這「中國數千年的歷史」之兩大時代「轉捩期」；但其變化發展取向，一是「走的上坡路」，一是「走的下坡路」。前者百家爭鳴促進了社會發展；後者佛、道、孔競鬥，表面的文化繁榮與實質的歷史倒退取向相悖，給今人留下無限教訓！

　　特別值得注意的是，這批讀史論史，古爲今用、洋爲中用的作品中，貫串著一種受時代壓抑導致的憤懣之氣。這在茅盾和柳亞子、陳此生讀史論史之餘的唱酬之舊體詩作中也可感到，我們不妨引其贈柳亞子的四首絕句，與《雨天雜寫》印證著讀。

　　　　其一：「兩難啼笑喚荷荷，尙有豪情論史麼？寂寞文壇人寂寞，何當買醉一高歌。」

　　　　其二：「尙有豪情論史麼？南朝舊事費嗟哦。職方如狗滿街走，劍佩『成仁』奈則那。」

　　　　其三：「南明舊事豈虛誣，十萬倭騎過鑒湖。聞道仙霞天設險，將軍高臥擁銅符！」

　　　　其四：「魚龍曼衍誇韜略，呑火跳丸壽總戎。卻憶清涼山下路，千紅萬紫鬥春風。」〔註61〕

　　時近10月底，茅盾決定赴重慶。因爲這時他對形勢與處境洞若觀火：老蔣大張旗鼓邀他去重慶，無非是讓特務控制起來，而不致公然加害以招國內外輿論之譴責。在桂林，則可以推卸加害之罪責。故茅盾反有受害之可能。在重慶還有近在咫尺的中共辦事處與周恩來的領導，有郭沫若、老舍、陽翰笙等一大批戰友相互配合，仍可開展工作。恰在這時，由港赴渝的葉以群來信邀茅盾赴渝主編《文藝陣地》。於是他通知劉百閔：「我的長篇已經寫完。現在重慶邀我去繼續主編《文藝陣地》，所以我打算赴重慶。」劉百閔來此五個月，一個名人沒請動，現在茅盾這個大人物要去，使他大喜過望。他表示負擔全部路費。茅盾謝絕了。他編了《見聞雜記》、〔註62〕《白楊禮讚》等書，提前支取了稿費作爲路費。劉百閔先赴重慶報功，卻安排特務一路「護送」茅盾。茅盾也樂得省事，所以一路順利，安抵重慶。

〔註61〕《桂渝道中雜詩，寄桂友》，《茅盾全集》第10卷第386～387頁。
〔註62〕即以《如是我見我聞》爲基礎，加了幾篇編成。

再赴重慶　借重《講話》潤「新綠」

茅盾 1942 年 12 月 23 日抵重慶，住在市郊唐家沱。從這時到 1946 年 3 月離渝返滬這三年多時間，可以 1944 年夏秋爲界分前後兩期。前期是特務嚴密監視下的白色恐怖籠罩時期，連預定繼續主編的《文藝陣地》也無法出刊，更不用說從事政治活動了。所以他繼續韜光養晦，讀書、寫書、譯書。後期因政治形勢好轉，才又繼續從事政治活動。不過他一直和周恩來直接領導的黨駐渝辦事處和《新華日報》保持密切聯繫；葉以群擔任黨和茅盾之間的聯絡員。特別是「重慶在 1942 年 6 月已開始透露《在延安文藝座談會上的講話》」〔註63〕的精神。1944 年元旦的《新華日報》以《毛澤東同志對文藝問題的意見》爲題，正式刊載了《講話》部分內容。茅盾以革命家與文藝家的雙重敏感，很快就認同了這一全面體現毛澤東美學觀的《講話》。這是茅盾讀書生涯中的一件大事。在他重慶時期的著譯中，留下了研讀《講話》的鮮明烙印。尤其是在稍後撰寫的宏觀地總結「五四」以來，特別是抗戰以來的文藝運動經驗、規律與發展趨勢的幾篇論文中，充分體現出他讀《講話》後的認同。

他認同《講話》關於文藝與政治之關係的論述。他認爲「一種新的文藝運動必然根源於新的思想運動，而同時又爲其先驅」。因此民主、科學與愛國主義精神才能通過革命現實主義思潮，從「五四」到抗戰，使文藝一直「配合著今天的民主運動」。他認同《講話》關於文藝與人民之關係的論述。認爲文藝的「現實主義文藝的科學的民主精神」就是：「面向民眾，爲民眾，做民眾的先生，同時又做民眾的學生，認識民眾的力量，表現民眾的要求。」〔註64〕他認同與此相關的《講話》中關於普及與提高之關係的論述。他認爲：「五四」至今文藝發展的總方向，「一是民族化，二是大眾化」；抗戰以來又反映在「（一）通過利用舊形式，（二）加緊創造新形式，以求配合當前的迫切需要」等等問題中；「這一問題是要放在普及與提高的『辯證的』過程中求解決，不能分離出來；這一認識，我以爲是最近幾年來從最寶貴的經驗中所得的結論。」〔註65〕他認同《講話》關於文藝與生活之關係的論述。茅盾認爲，抗戰以來作家離開沿海大城市，深入內地以至鄉村、部隊，是作

〔註63〕　《深深懷念茅盾先生》，《茅盾和我》第 173 頁。

〔註64〕　《五十年代是「人民的世紀」——紀念「文協」七周年暨第一屆「五四」文藝節》，《茅盾全集》第 23 卷第 97～98 頁。

〔註65〕　《抗戰以來文藝理論的發展》，《茅盾全集》第 22 卷第 394～395 頁。《也是漫談而已》，《茅盾全集》第 23 卷第 242 頁。

家「深入社會、深入民眾」的群體自覺性最可貴的表現。〔註66〕他認同《講話》關於歌頌與暴露之關係的論述。他指出「現社會有光明仍有黑暗」，二者「仍在慘烈地鬥爭，所以光明要歌頌，黑暗亦非暴露不可」。「暴露與歌頌既相反又相成，是一個問題的兩面。」〔註67〕他認同《講話》關於內容與形式、思想與技巧之關係的論述。他一面批評當時風靡全國的「技巧熱」的「忽視作品的思想內容，爲談技巧而談技巧的傾向」，同時又非常強調與思想內容有機統一的審美形式與技巧的不可忽略的作用。所以他寫了《雜談文學修養》、《大題小解》、《談描寫的技巧──大題小解之二》、《文藝雜談》、《認識與學習》、《從思想到技巧》等一大批論述二者辯證統一關係的文章。茅盾還提出了「關於生活的廣、深、密的『生活三度說』」用作貫穿作家與生活、與人民之關係的「一根綿繩」。他認爲：「密度」是說「貼近人民」時的「熱情和關心」，這是保證「充實生活」「學習大眾」之「深」與「廣」的關鍵所在。〔註68〕毛澤東既是詩人，更是政治家；茅盾則既是政治家，更是文學家。因此茅盾對毛澤東的文藝從屬於政治並反過來給政以巨大反作用的觀點能夠認同；這一認識打上了特定時代的烙印；當然也帶著當時時代的侷限性。但他們各有側重，因此也存在差異。相比而言，在文藝與政治之關係這個問題上，茅盾的時代侷限性要小於毛澤東。因爲他畢竟首先是個文學家。他對文藝的特質與內在規律更加尊重。

　　茅盾來重慶的目的之一，是辦從滬遷渝的《文藝陣地》。但一直未獲准在重慶以外的地區發行。他只好作罷。茅盾和葉以群商量變通辦法：改爲《文陣新輯》以叢刊方式發行；仍由茅盾任主編。以群爲此還和朋友辦了自強出版社。茅盾鑒於出版商出書，先看作者名聲，不重內容。名字陌生的作者的書很難出版；就決定編一套專出無名作家作品的叢書。他從開拓人民文學新綠地的宗旨出發，名之曰《新綠叢輯》。和《文陣新輯》一起，都交以群辦的自強出版社出版發行。爲了打開銷路，茅盾不僅親自編輯，還爲每種書寫一篇序。茅盾在《〈新綠叢輯〉旨趣》一文中說：作者對「嘔心血的成果的寶愛」，「脫稿後求能與世人相見」的「嚶鳴求友之心」，「本爲人人所同」；但一面「老板們常嘆佳稿難得」；一面「有些佳作又找不到機會出版」！這不能單怪出版家和讀者分別缺乏「冒險精神」與「探險精神」；「實在是出版

〔註66〕　《文藝節的感想》，《茅盾全集》第 23 卷第 103 頁。
〔註67〕　《談歌頌光明》，《茅盾全集》第 23 卷第 228〜229 頁。
〔註68〕　《論所謂「生活的三度」》，《茅盾全集》第 22 卷第 436〜443 頁。

界中有些『冒險家』往往借剪刀漿糊之力，印一些東西」，給讀者印象不好所致。《新綠叢輯》「冒險來印幾本陌生名字的單行本」。希望讀者能「探險似的讀幾本陌生名字的作品」。這兩種精神「對於文學的發展有益」。「新綠」的「作者天南地北，既非相識，故無所謂好惡」，編者雖然「審慎其事，不漏不濫」；「倘有衡鑒失當，罪在我們的學力不夠，但珍惜寫作者的心血之心，自信還是誠懇的。」〔註69〕

《新綠》共出三輯：一是穗青的《脫韁的馬》；二是郁茹的《遙遠的愛》；三是王維鎬的《沒有結局的故事》和韓罕明的《小城風月》。在出版艱難之際，出無名作者的書確實有風險。這四位作者又確實與茅盾並無好惡，如《脫韁的馬》的作者穗青是遠在山西的喬姓作者的自由投稿。茅盾讀後，「驚奇地發現這是一部少見的佳作。」《遙遠的愛》的作者郁茹（錢玉茹），是《文陣新輯》登記來稿、保管資料的女職員。她偷偷寫的這小說，是以群拿來讓茅盾抽空看看：「提點意見，鼓勵鼓勵」的。茅盾讀後被她那擅長抒情與心理描寫及俊逸格調所吸引。他「抑制不住內心的喜悅，因為抗戰以來湧現的青年作家中，有才華的女性卻不多見，想不到其中的一位就在我的身邊」！〔註70〕於是立即決定收入。但這並非全部的原因和理由。在此前後，茅盾寫過一篇《「愛讀的書」》。〔註71〕寫此文的本意是答某刊編者問。但對我們考察茅盾的讀書生涯與審美、追求卻很有幫助。

茅盾說：人們讀書的趣味，若與「他的身世、教養等等沒有關係，那麼他將無常嗜」。「我們的好惡當然與希特勒之流法西斯不同，奴隸主的好惡當然與奴隸不同；好惡不同，當然對於文學作品的趣味就不同了。最大多數人之所好者：自由、平等、博愛。凡因爭取此三者而表現之勇敢、堅決與犧牲的精神，凡因說明此三者之可貴而加以暴露的壓迫、欺騙、奸詐和卑劣的行為，當然也是最大多數人『興趣』之所在。文學傑作之永久性和普遍性，應當從這裡去說明，所謂超然物外的純趣味，實際上是沒有的。」文學作品可分為「歷史的，當代現實的，和幻想的（靈怪變異）三類」。三類中都有百讀不厭之作。「真正的原因，恐怕還是在於歷史和幻想的作品之傑出者是包含了人們所企求的真理，讚美了人們之所好，而指斥了人們之所惡的。」基

〔註69〕見 1943 年 12 月自強出版社《脫韁的馬》書前，《茅盾全集》第 22 卷第 460
　　　～461 頁。
〔註70〕《我走過的道路》，《茅盾全集》第 35 卷第 507～509 頁。
〔註71〕1943 年 10 月作，《茅盾全集》第 22 卷第 444～449 頁。

於這立論，茅盾列舉了自己「愛讀的書」。包括：《三國演義》、《水滸傳》、《西遊記》、《聊齋志異》、晚清譴責小說和魯迅的作品。外國則有大仲馬的《三個火槍手》（即《俠隱記》、《續俠隱記》）、托爾斯泰的《戰爭與和平》、《安娜‧卡列尼娜》；以及當代作家高爾基、羅曼‧羅蘭、巴比塞、蕭伯納、德萊塞」……但是文章的筆鋒一轉，茅盾又說：「凡同國同時代的作品，對於一個寫作者或多或少總有助益，我們從魯迅的作品固然得的益處很多，但從一位青年作家的作品裡，也常有所得」，「即使是描寫失敗之處，也因其能使我們借鑑而預防，故亦有益。」若把這些話和茅盾為這四位年輕作者的四部書所寫的序對照研究，不難看出茅盾讀書的興趣與好惡，以及他對文學永久性、普遍性、現實性的一般要求。並由此印證他本人的「身世、教養」等等。他評《遙遠的愛》，認為寫女主人公羅維娜不安於「自私的戀愛的角落」；「民族解放的戰鬥的號角在召喚她」，「她的愛擴大」到「愛人民愛祖國的事業中」。為這一「昇華」，她「付出了痛苦的代價」。「她這一內心的鬥爭，便構成了這部小說最精彩的篇幅。」〔註72〕他在《序〈沒有結局的故事〉》中說：所寫的主人公「不但引起同情，而且是深思，將不但是一面鏡子，讓人家從它那裡照見自己，而且也是一記當頭棒喝，使人憬然覺悟」。作者「給我們聽一個靈魂的呻吟；感情的波瀾掩蔽於漠然的苦笑之下，有旋律，然而是多麼舒徐，淒惻，像靜泉汩汩，決不是奔流飛濺，在這一點上，我們不能要求他的文字有另一個式樣，如其換一種格調，就將破壞了形式與內容的合一！」因此茅盾說：「《沒有結局的故事》是美的。」他在肯定《遙遠的愛》之同時，也批評它有不足：書中其餘人物「好像只是為了襯託」主角，是一些缺乏獨立的性格活動的「跑龍套」人物。結構也因「主角帶路」而顯得「很單純」。這樣一來宜用第一人稱，實際卻是第三人稱。幸因「抒情氣氛的格調」的補救，使小說「還沒怎麼呆板」。對此瑕瑜互見、瑕不掩瑜之作，茅盾得出結論：「熱愛人生，認清現實，這在一個作家」和一部作品，「比技巧熟練，其寶貴何止百倍」；「忠實於人生的作家又何必自餒。」〔註73〕

茅盾重慶時期所讀的書，未出版的超過了出版的。因為他寫的序文超過了評論。這是一個不同於其他時期的特點。像《為親人們》、《序〈純真的愛〉》、《序〈一個人的煩惱〉》等，都屬此類。但有些論文是綜論性質的。那是廣

〔註72〕《茅盾全集》第 23 卷第 24 頁。
〔註73〕《茅盾全集》第 23 卷第 23～28 頁。

讀博覽所得的宏觀認知形諸筆端的結果，其最重要的是《雜談文藝現象》與《如何擊退頹風》〔註74〕等文，這是從作者、讀者、編者和出版者四者之間的關係角度，對讀者市場、文化市場風氣所作的評析。他指出，一方面，絕大多數的作者、編者與出版者還是願出也有一定銷路的「百分之百嚴肅」的作品，特別是寫抗戰的作品。渴求這種「確能表現抗戰現實的作品」的態度嚴肅的讀者也占絕大多數。一本好書到了他們手裡，「就轉輾傳觀以至於字跡磨滅」，這「是被一遍一遍咀嚼，一次一次討論，非把它從裡翻轉向外是不過癮的」。茅盾輔導的由中學生田苗組織的「突兀讀書社」，就是這種好現象的群體表現。但文壇也的確存在「頹風」：「包括清談、扯談、胡說八道、大言不慚、牛鬼蛇神、風花雪月等等特性的所謂『風字型』的作品」，特別是「戴抗戰之羊頭，賣色情之狗肉者，」「更易於推銷」。茅盾呼籲：「負起時代的使命」，「擊退頹風！」

茅盾還有一種綜述讀後感的文章形式，這就是「讀完一部作品後僅憑當時的感想隨手記下來」聊以「備忘」的《讀書雜記》。〔註75〕對碧野的《肥沃的十地》、《風砂之戀》，姚雪垠的《戎馬戀》、《春暖花開的時候》和馬寧的《動亂》等三位作者的五部長篇進行了概括剖析。這種形式建國後仍有沿用，並且曾結集出版。書名就叫《讀書雜記》。

在重慶，茅盾不僅讀作者的未出版的原稿，還有參與構思，並提筆大刀闊斧幫助修改的一例。這就是宋霖的長篇《灘》。宋霖本名胡子昂，「當時在重慶是響當當的女企業家和婦女運動頭面人物」。建國後擔任過商業部副部長，她是「五卅」時期孔德沚從事婦女運動認識的一個女工。後來與章乃器結了婚又分手。她和宋慶齡關係很密切。抗戰後從事抗日救亡運動，1944年春她找茅盾，談了想寫小說的計劃，求教「小說作法」的門徑。因為她是寫「國民黨政府對民族工商業的壓迫和摧殘」這個主題，而這個問題正是重慶時期茅盾集中思考、切實調查的重大社會問題；所以激起茅盾極大的興趣。他跟她談了一整天。兩三個月後她再次來，送來一厚沓子初稿。約五萬多字。茅盾當即讀完，然後說：「這不是小說，這只是政治口號加些藝術的形容。」

〔註74〕《雜談文藝現象》，1944年9月1日《青年文藝》第1卷第2期，《茅盾全集》第23卷第50～56頁。《如何擊退頹風》，初刊於《評論報》（日期不詳），1945年10月16日《文萃》第2期轉載，《茅盾全集》第23卷第200～207頁。

〔註75〕1945年5月4日《文哨》第1卷第1期，《茅盾全集》第23卷第145頁。

茅盾具體地詳詳細細地幫她策劃與重新構思，然後要她重新寫。又過了三四個月，胡子昂送來十萬字的第二次稿。人物實際以章乃器為原型。其中也有胡子昂自己的影子。茅盾用了一週多時間，「作了詳細的批改，指出應增加，應改寫，應刪節，應調整的地方。改寫和增加的部分」有的還代擬了草稿。所寫的修改意見達「幾十頁」之多！後來胡子昂送了修改謄清的第三稿。這次正如孔德沚所說，是「像批改作文卷子似的」，在「原稿上作了細密的文字修飾」。然後「推薦開明書店」。〔註76〕此書出版後，茅盾寫了兩篇書評：《讀宋霖的〈灘〉》，和《〈灘〉——戰時民族工業受難的記錄》。〔註77〕在茅盾的讀書生涯中，這是一個奇特而動人的事例！

　　1944 年後形勢稍有好轉，茅盾這時一邊參加政治活動，一邊繼續思考抗戰中民族工業的命運問題。茅盾原來期望：抗戰勝利也能導致民主革命的勝利；而後者又和民族工業的振興大有關係，然而事與願違。一方面民主運動受到更大的迫害；一方面民族工業受到更大的摧殘：蔣介石憑藉官僚資本主義強大實力，把民族資產階級硬是擠到共產黨的民族統一戰線中，成了迎接新中國的堅定成員。這是他始料不及的。因此，茅盾讀報，讀資料，調查了解，努力研究透這個問題。我在前邊提到的他寫的那些《桂渝札記》中，就記下許多從報紙讀到的這方面的材料，以及調查所得的材料。為辦《文藝陣地》他不得不和張道藩打交道。張道藩反倒向他要長篇小說稿，供其辦《文藝先鋒》連載。結果是張道藩不僅不給《文藝陣地》開綠燈，反倒把茅盾的寫民族工業資本家抗戰初期命運經歷的中篇《走上崗位》騙到手。此作用的就是茅盾在桂林時作準備寫那部長篇所積累材料之一部分。因為在張道藩的刊物上登，筆墨自然伸展不開。到了 1945 年，重慶報紙連篇累牘為轟動山城的「黃金提價泄密案」充分曝光。茅盾盯著讀報紙；跟蹤搜集各種材料。很快寫成多幕話劇：《清明前後》。上演後轟動了山城！因為選擇的時機，一是毛澤東正在重慶和蔣介石談判；二是國民黨剛剛宣布了取消新聞檢查制度，故不能馬上破壞所謂「民主」空氣而禁演此劇。於是採用張道藩策劃的陰謀手段：「密飭部屬暗中設法制止，以免流傳播毒」。反動當局怕的是：此劇「多係指責政府，暴露黑暗，而歸結於急需變革，以暗示煽惑人民之變亂，種種

〔註76〕《我走過的道路》，《茅盾全集》第 35 卷第 513～516 頁。
〔註77〕分別刊於 1945 年 9 月 16 日重慶《大公報‧文藝副刊》第 82 期和 1946 年 8 月 16 日上海《文匯報》，均收入《茅盾全集》第 23 卷。

影射既極明顯，而誣蔑又無所不至」。張道藩不愧是特務頭子。他在致國民黨中宣部的這封密函中所說的上述這些話，實際就是從另一個角度對茅盾《清明前後》的極高評價。實際上這也是一份十分奇特的劇評！他們「設法制止」的「法」之一，就是在電台播批判文章。豈料這正是幫忙作廣告；使正上演的《清明前後》再次場場客滿！許多資本家爲職工包場。有的還自己排出上演！

　　從《走上崗位》到《灘》，再到《清明前後》，茅盾的思考到底是什麼？茅盾1944年在題爲《時間，換取了什麼？》一文中，用三個工業資本家的對話，作出了回答。〔註78〕甲說：抗戰「這七個年頭在我輩等於沒有」。當初老板和工人流血流汗把冷冰冰的機器拆卸包裝運到內地，是爲再生產以支援抗戰。那時「一天天朝西走，理想就一天天近了」。流的汗不比機器輕，但「心裡是快活的」。然而現在不但機器閒起來，「拆掉了當廢鐵賣的也有呢！」乙說：「七年倒也不算白過。教訓是受到了。」甲說：「對呀，變出了若干暴發戶，發國難財的英雄好漢！」物價天天漲，「確是一天有一天的價值！」丙說：「有人等著重溫舊夢，有人等著天上掉下繁榮來」，可「世界不等我們」，「中國也不能等著」「勝利以後便如何如何」的說夢的痴人；「不過中國幸而也有不那麼等著的人，所以七年工夫不是白過，中國地面上是發生著變化了，打開地圖一看就可以看見的。」〔註79〕甲發怒道：「不能再讓每一天白白過去，如果再敷敷衍衍，不洗心革面，眞是不堪設想的。然而那七個年頭還是白費的！」這就是茅盾自桂林始，急切思考抗戰以來歷史教訓所得的重要結論之一。其最可寶貴的，是發現了連民族資產階級都認識到黑暗的根源並且不肯再忍受，再不用說人民大眾了。而不再敷衍、洗心革面去行動，不再讓一天白白過去，要改變現狀的這種急切心情與堅決態度，這正是《清明前後》所寫的和國民黨反動當局所怕的！

　　茅盾正在忙著寫《清明前後》，黨和重慶進步文藝界卻忙著爲茅盾慶五十大壽，藉以展示要求民主的進步力量。1945年6月24日，慶祝大會在重慶白象街西南實業大廈隆重舉行。柳亞子、邵力子、章伯鈞、馬寅初等名流，郭沫若爲首的文藝界人士，王若飛等中共中央的代表，美國新聞處費愛士等國

〔註78〕　1944年7月8日《新華日報》，《茅盾全集》第12卷第198～201頁，引文用甲、乙、丙三人稱對話者，係引者所爲。
〔註79〕　指解放區在抗日鬥爭中日益擴大。

際友人，都出席了，總共有七八百人。連張道藩都不得不來敷衍一下。會議由沈鈞儒主持。王若飛代表中共中央講了話。蘇聯大使館費德林宣讀大使館賀信。茅盾在致答詞時說：「五十年來，我看到了多少中國優秀的兒女犧牲了，我自己也是從血泊中走過來的，而現在，新一代的青年又擔負了比我們這一代更重的擔子，他們經歷著許多不是他們那樣年齡所需經歷的事，看到這一切又想到這一切，我覺得我更有責任繼續活下去。抗戰的勝利已在望了，然而一個民主的中國還有待我們去爭取，道路還很艱難。我準備再活二十年，為神聖的解放事業做一點貢獻，我一定要看見民主的中國的實現，否則我就是死也不會瞑目的！」〔註80〕

配合慶壽，許多報刊發表了文章與詩文。《新華日報》除報道慶壽活動外，還發表了經周恩來親筆修改的題為《中國文藝工作者的路程》的社論，和王若飛代表中共中央所作的講話，即題為《中國文化界的光榮，中國知識分子的光榮——祝茅盾先生五十壽日》的文章。王若飛稱茅盾是「中國文化界的一位巨人，中華民族與中國人民最優秀的知識分子，在中國文壇上努力了將近 25 年的開拓者和領導者」。他的事業「是和中國人民大眾的解放事業緊相聯繫的」，「他所走的方向，是為中國民族解放與中國人民大眾解放服務的方向，是一切中國優秀的知識分子應走的方向。」周恩來修改定稿的《新華日報》社論，稱茅盾是「新文藝運動中」「一位彌久彌堅，永遠年輕，永遠前進的主將」，是「我們新文藝運動的」一面「光輝的旗幟」。50 多年後的今天我們看這些評價，完全可作為對茅盾的蓋棺論定的公正的歷史評價。

1945 年 8 月 15 日日本終於投降了！八年抗戰終於取得了徹底的勝利！國共兩黨於 10 月舉行重慶談判，簽定了以停止內戰、和平建國為主題的《政府與中共代表會談紀要》，俗稱「雙十協定」。但這期間茅盾個人生活卻發生了一件極不幸的事：女兒沈霞為庸醫所誤，死於流產術後護理失誤中！在中國革命的艱難進程中，茅盾至此已經奉獻了弟弟和女兒兩個親人！

茅盾決計立即回滬。但機票被接收大員和政商權貴所壟斷。直到 1946 年 3 月，在周恩來的幫助下，才算結束了一直在特務監視下的三年霧都生活！

重返上海　回顧展望訪蘇聯

3 月 16 日茅盾抵廣州。為等機票，一直滯留到 4 月上旬。4 月 13 日赴香

〔註80〕《我走過的道路》，《茅盾全集》第 35 卷第 539～540 頁。

港乘船，不料船票已預售到一個月後！直到 5 月 26 日，茅盾才返回闊別將近十年的上海！不久蔣介石撕毀「雙十協定」，又發動了全面內戰！茅盾天天為時局逆轉焦心！

這時蘇聯對外文化協會邀請茅盾訪蘇。茅盾愉快地接受了邀請。從 12 月 5 日起程，到 1947 年 4 月 25 日返滬，在蘇聯整整四個月，和在延安同樣，茅盾又目睹了一個嶄新的社會制度。

國內等待茅盾的卻是更加嚴峻的反動政治壓迫：民主運動倍遭摧殘；沈鈞儒領導的民盟甚至被「解散」！中共中央及時向民主人士發出邀請：經香港分批赴解放區共商建國大計。地下黨通過葉以群具體安排：孔德沚暫留上海起「煙幕」作用，放風說：茅盾回了烏鎮。實際上茅盾於 12 月 14 日悄然乘船離滬，於 16 日安抵香港。兩周後孔德沚也來了。在上海居留的兩段，都是半年左右。第四次來港則為期經年。由於解放戰爭形勢發展很快，1948 年 5 月 1 日，中共中央發出號召：請各民主黨派、人民團體、社會賢達來解放區共同籌備召開新的政治協商會議：為成立民主聯合政府作準備。茅盾也參加了這一準備工作。1948 年 9 月遼瀋戰役以錦州之戰拉開序幕。在港的民主人士已獲得分批秘密進入東北的邀請，9 月底、11 月初，前兩批分別離港。茅盾等作為第三批，於 1948 年除夕秘密登船。1949 年元旦離港，元月 7 日抵早已解放了的大連。張聞天率黨政軍民來歡迎他們。茅盾離港的元旦那天，《華商報》發表了他的題為《迎接新年，迎接新中國！》的元旦獻詞。這實際成了茅盾的政治宣言。

這三年左右輾轉動盪的人生歷程中，茅盾從宏觀總結、研讀了八年抗戰的文藝運動材料與創作成果，重點研讀與評介解放區文學和蘇聯文學作品，而這一切實際上都是在展望民主建國的美好前景。

抗戰剛剛勝利時，茅盾在重慶「第一次讀到《在延安文藝座談會上的講話》」的全文。他說當時「真像是在又疲倦又熱又渴的時候喝了甘冽的泉水一樣」。「您試想想：從『五四』以後，文藝上多少問題，有過多少爭論，然而得不到解決」，現在讀到的《講話》全文，「它並不從馬、恩、列、斯的經典著作中抄引文句，可是運用馬克思列寧主義的觀點和方法，把我們從『五四』直到那時的文藝工作中的根本問題分析得那麼全面，指點得那麼親切」，「解決得那麼透徹，批評得那麼令人心服」，「您怎麼會沒有醍醐灌頂之感？」但當時文藝界能透徹理解者並不多；「對於如何照這書的指示去工作，卻是認識

不足的。」〔註 81〕茅盾是理解比較透徹，認同之同時又能主動自覺用以解決問題的做得較好也較早的一個。所以，他在總結抗戰以來文藝運動總結經驗教訓，借以對文藝前景起導向作用時，十分自覺地貫徹《講話》精神。讀《講話》全文不久，他就發表了《現在我們要開始檢討——八年來文藝工作的成果及傾向》〔註 82〕這篇長文。離開重慶沿途，因爲周恩來要求他跟廣州、香港的同行講講全面局勢及中共中央的精神，所以他先後利用機會，發表了許多講話和文章。如：《和平·民主·建設階段的文藝工作——3 月 24 日在廣州三個文藝團體歡迎會上的講演》、《人民的文藝——4 月 8 日在廣州青年會講演》、《民主與文藝》、《民主運動與文藝運動》等就是。回到上海之後，和再次返港期間，他又發表了《抗戰文藝運動概略》、《文藝工作者目前的任務》、《反帝，反封建，大眾化——爲「五四」文藝節作》等文，這時他把解放戰爭時期的文藝經驗教訓也總結進去了。

　　茅盾把抗戰八年的文藝運動，以武漢失守（1938 年 10 月 25 日）和太平洋戰爭爆發（1941 年 12 月 8 日）爲界，劃分三個時期；對解放區文藝運動，則以 1942 年延安整風爲界，分爲前後兩期。對兩者都分別作出縱線發展的歷史描述，集中回答了以下兩個問題：一、八年來抗戰文藝工作的現實環境及其對抗戰文藝的影響；抗戰文藝工作對現實環境的反作用。二、八年來出現的新問題、新傾向及其解決程度、遺留問題。他得出的總結論是：抗戰文藝始於「七七」事變，此後派生出大後方和解放區這兩個分支。這兩個分支所處的條件不同，「決定了它們各自的發展也不同。更由於政治上的關係」，「多少年來就連交換經驗的機會也少得很」。然而，「它們總是同根生的。它們的立場是一致的。這就是從屬於民族解放的最大目的（抗戰），從屬於當前最高的政治要求——爭取民主」。其方向也一致：「大眾化」。「而這，邊區和解放區的作家們已經著了先鞭，他們有了初步的成就了。」〔註 83〕以這些歷史經驗爲基礎，茅盾對當前的文藝運動提出以下方針：一、「文藝運動和民主運動是不可分的。民主運動有賴於文藝，文藝運動亦有賴於民主。」「文藝運動，不能脫離民主運動。」二、文藝工作者「應當走到群眾中間，參加人民的每

〔註 81〕《學然後知不足》，1962 年《人民文學》第 5 期，《茅盾全集》第 26 卷第 406
　　　　～407 頁。
〔註 82〕1945 年 12 月 31 日成都《華西晚報》，《茅盾全集》第 23 卷第 221 頁。
〔註 83〕《抗戰文藝運動概略》，1946 年 10 月《中學生》雜誌增刊《戰爭與和平》，《茅
　　　　盾全集》第 23 卷第 351～366 頁。

一項爭民主、爭自由的鬥爭」。「他的生活方能充實，他的生活才是鬥爭的。」三、民主運動「是困難曲折的」「長期鬥爭」；因此「文藝工作也是長期的鬥爭」。「必須做長期的打算。」四、「主觀努力必須加強，要加強認識，認清敵友，實踐『文章下鄉』，真正地替老百姓服務，改造我們的生活內容與生活方式，創造我們的民族形式的新文藝。」五、贊成、擁護、推動民主的文藝界朋友「一定要聯合起來，加強團結」。對不同意見「應當用友誼的態度，互相批評討論」。以求「正確的結論」。「應當培養民主之作風。」〔註84〕

　　茅盾承接著他早年提倡的「爲人生的文學」、「爲無產階級的藝術」與「大眾文學」等口號加以發展，對他現在倡導的「人民的文藝」這個口號的性質，作出三層界定：一是「爲人民所作」；二是「爲了人民」而作；三是「爲人民所有」。他對「人民的文藝」的功能作出兩條規定：一是「站在大眾的立場，反映著大眾的意見」。「所表現者是人民大眾之好惡而非個人之愛憎。」二是要暴露貪官污吏及其產生的政治根源，即「不民主的政治」。同時「應當歌頌人民的英雄」，「歌頌人民的積極性和創造性」。爲了實現此目標，茅盾要求作家「努力作自我改造」，克服小資產階級意識和「文人習氣」。〔註85〕

　　茅盾仍然很重視正確處理文藝與政治的關係；強調堅持「政治方向正確，而藝術又完整」的原則；反對「注重政治性而忽視藝術性，或注重藝術性而忽視政治性」這兩種偏向。他已經意識到：在抗戰政治需要的特殊環境中，已導致忽視藝術性的偏向。因此他著重強調說：「今日特別見得嚴重的是強調藝術性。」〔註86〕

　　不過他仍有加給文藝以過多的重負之偏頗。如他繼續提倡「文章下鄉」，認爲「抗戰結束了，要實行民主，『文章下鄉』必須求實現」。這時他不僅估計形勢過於樂觀，對國統區政治文化環境的限制也認識不足。

　　1946年前後，茅盾陸續讀了1942年延安文藝整風之後創作的一大批新作品。如《小二黑結婚》、《李有才板話》等等。《論趙樹理的小說》、《關於李有才板話》、《關於〈呂梁英雄傳〉》、《贊〈白毛女〉》〔註87〕等等。茅盾認

〔註84〕《和平・民主・建設階段的文藝工作》，1946年4月10日《文藝生活》第4期，《茅盾全集》第23卷第257～258頁。

〔註85〕《人民的文藝》，1946年6月1日《新文藝》創刊號，《茅盾全集》第23卷第263～266頁。

〔註86〕《人民的文藝》，1946年6月1日〈新文藝〉創刊號，《茅盾全集》第23卷第267頁。

〔註87〕分別刊於1946年12月10日《華商報》，9月29日《群眾》週刊第12卷第

為延安文藝整風之後，使文藝「民有民享」的方向得到確認，「普及與提高」「得到辯證的統一」，特別是文藝工作者向人民學習與翻身群眾拿起文藝武器這「兩種努力的匯合」，以及「堅持大眾化路線以後這才有了輝煌的發展的」。〔註88〕茅盾指出：趙樹理是來自農民、「站在人民的立場」的農民作家，他是「在血淋淋的鬥爭生活中經驗過來的」，「他是生活在人民中，工作在人民中，而且是向人民學習，善於吸收人民的生動素樸而富於形象化的語言之精華」的人民作家。茅盾稱趙樹理的《李家莊的變遷》是「里程碑」的作品。〔註89〕他稱讚《李有才板話》是創造了「新形式的小說」的「大眾化的作品」。表現在：一、站在人民立場，「是人民中的一員」，故能與人民同愛憎而且「情緒熱烈。」二、「他筆下的農民是道地的農民，不是穿上農民服裝的知識份子。」三、「人物的對話是活生生的口語，人物的動作也是農民型的」。四、從鬥爭的發展中「表現了人物的個性」。〔註90〕

　　茅盾從藝術形式上把解放區文學概括為「新形式和改造過的『民間形式』」兩大類。新形式最多的是短篇小說。在其他形式作品中，李季的長詩《王貴與李香香》，趙樹理的中篇小說《李有才板話》裡雖有「民間形式」，「然而整個作品卻又和改造過的『民間形式』有別」。若說《王貴與李香香》「是『民族形式』的史詩」，茅盾認為「也不算過分」。茅盾指出：在秧歌劇基礎上形成的新歌劇代表作《白毛女》，比「綜合了舊秧歌戲、地方戲，乃至話劇成分，增加了新的曲調和樂器」，「已能表現複雜的現代生活」的「新秧歌劇更進了一步，茅盾稱它為「中國第一部歌劇。〔註91〕」茅盾總結道：「新形式，改造過的舊形式或『民間形式』，創造性的形式──這三種解放區文藝形式有一個共同點，就是它們都儘量採用各地人民的口語，方言文學的色彩都相當強烈。」「解放區文學無論就形式或就內容言，都是向大眾化的路上跨了大大的一步。」「這都是值得我們取法的。」〔註92〕

　　1946年12月5日至1947年4月25日茅盾應蘇聯文化協會的邀請訪問蘇

　　　　10期，9月1日《中華論壇》第2卷第1期，1948年5月29日《華商報》，
　　　　均收入《茅盾全集》第23卷。
〔註88〕《抗戰文藝運動概略》，《茅盾全集》第23卷第362～365頁。
〔註89〕《論趙樹理的小說》，《茅盾全集》第23卷第367～369頁。
〔註90〕《關於〈李有才板話〉》，《茅盾全集》第23卷第339頁。
〔註91〕《茅盾全集》第23卷第400～401頁，第415頁。
〔註92〕《茅盾全集》第23卷第402頁。

聯，爲期正好四個月。他先後訪問了莫斯科、列寧格勒；訪問了格魯吉亞首府第比利斯及斯大林的故鄉戈里，亞美拉亞的首府葉麗方，烏茲別克的首府塔什干、撒馬爾罕，土庫曼的首府阿什哈巴德，阿塞爾拜疆的首府巴庫、阿斯特拉漢，共七個加盟共和國，連途經的海參威在內十個城市。除參觀工廠、集體農莊外，大都以文化協會、作家協會、研究院、博物館、文化宮、編輯部、印刷所、圖書館、影劇院、畫館、藝術館、學校等文化教育單位爲參觀訪問對象。據《蘇聯見聞錄‧日記》載茅盾共訪問了 70 多個單位。

　　訪問開始是出席分別由蘇聯對外文化協會會長凱美諾夫與蘇聯作家協會主席法捷耶夫主持的兩次文化交流座談會；這次會使茅盾系統瞭解了蘇聯文化藝術發展概況。當時蘇共中央批判與糾正《星》、《列寧格勒》兩雜誌之政治傾向錯誤的活動剛剛告一段落。茅盾獲得了蘇共中央 1946 年 8 月 14 日《關於〈星〉與〈列寧格勒〉兩雜誌》的決議和 1946 年 8 月 26 日《關於劇場上演節目及其改進方法的決議》兩份文件，特別是同年 9 月日丹諾夫《關於〈星〉與〈列寧格勒〉兩雜誌的報告》長達兩萬餘字的文件。茅盾立即認真閱讀，耳目爲之一新。這是他對社會主義蘇聯文學的黨性原則與政治傾向性的一次最結合實際的最具感性認知色彩的學習。這和他對毛澤東的《講話》與解放區文學的了解，起到呼應比照的作用。三個文件的學習，成了他在蘇聯尋找社會主義文化藝術參照系的一個總綱。

　　在蘇聯，茅盾會見了舉世聞名的蘇聯作家如法捷耶夫、西蒙諾夫、卡達耶夫（茅盾剛剛譯了他的代表作之一《團的兒子》）等共十多位作家。還給其中的四位寫了訪問記。還參觀了他所喜愛的心儀日久的大作家普希金、托爾斯泰、高爾基的博物館與以高爾基命名的文學院。其他參觀訪問，大都圍繞著兩大主題：一是蘇聯歷史與革命建設之現狀；二是蘇聯社會主義科學文化教育的歷史與現狀。從而對包括國體、政體在內的蘇聯及其各加盟共和國的社會主義政治制度，經濟體制，文化教育體制，工、青、婦等社會團體，以及社會保障機制，都有了全面的了解。根據這些訪問所搜集的資料，茅盾分四編寫成《雜談蘇聯》一書。〔註 93〕其各種專訪和訪問日程所得則寫成了包括訪問記與日記兩部分的《蘇聯見聞錄》〔註 94〕一書。這兩部書，是繼瞿秋白在二十年代所寫的《餓鄉紀程》、《赤都心史》兩書之後，中國作家對蘇聯

〔註93〕收入《茅盾全集》第 17 卷。
〔註94〕收入《茅盾全集》第 13 卷。

最系統的描述、反映、認識與評價。

　　茅盾這次訪問實際是讀了一部關於「蘇聯社會主義文學藝術的活書」，其內容十分豐富廣泛。各種精彩的甚至經典性的演出，更令茅盾歎為觀止。計有，話劇：《小市民》、《勝利者》、《斯大林格勒的人們》、《青年近衛軍》、《俄羅斯問題》（以上在莫斯科）、《祝福海上的人們》、《列寧格勒》、《一僕二主》（以上在格魯吉亞）、《親愛的祖國》（在亞美尼亞）、《奧賽羅》（在塔什干）、《紀念阿席司別考貝》〈在巴庫〉。歌劇有：《塞伐斯托堡保衛者》、《杜布洛夫斯基》、《奧涅金》、《露沙爾卡》（以上莫斯科）、《黃昏》、《阿俾薩隆與葉台麗》（以上格魯吉亞）、《蒲朗》、《蘭綺麗和麥其儂》（以上塔什干）、《瞎眼者之子》（在巴庫）。舞劇有《天鵝湖》（莫斯科、列寧格勒各看一次）、《洪都忒》（亞美尼亞）。歌舞晚會有：《少藝真理報》星期四晚會、斯拉夫五民族（俄羅斯、白俄羅斯、波蘭、捷克、斯洛夫歌舞晚會、恰伊科夫斯基廳的古典歌舞晚會、梯俾利斯音樂學院爵士樂演奏會、薩維扎什維列第一交響樂演奏會、亞美尼亞國立劇院歌舞晚會、「三八」節歌舞晚會、菲拉莫陵音樂廳民族歌舞晚會。此外還看了許多電影，僅紀錄片就將近 10 部。此外還有馬戲、傀儡戲等其他藝術品種。這些作品有西歐的也有蘇聯的，有古典的也有當代的，我在行文中特別注明所看演出的地點，意在展示茅盾所欣賞的是蘇聯多民族的輝煌藝術成就。自「五四」起到訪蘇，若單就舞劇與民族歌舞計，茅盾幾十年所欣賞的全部節目，恐怕沒有訪蘇四個月看的多。再加上其高度的思想性與藝術性、民族性與人民性，歷史性與時代性，許多節目如《天鵝湖》等，又具當之無愧的經典性，這一切的確使茅盾開拓了藝術視野！這次訪蘇，實際上為茅盾建國後擔任首任文化部長，作協主席，領導中國社會主義文化藝術事業，獲得了一大參照系。只是他當時當然不可能意識到。

　　訪蘇回國之後，茅盾就被認為是「蘇聯問題專家」。於是很長一段時間，他不斷地應邀作報告，出席座談會，介紹情況和觀感。當年 6 月 18 日恰值高爾基逝世十周年，他應邀在上海「蘇聯呼聲」電臺發表了題為《高爾基和中國文學》的廣播詞。這前後又發表了許多文章，包括《高爾基和中國文壇》、《高爾基與現實主義》，和《夜店》。〔註 95〕高爾基是在舊俄羅斯與蘇聯的歷

〔註95〕分別刊於 1946 年 6 月 6 日《時代》第 163 期，6 月 15 日《時代週刊》第 23
　　　期，6 月 15 日《大公報》和 1948 年 9 月 30 日《華商報》，收入《茅盾全集》
　　　第 23 卷。

史交替期中最能代表整個俄羅斯蘇維埃文學主流的社會主義現實主義文學大師——茅盾從各個方面論述了這個主題。他特別強調高爾基不是通過學校，而是通過讀「人生」這個「大學」成長起來的人民作家。高爾基通過自學讀了很多書。但並非爲應付考試，或「爲讀書而讀書」，也不是爲當作家而讀書。他是爲「求認識並理解這世界和人生」而讀書。「他之喜歡普希金等等古典作品」，「因爲此中充滿了人類的智慧。」「他可以由此而擴大其人生的視野。」正是通過讀社會、讀書這兩大渠道認識了人生，高爾基這才能拿起文藝「武器向不合理與醜惡的現實挑戰」；「震醒了蟄伏在地下的力量，宣告黑暗的死刑，鼓舞著光明勢力前進！」〔註96〕茅盾指出：高爾基一生著作等身。僅中國譯本就「差不多有一百種」。「從『五四』到今天」，中國研究介紹高爾基的書「也差不多有二十種」。從中可以看出，高爾基「給我們看兩個世界的兩種人。一種是舊世界註定了要沒落的人」，「又一種便是新世界的自己能夠主宰自己命運的人」。後者就是來自人民大眾，「在鬥爭中鍛煉得十分堅強的自由解放的戰士」，「他們是新時代的先驅，是新社會的創造者。」茅盾結合中國實際指出：「現在中國人民正處在」歷史嚴重關頭，是「前進呢，抑是倒退」？高爾基及其作品指示著「全中國的人民正爲了爭取民主、和平、建設而奮鬥」。高爾基在致孫中山的信中說：「我，俄國人，正和你一樣，都爲了那些理想的勝利而鬥爭。」「這幾句話將是中蘇兩大民族的文藝工作者攜手前進的旗幟！」〔註97〕因此，茅盾認爲：高爾基的現實主義「比過去諸文藝巨匠的現實主義更前進一步」。〔註98〕

　　研讀高爾基的作品，是茅盾通過讀蘇聯作品了解蘇聯的一個視窗。但其實際閱讀視野，則廣闊得多。他在爲《現代翻譯小說選》一書所寫的長篇序言《近年來介紹的外國文學》〔註99〕中說：「近年來翻譯的蘇聯作品在 30 種左右，總字數 600 萬上下。」茅盾分類舉例，作了概括分析：「享國際聲譽的傑作」舉例分析了《靜靜的頓河》、《鋼鐵是怎樣煉成的》等十多部；蘇德戰爭以後寫衛國戰爭的舉例分析了《前線》、《虹》等十多部；戰爭期間寫古代題材的舉例分析了 A・托爾斯泰《苦難的歷程》三部曲在內的作品共十多部；

〔註96〕《茅盾全集》第 23 卷第 309～401 頁。
〔註97〕《茅盾全集》第 23 卷第 304～307 頁。
〔註98〕《茅盾全集》第 23 卷第 311 頁。
〔註99〕刊 1945 年 5 月 5 日《文哨》第 1 卷第 1 期，《茅盾全集》第 23 卷第 114～144 頁。

寫後方人民工作與支前的舉例分析了《考驗》、《水門三丁》等近十部。

抗戰以來，茅盾的譯作主要集中在蘇聯文學。出訪前夕他翻譯出版了卡達耶夫的長篇《團的兒子》和《蘇聯愛國戰爭短篇小說譯叢》。並把兩書帶到蘇聯作為文化交流的禮品之一分贈給蘇聯同行。回國後他又和戈寶權等合譯了長達 13 章的巨著《高爾基》（茅盾譯了 3 至 6 章）。1947 年他還譯了西蒙諾夫的三幕劇《俄羅斯問題》，並寫了譯後記。此劇中之一幕被編入建國初的中學語文課本。可以說，在建國前幾年，茅盾作為中蘇文化與文學交流使者，對借鑒蘇聯以建設社會主義中國，起了橋樑作用。

這一時期茅盾的創作主要是長篇小說《鍛煉》。這是重慶時期寫的《走上崗位》、《清明前後》等作品藉以探索《時間，換取了什麼？》這一歷史命題的繼續；也是他自《子夜》始創造民族資產階級形象，藉以探索中國命運與革命歷史道路的繼續。《鍛煉》的寫作方法和《子夜》相同，仍是據自己人生體驗的「托爾斯泰方式」與借助包括報刊資料在內的各種間接人生體驗的「左拉方式」的有機結合。他在重慶繼續寫的《桂渝札記》，共得 25 則。其中 22則是記讀報刊所得。這些札記均圍繞工業命運、戰局人心、「儒林」情態與政界腐敗四個中心。或三言兩語的短記，或千字長文；這些題材經過提煉，大都進入了《鍛煉》和其餘四部續書的大綱中。〔註100〕《鍛煉》只完成了第一部。仍以《走上崗位》的故事情節主線為基礎，把阮氏三弟兄改為嚴氏三弟兄。二哥嚴仲平是愛國民族工業資本家；三弟嚴季眞是參加過「一二‧九」運動的接近地下黨的愛國進步青年；大哥嚴伯廉則是國民黨政客。藉以三弟兄代表著三條不同的政治道路，從而寫「中國向何處去」的問題。

據茅盾生前留下的《鍛煉》大綱手稿可知，其全部構思擬寫五至六部。從抗日爆發直到抗戰勝利後聞一多、李公樸被特務槍殺。這是八年抗戰至解放戰爭的「史詩」性巨作。如果能全部寫完，其規模遠比《子夜》與《霜葉紅似二月花》要大得多。

茅盾的《子夜》、《林家鋪子》、《多角關係》、《第一階段的故事》、《走上崗位》、《清明前後》和《鍛煉》，大體上完成了他塑造「中國資產階級藝術形象畫廊」的偉大工程。他通過小資產階級、民族資產階級、買辦資產階級形形色色的典型人物塑造，帶動其表現時代的、氣勢磅礴恢宏的藝術建構工程，為辛亥至新中國建立前夕中國舊民主主義和新民主主義革命的歷史，留下了

〔註100〕參看拙著《茅盾評傳》第八章、第九章有關各節。

生動眞實的剪影。

　　茅盾一生塑造了上百個藝術典型，建構成資產階級人物形象、農民人物形象與知識分子人物形象三大系列。其中資產階級典型人物系列最具文學史價值，在全世界產生了重大影響。放在巴爾扎克、左拉的典型系列中，顯然毫不遜色。

　　在新中國建立前夕，茅盾結束了這一浩大的工程的最後一項，以此思想藝術貢獻，迎接新中國的到來！

第八章　在新中國文藝領導崗位
應對政治風雲

開拓人民陣地　澆灌文藝新苗

　　1949 年 1 月 31 日北平和平解放了。黨中央安排進入東北解放區的民主人士陸續赴北平參加政治協商會議籌備工作。茅盾與李濟深一行於 2 月 25 抵達，先住現北京飯店老樓，1950 年 1 月遷往東四頭條五號文化部宿舍一號小樓。和曾住在二、三號小樓的陽翰笙、周揚爲鄰。

　　這時茅盾全力參與政協與第一次文代會的籌備工作。他除任政協籌備會委員外，還參加「擬定國旗國徽國歌方案」小組的工作。9 月 21 日至 31 日召開的全國政協第一次大會，代行人民代表大會職權，通過了實際是「代憲法」的《中國人民政治協商會議共同綱領》、《人民政協組織法》和《中央人民政府組織法》。首都北平改名爲北京。會上茅盾以全國文聯首席代表身份發表了講話，充分表達了他自幼秉承父命，「以天下爲己任」，幾十年追隨共產黨建立新中國的宿願終於實現的欣慰鼓舞的心情。會上他當選爲首屆政協常務委員。並被任命爲新中國第一任文化部長。茅盾本無意於官場。周恩來總理找他談話時，他一再婉言辭謝。直到毛澤東親自出馬交了實底：許多人爭著當，但並不合適，茅盾則是眾望所歸的人選。萬般無奈，茅盾只好走馬上任。這一幹就是 15 年！

　　1949 年 6 月 3 日中華全國文藝工作者代表大會隆重召開，茅盾是大會主席團副總主席。他在會上作了籌備工作的報告，和題爲《在反動派壓迫下鬥

爭和發展的革命文藝——十年來國統區革命文藝運動報告提綱》的大會主題報告。內容爲：一、緒論：「在種種不利條件下，我們打了勝仗！」二、創作方面的各種傾向。三、文藝思想理論的發展。四、結語。這篇報告起草過程中，茅盾閱讀了大量文學的和各種藝術種類以及理論批評方面的作品和資料。他集中了起草小組的集體智慧，也集中了自己十多年來對文藝運動與創作發展的思考。文代會上茅盾當選爲全國文聯副主席和與此大會交叉舉行的中華全國文學工作者協會（後改爲中國作家協會）的主席。茅盾還是文代會期間創刊的《文藝報》主編。會後移交給新主編——丁玲。

解放前，茅盾是以在野的無黨派民主人士身份領導全國文化藝術工作的。經過政協和文代會，茅盾作爲文聯與作協的領導者，正式挑起國家文化藝術工作的領導重擔，因爲這兩副以國家執政者身份領導文化藝術工作的重擔，茅盾作出了重大犧牲：正處在爐火純青階段的他不得不放下了如椽大筆！

茅盾上任後抓的頭一件大事就是開拓人民文學新陣地。經過緊張籌備，茅盾任主編的《人民文學》於 10 月 25 日創刊。這是茅盾繼主編《小說月報》、《文學》、《文藝陣地》之後，所主編的又一份在全國引導文藝主流，左右文壇全局的大刊物。但其篇幅卻比上述各刊大一倍或兩倍。因此茅盾閱稿審稿的工作量很大。應茅盾之請，毛澤東爲《人民文學》題詞：「希望有更多更好的作品問世。」茅盾在發刊詞中爲刊物規定了六條任務。其前兩條是：「積極參加人民解放鬥爭和新民主主義國家建設，通過各種文藝形式，反映新中國的成長，表現和讚揚人民大眾在革命鬥爭和生產建設中的偉大業績，創造有思想內容和藝術價值，爲人民大眾所喜聞樂見的人民文學，以發揮其教育人民的偉大效能。」「肅清爲帝國主義者、封建階級、官僚資產階級服務的文學及其在新文學中的影響，改革在人民中間流行的舊文學，使之成爲新民主主義國家服務。批判地接受中國的文學遺產，特別要繼承和發展中國人民的優良的文學傳統。」其餘四條大意是：推動群眾文藝活動，特別是少數民族文學活動；培養文學新人，組織研究與討論，推動理論批評；加強國際文學交流。這些方針實際也是新中國文學工作的基本方針。

茅盾重視依靠群眾辦刊；注意通過刊物發現和培養新人，促使中年作家成才。因此他注意強化這方面的工作：許多建國前已有一定影響的作家理論批評家的成名作，都是經茅盾主編的《人民文學》推出的。如劉白羽的《火光在前》、楊朔的《三千里江山》、陳登科的《淮河邊上的兒女》、陳湧的《孔

廠創作的道路》……還推出許多建國後成長起來的作家的處女作，如蕭平的
《海濱的孩子》、瑪拉沁夫的《科爾沁草原的人們》……茅盾確立了一個優良
的編輯工作傳統：《人民文學》是培養作家的「母機」。

1953 年 8 月，茅盾辭去《人民文學》主編職務，集中精力擔任新創辦的
《譯文》和英文刊物《中國文學》兩雜誌主編。《譯文》副主編陳冰夷回憶道：
茅盾極重視編輯部組織力量「閱讀各國的報刊圖書資料」；以保證選題有「紮
實的基礎」。〔註1〕《中國文學》副主編葉君健說：茅盾「是一個精通中外古
今文學和政治修養很深的人，執行政策總是恰到好處。再加之他為人謙虛和
藹，因而也能廣泛地團結來自各國的作家」，共同辦好刊物。〔註2〕這就為中
國作家特別是青年作者與廣大讀者提供了了解參照外國文學，並且使外國作
家與讀者了解中國文學的兩個陣地與視窗。

茅盾推動新中國文藝事業，給廣大讀者提供精神食糧的工作，首要的是
抓好正確理解與貫徹文藝的工農兵方向。這是新中國與舊中國文學發展方向
的質的區別。他與當時已經露出苗頭的「左」的或形而上學的取向不同，茅
盾認真堅持辯證的立場與態度。他指出：工農兵方向的中心問題，是作家「站
在人民大眾，或更明確地說，是工農兵的立場」去寫。當然「要寫工農兵」，
其主要意義是把「主人公的地位給予工農兵及其幹部」；「肯定工農兵是這偉
大時代的創造者」，是這「新時代的新人物」；而「領導並組織工農兵在創造
這偉大時代的，就是中國共產黨」。但不能說「只准寫工農兵及其幹部，除
此以外都不能寫」。一是因為「工農兵的生活也和其他階級的生活錯綜交叉
的」，寫工農兵「必然也要寫到工商資產階級，而在目前也還要寫地主」。因
此「不能看得太機械」。〔註3〕二是因為工農兵也要看而且十分必要看生活的
全面的內容；包括寫其他階級的生活的作品。三是我們還承擔「教育市民和
改造市民階層思想的責任」。因此也需「專門寫一些作品給他們看和聽」。這
當然包括《白毛女》、《赤葉河》等寫工農兵的作品；但也包括寫市民和其他
階級階層及多層次的生活面的作品。因此茅盾強調，貫徹文藝的工農兵方
向，關鍵在於作家站在為工農兵服務的立場，以維護工農兵利益的態度去寫

〔註1〕 《懷念茅盾同志》，《世界文學》1981 年第 3 期，《憶茅公》第 182 頁。

〔註2〕 《「我的心向著你們」》，《人民文學》1981 年第 5 期，《憶茅公》第 264～265
頁。

〔註3〕 《為工農兵——新華廣播台播講》，1949 年 7 月 4 日《文藝報》週刊第 11 期，
《茅盾全集》第 24 卷第 39～40 頁。

作。不在於對題材作限制。從服務對象的讀者角度說，城鄉都有大批讀者層。城市中除工人外還有市民和知識分子，後者「又構成了都市中最為主要的讀者和觀眾」。「寫什麼和寫給誰看和聽」，「兩者都不能再限於從前的目標了。」〔註4〕茅盾論述的是一個建國伊始就存在爭論的問題。後來發展成文藝思想鬥爭的焦點。在這個問題上，茅盾和極「左」思潮截然不同，並且一直堅持唯物辯證法的態度與原則，一直與極「左」思潮作鬥爭。

然而茅盾又始終能把握住文藝的主導方向，即為工農兵服務。在東北、在北京，他深入到他一向不熟悉的工人中間，去熟悉、了解，並大量閱讀了工人文藝。結識了不少工人作者。他說：「我感到工人比農民易於接近。」「工人喜愛的文藝形式」是「能唱能演的」，「是快板而不是白話詩」，是曲藝、漫畫等「耳官」、「直觀」式作品。限於文化水平，他們「不喜歡通過文字形式的作品」，他指出：工人的寫作還處在「一定要經過的」「幼稚階段」，因此當前的任務是普及為主。茅盾指出「培養工人作家」目前行之有效的方法，一是「多發表」以茲「鼓勵」。二是「回信指導」，三是和報紙配合給予輔導。四是給工人作者開座談會，搞講座。他還就以上方式介紹了訪蘇時他知道的《真理報》的成功經驗。〔註5〕茅盾從親身閱讀與編輯工人作者的稿件中，總結出其發展提高的三個階段：初期是「控訴過去，歌頌解放」。第二期是「描寫生產，歌頌競賽；主人翁的感覺，勞動的熱情都大大提高了一步，產生了新時代的聲音，如《工廠的驕傲》、《擦機車夫歌》、《化鐵爐》、《螺絲班夜景》……第三期比較沉悶」，可能是被官僚主義挫傷了積極性，又怕報刊「報喜不報憂」，「以至不敢投批評性的稿子。」工人創作的形式多是詩歌和快板，格調大致是控訴（抒情）多於敘記描述。總之，茅盾一直熱情鼓勵，循循善誘，力促工人創作走出低谷和這個初級階段。〔註6〕

為進一步貫徹工農兵方向，也為推動工農兵作者提高水準，建國初茅盾寫的評論，重在以專業文藝工作者的優秀作品為示範對象。他極力推薦第一

〔註4〕 《關於目前文藝寫作的幾個問題》，1949年5月4日《進步青年》創刊號，《茅盾全集》第24卷第10～12頁。引文中「從前」一詞，是指基本上屬於農村的建國前的解放區。

〔註5〕 《談談工人文藝》，1949年5月14日《天津日報》，《茅盾全集》第24卷第29～30頁。

〔註6〕 《略談工人文藝運動》，1949年10月1日《小說月刊》第3卷第1期，《茅盾全集》第24卷第78頁。

部寫工人階級精神風貌的小說草明的中篇《原動力》，充分肯定它寫「解放後的工人怎樣以主人翁的姿態發揚新的勞動態度」，及「怎樣教育落後工人使之轉變而成爲積極分子」。他特別著重「在工廠參加工作一年之久的魯煤」等集體創作的「寫工人的一部最好的劇本」《紅旗歌》。認爲這部「話劇提出的問題很多，例如如何克服官僚主義作風，如何又團結又教育落後工人，如何糾正積極分子的急躁病」，「所有這些問題都圍繞著生產競賽，而最後都給以正確的解答。」〔註7〕在《從話劇〈紅旗歌〉說起》一文中，茅盾從眾多主題中挑出一個主要方面，即對落後工人「又團結又教育」問題，對作品作了詳盡分析。這篇評論雖重在思想分析，卻從藝術手法切入；雖然談教育工人問題，卻從知識份子如何從此話劇中受教育問題展示這部多幕劇的教育意義。〔註8〕事實上解放初公演此劇，工人和知識份子都通過單位，包場去觀看，都從中受到提高覺悟的教育。

　　茅盾也關注農民題材及其他題材的作品。他對年輕作者谷峪特別賞識。《讀〈新事新辦〉等三篇小說》〔註9〕肯定了這三篇小說的「共同的優點：在內容方面，是從平凡的日常生活中表現了老解放區農民的思想變化，表現了土改後農村生活的興旺和愉快；在形式方面，都能做到結構緊湊，形象生動，文字洗煉」。他認爲三篇中「《新事新辦》最佳」。茅盾還把這三篇作了對比。《新事新辦》經茅盾肯定，成了北京大學《現代文選》課教材。在《讀〈挺進大別山〉》〔註10〕一文中，茅盾給它收的六組報告文學以很高評價，因爲「挺進大別山，在解放戰爭中是一個重要的轉捩點」。它「打斷了當時敵人鉗形攻勢中間的鉸，直向敵人縱深突擊，粉碎了敵人的部署，就把整個戰爭形勢扭向於我有利的階段」。此作寫此戰役，對作者和文藝界都「是一個開始」。

　　茅盾還評介了《在呂宋平原》。其中幾個短篇「表現了菲律賓人民如何英勇地反抗外來侵略者」。茅盾認爲：「新民主主義的新中國已經實現。中國人民的勝利將是東南亞各民族解放鬥爭勝利的先聲。」此書將使中國人民「對於菲律賓人民解放鬥爭的道路有更清楚的認識」。茅盾指出：作者杜埃親身參加了呂宋平原華僑游擊隊，此集所收九個短篇是其「生活經驗的產物」，因此，

〔註7〕　《略談工人文藝運動》，《茅盾全集》第 24 卷第 79～80 頁。
〔註8〕　1949 年 7 月 16 日《中國青年》第 11 期，《茅盾全集》第 24 卷第 42～45 頁。
〔註9〕　1950 年月 3 月 26 日《人民日報》，《茅盾全集》第 24 卷第 133～136 頁。
〔註10〕　收入 1950 年 4 月華中新華書店版《挺進大別山》，《茅盾全集》第 24 卷第 95 頁。

「情緒真摯而行文樸素。」〔註11〕這給作家提供了深入生活才能寫出好作品的實證。

　　為了給中國讀者和作者，特別是工農兵作者提供參照，茅盾特別分析了蘇聯傑作中寫真人真事的長篇《鐵流》、《夏伯陽》、《青年近衛軍》；此外還介紹了高爾基的創作。茅盾借助對蘇聯作家把真人真事提煉成文學典型的經驗作出理論昇華，給中國的作者、讀者以很好的參照。〔註12〕當時工農兵作者高玉寶、崔八娃、吳運鐸等，都深受過茅盾的教益，並且寫出了具文學史意義的作品。

　　茅盾結合著世界和平運動與紀念世界文化名人，先後發表了《果戈理在中國——果戈理逝世百周年紀念》、《雨果的偉大名字鼓舞了我們》、《為什麼我們喜愛雨果的作品？》、《偉大的現實主義作家契訶夫》等報告和長篇論文。在世界文化名人席勒、密茨凱維奇、孟德斯鳩、安徒生紀念大會上作了《為了和平、民主和人類進步事業》的報告；在世界文化名人迦梨陀娑、海涅、陀思妥也夫斯基紀念大會上作了《不朽的藝術都是為了和平和人類幸福》的報告。茅盾還在世界和平大會理事會上提名屈原為世界文化名人。屈原因此被列為 1953 年世界四位文化名人之首，茅盾又作了《紀念我國偉大詩人屈原》的報告。他還為吳敬梓逝世 200 周年紀念會作了開幕詞。此外還發表了《談〈水滸〉的人物和結構》供初學寫作者借鑒。此文也被選入中學語文課本作教材，起了普及古典文學的作用。

　　茅盾參加保衛世界和平大會及其理事會任理事等職，是經周總理提議進行的。總理指出：當時我國與外國建交受阻於美帝與西歐。面對此困境，「可官方民間兩條腿走路，多渠道打開局面。要注意文化是政治的反映，會遇到意識形態的複雜問題，既要堅持原則，警惕滲透，又要掌握分寸，廣交朋友。」「這是我國外交工作中一條重要的不可缺的戰線。」茅盾同志「是內行，很有經驗，要把蘇聯和東歐國家的做法，好好研究、借鑒」。〔註13〕就這樣，為適應新中國歷史發展的需要，茅盾不僅成了中西文化交流的使者，還成了沒有頭銜的「外交家」。

〔註11〕 1949 年 3 月 3 日香港《文匯報》，《茅盾全集》第 24 卷第 8～9 頁。
〔註12〕 參看《文藝創作問題》，1950 年《人民文學》第 1 卷第 5 期，《茅盾全集》第 24 卷第 109～111 頁。
〔註13〕 朱子奇：《我心目中的茅盾》，《茅盾和我》第 259 頁。

　　建國初期茅盾的文學活動與讀書生涯，和建國前不同。這是他身兼國家許多要職的繁忙公務之「餘事」。但是這個業餘作者，又站在國際國內文學思潮的制高點，其論著權益雖較解放前減少了，但其高屋建瓴的立足點，卻實現了對建國前的著述的超越。

讀毛澤東的新論　覓「兩難境地」之良策

　　建國後政治運動一個接一個，有的取得了一些成效；有的則反倒使「左」的思潮日漸抬頭。每個人都受到衝擊，讀者的思想莫衷一是，當然比較混亂。這時茅盾的處境比較奇特：一方面他受到黨中央和毛澤東的信任，有職有權，就得執行包括「左」的在內的各項政策，也有責任引導思想混亂的讀者明確方向；另一方面他時時受到「左」的衝擊，有時直接成為批判對象，但又無可奈何；這使茅盾非常尷尬。這種情況時起時伏，但從建國到「文革」十年，茅盾一直處在這種兩難境地。他必須尋求擺脫困境的良策：既不喪失原則，做違心的事，又不能頂風冒險，去對抗運動和政策。於是茅盾這個「老革命」，真真是遇著了新問題！

　　1950 年中共中央作出《關於在報紙刊物上展開批評和自我批評的決定》。茅盾聞風而動。他主編的《人民文學》6 月 1 日發表了自我檢查文章：《改進我們的工作》。1951 年 4 月毛澤東在全國發動了批判電影《武訓傳》與《清宮秘史》的政治運動。5 月 20 日《人民日報》發表了由毛澤東撰寫的題為《應當重視電影〈武訓傳〉的討論》的社論，尖銳批評該片是「反動宣傳」，把它提到歌頌什麼、反對什麼的高度，說此片表明「資產階級的反動思想侵入了戰鬥的共產黨」的嚴重程度。當時電影事業歸文化部領導。茅盾作為部長，有直接的領導責任。但使他首當其衝的還不是《武訓傳》，而是此前他的長篇《腐蝕》由柯靈改編、黃佐臨導演拍成同名電影，並被列入抗美援朝保家衛國電影宣傳月的佳片，上映後產生了很好的社會影響。為此茅盾還應約為《大眾電影》寫了《由衷的感謝》一文，說明《腐蝕》的創作經過，登在該刊 13 期，不料此片突然被禁演。內部的「說法」相當嚇人：「同情特務，不利於鎮壓反革命運動。」面對此莫須有的罪名和禁演的嚴酷現實，作為主管電影工作的文化部長茅盾卻無可奈何，只能保持沉默。他當然明白，毛澤東親筆寫社論批判《武訓傳》是個「風頭」，《腐蝕》被「刮」進漩渦，當然帶有必然性。

　　接著是開始於 1949 年，一直延續下來的「可不可以寫小資產階級」的討論，竟發展成批判「小資產階級傾向」的極「左」思潮，而且竟也衝擊了茅盾。先是方紀的《讓生活變得更美好吧》、陳學昭的《工作著是美麗的》、秦兆陽的《改造》、朱定的《關連長》都被當作小資產階級創作傾向批判；接著是《我們夫婦之間》的作者肖也牧及其許多小說被當作「小資產階級創作傾向」的代表遭到連續批判。這些作品大都發表於茅盾主編的《人民文學》。蕭也牧的《我們夫婦之間》還是《人民文學》的重點作品。特別是 1952 年茅盾為其寫序的於 1951 年出版並獲好評的白刃的長篇小說《戰鬥到明天》，竟也受到嚴厲批判！這使茅盾直接成為被批判的對象了！茅盾的序寫於 1950 年 12 月 23 日批判《武訓傳》之前，他把小說的主題與題材和文學史上同類作品作了比較。他認為《戰鬥到明天》寫小資產階級知識份子有其特點，它圍繞參加戰爭過程改造了小資產階級意識，使之樹立了無產階級世界觀且經受住了考驗；個別人則經不住考驗，分化出去成了叛徒。茅盾指出：像這麼寫抗戰敵後游擊隊環境中知識份子自我改造而且傾向正確的作品還很少，因此「是值得歡迎的」。他同時也指出小說寫思想改造力度深度不夠的缺點。〔註14〕今天看來，這些意見正確而又中肯；完全符合小說的實際。當時批判《戰鬥到明天》的文章，以《解放軍文藝》4 月號張立雲、陳亞丁、馮健男的調子最高。尤其張立雲，不僅給作品扣上「歪曲黨的領導和黨的政策，歪曲人民軍隊和敵後抗日人民」等大帽子，還公然歪曲作品實際，說它「鼓吹原封不動的小資產階級的自由主義、個人主義、個人英雄主義、動搖性、落後性和反動性，歌頌投降主義，甚至也歌頌了敵人；把資產階級、小資產階級思想擺在對工人階級思想的領導地位」。正在此前後，《人民日報》把張學洞等四位讀者所寫的三封批判茅盾所寫序言的信轉給了茅盾。從批判《武訓傳》和小資產階級創作傾向始，茅盾一直跟蹤研讀有關的文章，有時還重讀被批判的原作，他特別認真地閱讀毛澤東寫的社論，也聽到毛澤東認定《清宮秘史》是「賣國主義」的影片的傳說。一方面他覺得這些結論太離譜，不符合作品實際，上綱也太高；另一方面既然是毛澤東發動的政治運動，自己不能不嚴肅對待。茅盾被批評為「小資產階級傾向」的代表共兩次。1928 年那次，他可以暢所欲言進行答辯。但現在情況不同了，他很難說真話。現在他也不能沉默了：他不能不答覆《人民日報》。於是他給編輯部寫了回信。〔註15〕茅盾仍然肯定

〔註14〕《茅盾全集》第 24 卷第 175～177 頁。
〔註15〕全文刊於 1952 年 3 月 13 日《人民日報》，收《茅盾全集》第 24 卷第 177 頁。

《戰鬥到明天》的題材和主題，並希望作者就存在的缺點作修改。這實際是和把寫小資產階級，讓此類人物作主角視爲「小資產階級創作傾向」唱反調；實際上也和張立雲等無限上綱一棍子打死的態度唱了對臺戲！茅盾抽象地表示接受三封讀者來信的意見；實際上只接受了所扣的許多政治帽子中的一頂：「小資產階級意識。」茅盾還說：他因爲相信此書既經部隊領導審查通過了，「就有『一定沒有問題』的想法」。所以沒看出此書的問題。因此自己的態度是「不嚴肅的」。今天看來，這實際是一種「反諷」的策略。茅盾爲文一向嚴肅，這種「自我批評」是違心的。說明茅盾當時的心情很複雜！不料《人民日報》未徵求茅盾同意，就加上《茅盾關於爲〈戰鬥到明天〉一書作序的檢討》的標題公開發表了！從此茅盾有好幾年沒有發表過一篇評論文章！他還怎麼說話呢？從此他又下定決心不再爲別人寫序。

　　正是迫於「左」的環境壓力，也受「左」的思潮影響，茅盾這時對自己的創作，也作出過「左」的自我批評。1952 年他爲人民文學出版社出版的《茅盾選集》寫「自序」。他無法像當年寫《從牯嶺到東京》、《我的回顧》、《幾句舊話》、《〈子夜〉是怎樣寫成的》那樣，既肯定了成就，也有分寸地自省。現在這篇《自序》，通篇幾乎是自我批判的調子。他還違背了《子夜》寫吳蓀甫所持的既承認其反帝愛國主義的進步性，又批判其鎮壓工人的反動性，承認民族階級具兩重性的辯證態度；他簡單化地稱吳蓀甫是「反動的工業資本家」。值得注意的是，《自序》中說：「一個人有機會來檢查自己的失敗的經驗，心情是又沉重又痛快的。」爲的是認識了「自己的毛病及其如何醫治的方法」，但又「沒有把自己改造好」。1952 年在批判《武訓傳》後期提出了「改造思想」的要求。像茅盾這樣作如是觀者，帶很大的普遍性。我們沒有根據懷疑當時政治環境中老一代知識份子自我改造的眞誠；對知識份子來說，這是彌足珍貴的態度。問題在於若作客觀的歷史評價，則當時的文藝批判和包括茅盾的自省在內的許多自我批判都過了頭！毛澤東曾經說過：「肯定一切或者否定一切，都是片面性的。」〔註16〕問題的悲劇性恰恰在於，不是別人，正是說這番話的毛澤東的一系列文藝書信批語和講話，帶來了這種影響全局也影響時代的片面性！

　　1953 年 6 月，中共中央政治局制定了黨在過渡時期的總路線宣傳提綱。總路線的中心是「一化」：社會主義工業化；「三改」：農業、手工業和資本主

〔註16〕毛澤東：《在中國共產黨宣傳工作會議上的講話》。

義工商業的社會主義改造。新時期的經濟改革，其對象就是 1953 年當年「一化三改」搞過了頭，因而形成的不符合社會主義初級階段規律與特點的過「左」的東西。正是這年 9 月至 10 月，召開了第二次全國文代會與大會交叉舉行的各協會代表大會。茅盾在全國文協代表大會上作了《新的現實和新的任務》的報告。茅盾在報告中對四年的文學成就，特別是包括《銅牆鐵壁》、《鋼鐵戰士》、《誰是最可愛的人》等作品在內的一大批優秀作品的出現，給予熱情肯定。報告統計：四年來出版的小說單行本 256 種，詩 159 種，劇本 265 種，散文等 896 種，再加上散見各報刊的作品，數量十分可觀。茅盾讀了其中相當大的一部分。因此報告的評價紮實、中肯。報告也指出了不足，今天看來，不僅沒有當時那種極「左」批評的時代痕跡，難能可貴的是：茅盾還尖銳批評了「有些批評家對於作家常常缺乏一種愛護的熱情、幫助的態度，缺乏一種合作的態度，而採取一種粗暴的打擊的態度」。〔註 17〕表現出有膽有識的大家風度！這次會上茅盾繼續當選爲全國文聯副主席和由「文協」改名爲中國作家協會的主席。1954 年 9 月茅盾當選爲全國首屆人民代表大會代表並在這次大會上接受任命，繼續擔任文化部部長。

　　1954 年 10 月 16 日毛澤東的《關於〈紅樓夢〉研究問題》的黨內通信 18 日就傳達到作協黨組。茅盾也聽了傳達。從此開始了全國範圍的批判俞平伯及其專著《〈紅樓夢〉研究》、批判胡適資產階級思想的政治運動。10 月至 12 月全國文聯與作協聯合召開了八次批判大會。茅盾沒有公開發表文章，僅最後一次會上以大會領導人身份作了題爲《良好的開端》的結束語。但這結束語沒有重點談批判會，而是從頭至尾在作自我批評。他從青年時代受老莊和「胡適的文學思想的影響」，1935 年在自己縮編的潔本《紅樓夢》「導言」中「抄引了胡適的謬論」檢查裡，他說現在雖認清了「胡適的反動本質」，但對其學術思想的「資產階級唯心論的反動本質，我還是茫然無知的」。這也顯然是迫於形勢壓力的過頭話。他表示我們「要反躬自省，老實學習，這才不辜負黨中央對我們敲起警鐘的婆心苦口」！〔註 18〕

　　中國的政治運動是一波未平，一波又起，1955 年 1 月毛澤東發出指示：把胡風提交中共中央的《關於解放以來的文藝實踐情況的報告》的一、三兩部分，隨《文藝報》印發在全國組織批判。此事茅盾預先知道了內幕。胡風

〔註 17〕《茅盾全集》第 24 卷第 256～257 頁，259 頁，282～283 頁。
〔註 18〕《茅盾全集》第 24 卷第 320～321 頁。

從二十年代在日本時期就對茅盾持批判態度，他多次批判《子夜》。四十年代在重慶，胡風一邊宣傳「主觀戰鬥精神」，一邊把茅盾當「客觀主義」典型來批判。在梅志寫的《胡風傳》中，多處記錄了這類事情。茅盾對胡風也無好感。認爲其文藝思想有錯誤，又好嘀嘀咕拉小圈子。但除在建國前夕和首次文代會上對胡風作過批評外，一向持克制態度。這次胡風成了批判對象，茅盾依然如此。不過這時他感到局勢嚴重。自己不能不批。但他十分謹愼，把握分寸。1955 年 1 月 6 日他致信周總理，要求准許他不出席世界和平理事會常委會。所列的三條理由的前兩條，一是：「在批判胡適和《紅樓夢》研究這一鬥爭中，我還沒寫文章。現在正研究材料，準備寫。」這顯然是相當滯後了。二是：「公開討論、批判胡風的文藝理論，即將在本月展開，領導上要我寫文章，——在討論展開時發表。要批判胡風，大約要看 50 多萬字的材料。（胡風的文章又是很難看的。）這件事又是不便拖的。」〔註 19〕不出席會議事未能獲准。這 50 多萬字的資料茅盾還是認眞地讀了。按照中央的統一部署，2 月 5 日至 7 日作協主席團第 13 次擴大會議決定：正式組織批判胡風的會議與文章，作爲作協主席，茅盾只能奉命行事，他於 3 月 8 日在《人民日報》上發表了表態性文章：《必須徹底地全面地展開對胡風文藝思想的批判》。細心的讀者不難發現，茅盾十分謹愼，嚴格把握了人民內部思想批判的分寸。不說過頭話。

　　但是，1955 年 5 月 13 日和 24 日，《人民日報》發表了由毛澤東親自寫按語的「關於胡風反革命集團」的前兩批材料。然而材料不是毛澤東根據原件摘編的。今天這些材料摘編出台的底細已經公開：或斷章取義、或脫離具體語言環境，有的還把解放前的信中指反動當局及國民黨的言論，當成解放後指人民政府和共產黨的。對於某些人做手腳使毛澤東失察，茅盾當然不了解。但是違反憲法公佈私人信件，那些按語字裡行間的味道，茅盾不可能沒有察覺和認識。對這種把人民內部矛盾當成敵我矛盾來打擊的做法，茅盾不肯再輕率表態。然而 6 月 10 日又公佈了第三批材料。毛澤東在按語中明確把胡風集團定性爲由特務、托派分子、反動軍官、叛徒爲骨幹的「一個暗藏在革命陣營的反革命派」。茅盾認爲眞相已經大白，產生了被蒙蔽了的感覺。於是 6 月 15 日他在《人民日報》上發表了《提高警惕，挖盡一切潛藏的敵人》的上綱上線作爲敵我矛盾對待的文章。9 月號的《人民文學》上又發表了他另一篇

〔註19〕《茅盾全集》第 36 卷第 306 頁。

文章：《把鬥爭進行到底並在鬥爭中得到鍛煉》。他終於被捲進胡風政治冤案的漩渦中去了！

「雙百」激起興奮　「鳴放」陷入被動

　　到了 1956 年，政治氣氛開始緩和。這時「一化三改」的任務已經完成。1 月 14 日周恩來作了《關於知識份子問題的報告》，首次提出知識份子經過改造，絕大多數人已有了勞動人民知識份子的觀點。5 月 2 日毛澤東在最高國務會議的講話中，提出黨在發展科學和文化藝術的「百花齊放，百家爭鳴」的方針。8 月 24 日他在與音樂工作者談話時，又提出與之配套的「古爲今用，洋爲中用，推陳出新」的方針。茅盾聽取了這些報告，根據這些精神，6 月 20 日他在全國人大一屆三次會議上作了《文學藝術工作中的關鍵性問題》的發言，中心內容是對「雙百」方針表示熱烈擁護的態度。此前 2 月 27 日至 3 月 6 日，茅盾主持了中國作協理事會第二次擴大會議。上午他作了開幕詞，下午作了題爲《培養新生力量，擴大文學隊伍》的報告。爲準備這個報告，他讀了 1953 年至今這兩次理事會之間主要的作家作品，尤其是新人新作。茅盾在第一部分「作家隊伍中的新人」中，關於反映工業建設的作品談到了工人作者溫俊權的《我的師傅》、徐錦珊的《小珍珠和劉師傅》、南丁的《檢驗工葉英》等。關於表現農村生活的作品，茅盾談到了寫農村新人新事的農民作者李茂榮的《三升麥種》、侯喜旺的《扔界石》和年輕作者李準的《不能走那條路》等。關於反映抗美援朝與國防建設的新人新作，茅盾談到了部隊作者和其他年輕作者的作品：和谷岩的《楓》、未央的《祖國，我回來了》等。關於少數民族文學，茅盾談到少數民族作者瑪拉沁夫的《科爾沁草原的人們》、安柯欽夫的《在冬天的牧場上》等。兒童文學方面則談到部隊作者和年輕作者劉眞的《我和小榮》、任大霖的《蟋蟀》、任大星的《呂小鋼和他的妹妹》。肅反題材的作品茅盾談到了部隊作者王軍、張榮傑等集體創作的《海濱激戰》、文達的《奇怪的數字》等。茅盾對這些作品作了簡要分析。他總結說：「我國文學的新的一代的潛在力量是很雄厚的。這些新作者，給我們的文學帶來了新的聲音，注入了新的血液。他們共同的特色，是對新鮮事物具有敏銳的感覺，對生活和鬥爭懷著充沛的熱情。他們不愧爲我們文學事業中的生力軍。」〔註 20〕茅盾論述過的這些作者中，許多人是

〔註20〕1956 年 3 月 25 日《文藝報》，《茅盾全集》第 24 卷第 429～431 頁。

通過茅盾這個報告的推崇，成為知名的青年作家；後來又在茅盾指導培育下成長為有重大建樹的作家。這次會議決定成立作協書記處，茅盾被推舉為第一書記。

這年 10 月 19 日，茅盾在紀念魯迅逝世 20 周年大會上作了開幕詞，隨後又作了題為《魯迅——從革命民主主義到共產主義》的長篇報告。他還赴上海出席魯迅墓遷葬儀式，並發表了講話。他還發表了《如何更好地向魯迅學習？》的文章。這些文章和報告代表了建國後對魯迅研究的新水平；也是茅盾本身對魯迅研究的新發展。

學習和貫徹「雙百」方針是茅盾這時讀書生涯的中心內容。他也參加了對此方針所持的「左」的和右的思想的鬥爭。如 1957 年 1 月 7 日《人民日報》發表了陳其通等四同志聯名發表的《我們對目前文藝工作的幾點意見》。茅盾針對此文發表了《貫徹「百花齊放，百家爭鳴」，反對教條主義和小資產階級思想》的文章，堅持維護得來不易的「雙百」方針和由此逐漸形成的文藝繁榮的局面；批評了此文的「左」的錯誤思想。

1957 年 2 月 27 日，毛澤東在最高國務會議第 11 次（擴大）會議上作了《關於正確處理人民內部矛盾問題》的長篇報告。3 月 12 日又作了《在中國共產黨全國宣傳工作會議上的講話》。兩個報告進一步闡述了「雙百」方針，著重提出了正確處理兩類不同性質矛盾的理論與政策，對建國後歷次政治運動中混淆兩類不同性質的現象，作出分析和糾正。茅盾認真學習、研究了這兩個報告。覺得與毛澤東指導政治運動的實踐活動相比，這兩個報告更具真理性。因此，茅盾在發表的一系列文章和所作的報告中，都把學習心得貫串其中。他努力排除「左」的干擾，希望兩個報告能引導文藝思潮走正確的路。

1957 年 4 月 27 日中共中央發出《關於整風運動的指示》。要求在全黨進行反對官僚主義、宗派主義、主觀主義的運動，「把正確處理人民內部矛盾問題作為當前整風的主題。」並要求廣大人民和黨外人士助黨整風。此後，中國作協黨組連續召開了五次黨外作家徵求意見會。作協下屬各刊也召開了整風會。茅盾的《在 4 月 30 日、5 月 6 日的中國作家協會召開的文學期刊編輯工作座談會上的發言》、《在北京文學期刊編輯座談會上的發言》，都表明了擁護整風、要熱情助黨整風的積極態度。正是基於這個態度，他又作了《在作協整風會上的發言》。〔註21〕五六月間他還在中共中央統戰部召開的座談會上

〔註21〕1957 年 6 月《文藝報》第 11 期，《茅盾全集》第 25 卷第 49 頁。

坦誠發言。〔註 22〕對基層黨組織工作中存在的問題提出了意見。而這兩次發言，特別是後一次發言，卻給茅盾帶來了壓力！

因為 5 月 15 日毛澤東寫的題為《事情正在起變化》的批示，在黨內下發了。6 月 8 日毛澤東又起草了《組織力量反擊右派分子的倡狂進攻》的黨內指示。同日，《人民日報》發表了《這是為什麼？》的社論。從此黨的整風運動轉為在全國範圍廣泛開展的反右派鬥爭政治運動！反右迅速擴大化，把成千上萬熱情助黨整風的革命群眾，打成了反黨反社會主義的資產階級右派分子。其中有些人稱得上是精英！這時，就有人提出：茅盾在統戰部座談會上的發言也是「右派言論」，應該批判。其實茅盾完全是根據毛澤東上述兩個講話的精神和中共中央關於開展整風運動的指示，站在愛護黨、幫助黨整風的立場上的一片赤誠之言。他所談的都是基層黨的工作中普遍存在的缺點。大意是：「宗派主義、教條主義和官僚主義」是「互相關聯，互為因果的」。宗派主義能造成兩種官僚主義：「你既包辦一切，任何事情都不跟他商量」，「或只教他畫諾，那他就被造成為官僚主義」。「宗派主義常常又是嚴重的教條主義者，結果就必然使他自己成為辛辛苦苦的官僚主義者。」茅盾指出：「其根源又是由於缺乏民主。開展民主是消除這三個壞東西的對症藥！」茅盾結合實際說：如統戰工作是好事，處理不當也容易造成官僚主義。如給統戰對象安排的兼職過多，他不得不忙於「長會、宴會、晚會」，「不務正業，不得不做個忙忙碌碌的官僚主義者。」他以自己為例：「又是人民團體的掛名負責人，又是官」，「我自己也不知道究竟算什麼。在作家協會看來，我是掛名的，成天忙於別事，不務正業（寫作）；在文化部看來，我也只掛個名，成天忙於別事，不務正業。」於是茅盾發了點兒牢騷：「如果我是個壯丁，還可力求『上進』，左手執筆，右手掌印；無奈我又不是，而且底子又差，三四小時連續的會議，到後來我就視而不見，聽而不聞了。」茅盾希望：「像我這樣不務正業的人，大概不少，統戰部最好再安排一下。」茅盾還談了宗派主義「多種多樣」的表現形式：如某專家提個建議，其主管的黨員領導不懂業務，把不準，就不置可否。若隨後上級領導提了同樣的意見，他會「雙手高舉」了！若該專家「不識相」，說我早就提過；則該領導必「會強詞奪理」，說二者根本不同；甚至會給該專家扣個「誹謗領導，誹謗黨」的帽子。茅盾認為：「不懂裝

〔註22〕此發言沒有發表，我們編《茅盾全集》時據手稿加了《我的看法》標題，收入《茅盾全集》第 17 卷。

懂，念念不忘於什麼威信」，是這種宗派主義的成因。茅盾還指出：「官僚主義的表現也是多種多樣的。」他也舉了一些例子，並指出：其「產生的根源是主觀主義，教條主義的思想方法」和「對於業務的生疏乃至外行」。〔註23〕

　　茅盾敢提這些尖銳的意見，首先因爲他占理；所根據的又是帶普遍性的事實；同時他是被黨的自我完善的整風決心所感動。因此他是眞心幫助黨整風的。他哪裡料到會形成「反右擴大化」？自己又會承受那麼大的壓力！孔德沚特別緊張。兒子韋韜正好回京探親。她就告訴兒子：「你爸爸又亂說了！」兒子是搞新聞工作的，政治水準很高。他分析說：「這個發言不像傳言中說的那麼厲害，我看不要緊。而且爸爸也和那些人不一樣。」果然不出兒子所料。不久組織上找茅盾談話：「這次發言報上不發表，也不批判。以後希望吸取教訓，說話注意點。」其實茅盾問心無愧，面對壓力，倒也處之泰然。中央對茅盾也還比較注意政策，因此茅盾未受直接的衝擊。但他處在兩難境地：一方面他不贊成擴大化。這時和茅盾一起從舊社會跟著黨戰鬥過來的老同志老黨員丁玲、馮雪峰，還有陳企霞，都被打成極右派分子；並定「性」爲「丁陳馮反黨集團」。他明知這是周揚等人爲報「兩個口號」論爭時結下的仇，借運動打擊對方，是一個冤案；另一方面，茅盾不僅不能說破，還被迫上綱上線去批判他們！報刊又一再約稿要他寫點名批判的文章。作爲文化部長和作協主席，他又一定要公開表態。這使茅盾十分痛苦。爲了躲避「糾纏」，茅盾給作協黨組書記邵荃麟寫信「訴苦」：「最近的幾次丁陳問題擴大會我都沒有參加，原因是『腦子病』。病情是：用腦（開會、看書、寫作──包括寫信）過了半小時，就頭暈目眩。」「我今天向你訴苦，就是要請你轉告《人民日報》八版和《中國青年》編輯部，我現在不能爲他們寫文章。他們幾乎天天來電話催，我告以病了，他們好像不相信。」「可否請你便中轉告：不要再催了。」〔註24〕。

　　然而腦子不能永遠「病」下去。後來茅盾還是參加了幾次批判會，發了言，也寫了文章。這就難免說違心話。發言和文章也難免受「左」的影響。眞心話中也夾有「左」的錯誤。他在反右鬥爭中所寫文章，可分三類。一類是正面闡述議論爲主夾以對「右派」言論綜合批判的：如《「放」、「鳴」和「批

〔註23〕《茅盾全集》第 17 卷第 538～540 頁。
〔註24〕1957 年 8 月 28 日《致邵荃麟》，《茅盾全集》第 36 卷第 411 頁。著重點是茅盾加的。

判」》、《百花齊放、百家爭鳴和知識份子的思想改造》、《必須加強文藝工作中的共產黨的領導！》、《關於寫真實和獨立思考》、《公式化、概念化如何避免——駁右派的一些言論》〔註 25〕等。第二類是綜合性與特指性兼而有之：如《洗心革面，過社會主義關——1957 年 8 月 3 日在中國作家協會黨組擴大會議上的發言》、《明辨大是大非，繼續改造思想——1957 年 9 月 17 日在中國作家協會黨組擴大會議上的發言》〔註 26〕等。第三類是特指性的：如《劉紹棠的經歷給我們的教育意義》、《我們要把劉紹棠當作一面鏡子——1957 年 10 月 11 日在批判劉紹棠大會上的發言》〔註 27〕等。今天看來，其對基本理論的論述還是正確的。在反右擴大化影響下估計形勢的言論則存在錯誤。對「右派分子」如丁玲、馮雪峰、劉紹棠及其「右派」言論的批判，更不能不打上時代的烙印，顯然也存在「左」傾擴大化錯誤。

茅盾是歷史的見證人。他深知民主革命時期的老戰友丁玲、馮雪峰，還有陳企霞和建國後成長起來的劉紹棠，都在不同時期為黨為人民做出了貢獻，入了黨，又大都是資格很老的黨的各級領導幹部，做出許多貢獻。丁玲、馮雪峰和陳企霞自 1954 年批判《〈紅樓夢〉研究》時因《文藝報》未刊李希凡、藍翎的批判文章受批判。他們對作協黨組當時所作的關於其「錯誤」的決議一直不服。為此，在 1955 年反胡風中乾脆被打成反黨集團。後來他們仍據理力爭；但所提意見均針對作協黨組的具體工作，並非針對黨。反右鬥爭中新帳老帳一起算，進一步被打成「極右」的反黨集團。連軸轉地對其搞批判！這樣的批判會，茅盾非發言不可，發言又不能不上綱上線。茅盾儘管是被動地犯「左」傾擴大化錯誤；但是被動地犯錯誤也是犯錯誤！他的發言涉及許多作品評價。如對丁玲的早期作品、劉紹棠的一些作品的批評就不實事求是。反右鬥爭時茅盾所作的批判，和早年在《女作家丁玲》、《丁玲的〈母親〉》等文以及從建國後到反右鬥爭以前歷次報告論及丁玲和劉紹棠等的作品的評價，顯然是性質不同的兩種調子！這種「因人廢文」的現象，在中共黨

〔註25〕分別刊於 1957 年 6 月 17 日《人民日報》、6 月 26 日《文匯報》、7 月 28 日《文藝報》17 號、8 月 16 日《中國青年報》和《文藝學習》9 月號，收《茅盾全集》第 25 卷。

〔註26〕分別刊於 1957 年 8 月 18 日《文藝報》18 號、9 月 19 日《人民日報》，均未收入《茅盾全集》。

〔註27〕分別刊於 9 月 16 日《中國青年》第 18 期和 10 月 17 日《人民日報》。均未收入《茅盾全集》。

史與中國當代文學史上，是一個上下皆然奇特的普遍的現象。與此相聯繫的是另一種現象：在運動前，一般地原則地講的理論，是正確的，沒有「左」的偏頗；但在政治運動中，則完全置正確理論、方針、政策於不顧，執行的「政策」批判時所持的「理論」，就完全走了樣。茅盾在反右派鬥爭運動中，面對的正是這種「異化」現象和「悖論」式的歷史發展的事實！這實在使他無所適從！他誠心誠意學習毛澤東的《關於正確處理人民內部矛盾問題》和黨的「雙百」方針，以及《關於開展整風運動的指示》；真心相信其正確，全心全意擁護，執行並介入其中。但在實際運動中，由於運動的領導者其理論和實踐、言論和行動不僅脫了節，而且幾乎是完全的「背反」。茅盾雖然左躲右閃，最終還是陷進這種相互對立的矛盾中！只有運動過後，扭曲了的才能得到糾正。但這需要許多年！

　　在茅盾一生，這樣的歷史「怪圈」、「異化」「悖論」般的政治運動，他共經歷了兩次：一次是從批判《武訓傳》到「反右」；一次是「文革」。反右時他終於陷入其中；但「文革」他卻倖免了！在茅盾讀書生涯中，這種知與行、理論與實踐、書上寫的與實際生活中做的完全脫節，甚至對立的認知體驗，留下了許多值得總結可供反思的東西。它具有讀書學習、理論認知與實踐行為之間相互關係的文化內涵；也具有理論政策與執行政策之間相互關係的政治內涵。悟透這具雙重品格的社會現象，才會從文化史的高度，弄清楚什麼叫「中國特色」。才會明白在新時期撥亂反正時，為什麼要開展「實踐是檢驗真理的唯一標準」大討論，及這次討論的偉大意義。

靜觀現實主義的論爭　潛心《夜讀偶記》撰寫

　　周恩來 1956 年 1 月所作的《關於知識份子問題的報告》和 5 月 2 日黨的「雙百」方針的提出，鼓舞了文藝界。許多人開始著文提出新見解，這就必然要觸及「左」的文藝思潮中的某些弊端。1956 年《人民文學》9 月號秦兆陽以何直筆名發表的《現實主義──廣闊的道路》和《長江文藝》12 月號周勃發表的《論現實主義及其在社會主義時代的發展》兩文，就是這種時代產物。兩文既出，立即遭到張光年發表在《文藝報》第 24 期上的《社會主義現實主義存在著、發展著》一文的批判。此後各有文章支持雙方的論點。到反右鬥爭時，卻發展成一邊倒的大批判。秦兆陽、周勃也被打成了右派！這時

已經把秦兆陽、周勃發表兩篇文章視爲從國際背景看「從匈牙利事件以後，修正主義思想開始在文藝界抬起頭來」〔註28〕的代表作。1956 年至 1957 年，全國發表的這種論文數以百計。僅選入《社會主義現實主義論文集》第一集中的就有 31 篇。此後 1959 年出版的第二輯，選編 1958 年 10 月以前的文章計 27 篇。其後所附的 1958 年全年的論文目錄索引所著錄的文章計 80 餘篇。由此可見這次批判，聲勢浩大。

茅盾一開始就十分關注這一論爭。他在《夜讀偶記》〔註29〕一書的前言中說：「我利用晚上的時間，把這些論文（約有 50 萬字罷）陸續都讀過了；讀時偶有所感，便記在紙上。現在整理出來，寫成這篇文章，還是『偶記』和『漫談』的性質，而且涉及的範圍相當廣泛，故題名爲《夜讀偶記》。對於那 30 多篇文章的論點，我有同意的，也有不同意的；爲了省事，」不引文也不注出處，「只是對於所提出的問題表示了我的意見。自己讀書不多，觀點也常有錯誤；此文所談，中外古今，包羅既廣，錯誤自必更多，不揣淺陋拿出來見人，聊以『引玉』而已。」茅盾堅持正面闡述爲主，以同志式的學術討論、非常平靜的說理態度爲文，不上綱上線，也沒給論敵扣修正主義的帽子。這是茅盾建國後讀書生涯中最具理論性的一篇長達 67000 字的巨製。

茅盾的前言中所說的這段話，當然有當時形勢下不得不說的「錯誤」之類的套話。但說此文「中外古今，包羅」極「廣」，許多探討又極概括，則是恰當的。全文共五個大部分。「一、對於一個公式的初步探討」：他提出並加以論證的「古典主義、浪漫主義、現實主義、新浪漫主義」這個公式，總括了西歐文學思潮史的幾乎全部豐富內容。「二、中國文學史上的現實主義與反現實主義的鬥爭」：從《尚書》、《詩經》、先秦諸子、「漢賦」諸家、《史記》、「樂府」、「三曹」、「駢文」、韓愈與「古文運動」、唐宋八大家、白居易及其「新樂府運動」、「台閣體」，一直論到明代「前七子」與「後七子」，以及明清小說。涉論上述對象時還旁及許多文學現象和典籍。不僅涉及到如《左傳》、《戰國策》、《漢書》等史論專著，甚至像揚雄的《方言》等論著都涉及到了。「三、中國文學史上的這些事實的意義」：這一部分是站在「大文化史」立點上，從哲學思潮、政治思潮與階級鬥爭、文化思潮與文藝思潮之關係的深廣

〔註28〕新文藝出版社《社會主義現實主義論文集》編輯後記。見該書第 535 頁。

〔註29〕1957 年 9 月寫畢，1958 年《文藝報》第 1、2、8、9、10 期連載，同年 8 月由百花文藝出版社出版，收《茅盾全集》第 25 卷。

歷史景觀，看現實主義與反現實主義的鬥爭；看現實主義與非現實主義的碰撞；從而論述中國的現實主義之形成發展歷史的。「四、古典主義和『現代派』」：這一部分涉論所及，橫向所及者，是西歐諸發達國家；縱向所及者則是上述諸國從古典主義直到現代派諸流派的文藝思潮鬥爭發展史以及每一文藝思潮的代表作家作品與理論家論著；仍是以哲學、政治諸意識形態領域的大文化歷史爲背景，論述現實主義與反現實主義的鬥爭；現實主義與非現實主義的碰撞；從而論述西方現實主義形成發展歷史的；而論文藝思潮則不限於文學，還包括諸多藝術門類。「五、理想與現實」：這一部分是全書的主體部分。它根據以上史的描述與疏理打下的深廣基礎，展開縱橫開闊、貫通中外古今、文史哲一體化的理論闡發。把圍繞現實主義與非現實主義、反現實主義的碰撞與鬥爭中所涉及的全部重大理論問題，諸如理想與現實、現實主義與浪漫主義、積極浪漫主義與消極浪漫主義、古典主義與浪漫主義、現實主義發展各階段的不同情態與內涵、其共同點與不同點、現實主義與政治、經濟諸社會條件之關係、現實主義的哲學思想基礎、世界觀與創作方法之對立統一關係、作家思想的歷史侷限性與階級侷限性、作家的思想方法、馬克思主義的認識論、典型觀與馬克思主義經典作家對現實主義的經典性論述、公式化概念化及其產生根源、社會主義現實主義理論與創作方法的形成與發展等等等等，其論述幾乎囊括無遺！

　　茅盾的立論有三個前提：一、今天我們對現實主義、浪漫主義等範疇及其概括的文學現象是一種「史識」；與這些文藝思潮興起及形成之當時人們的「時識」不盡相同，運用這些範疇時，應充分注意。二、馬克思主義對這些「主義」所作的論述，迄今爲止最具科學性。三、西方學者從「歐洲即世界」的大民族主義觀念出發所作的理論概括有其片面性。因爲它並沒概括東方文學特別是其中的中國文學的實踐經驗與規律。這種侷限，實際上馬克思、恩格斯也未能例外。據此三點，茅盾以馬克思主義美學觀爲依據，以辯證唯物主義與歷史唯物主義爲指導，重新作的理論概括與剖析，有很大的突破；這也是茅盾對自己「五四」以來，包括《西洋文學通論》在內的以前所有論著的超越。表現了極大的氣魄和開拓精神。

　　1949 年茅盾在《略談革命的現實主義》一文中大體談過現實主義的發展各階段。他說：「高爾基把俄國革命前的舊現實主義稱爲批判的現實主義」，因爲它「雖然批判了世界的罪惡，卻沒有指示出前進的道路」。「批判的現實

主義在當時也有其進步的意義。十月革命後，蘇維埃文學的現實主義稱爲社會主義的現實主義。」它「表現蘇維埃人民新的崇高的品質，不但表現我們人民底今天，而且還展望他們底明天」。「社會主義的現實主義的創作方法和我們目前對於文藝創作的要求也是吻合的。」但「我們現在是新民主主義階段，所以，一般的我們都用『革命的現實主義』一詞以區別於舊現實主義」。〔註 30〕在《夜讀偶記》中，茅盾大體沿用了上述的理解。不過他把現實主義的源頭，追溯到文學起源的人民口頭文學創作的古老時代。追溯到神話時期，名之曰「神話現實主義」。〔註 31〕然後「花開兩朵」，他從中國自《詩經》到明清小說，和西歐自 17 世紀描寫人情世態爲主的小說戲劇到十九世紀小說，用「單表一枝」方式，分別描繪論述了由「神話現實主義」到批判現實主義的形成發展的歷史。他認爲，在二十世紀形成的社會主義現實主義，是現實主義新階段。他得出的結論是：現實主義「古已有之」；但並非一成不變。它經歷了許多階段的逐漸發展完備的歷程。最後才具備狹義的現實主義諸特徵。

　　茅盾把各個不同階段的現實主義的基本內涵與特徵，概括爲以下六點：一、它是由階級社會中被壓迫的勞動人民創造的，爲剝削階級中具進步思想的文人所發展，逐漸完善起來的。二、其「哲學基礎是唯物主義」。「社會基礎是生產鬥爭和階級鬥爭以及在這兩種鬥爭中推動社會前進的革命力量。」三、其核心是世界的可認識性信念，它根據反映論規律從事藝術創作，通過形象化的藝術概括方法，反映外在世界與人的內心世界。因此典型人物塑造是現實主義創作方法的中心問題。四、他把恩格斯著名的現實主義定義作了精彩的發揮：「現實主義把人物放在社會環境中」考察其「感受，以及環境對人物的思想意識的影響」。它著重揭示「人的性格是由環境以及人的社會關係決定的」。它「用事實來表現」人物「何以一定是這樣而不是那樣」。典型人物的環境也應該是典型的：即能「表現特定時代的基本精神和主要面貌」。五、「作家必須在生活實踐中『發現』他的人物而不是從理性出發或憑空想或熱情來『捏造』他的人物。」因此它「最能反映特定時代的社會意識」。六、因此「當哲學家還只能以唯心主義解釋社會現象」時，其「同時代的偉大的現實主義作家卻不自覺地在他們的作品中表現了唯物主義的歷史觀」。〔註 32〕

〔註 30〕《茅盾全集》第 24 卷第 92～93 頁。
〔註 31〕《茅盾全集》第 25 卷第 153 頁。
〔註 32〕《茅盾全集》第 25 卷第 203～206 頁。

　　茅盾實際運用了「文革」後在我國哲學界才作出理論界定（物質存在與運動的基本形式：不僅有「一分爲二」，還有「一分爲三「和「一分爲多」）的新的哲學觀點，把文學思潮史概括爲「一分爲三」的存在與運動形式：他認爲一部文學發展史呈現實主義、反現實主義、非現實主義這三種相互依存、相互碰撞的思潮消長與發展的基本態勢。他認爲積極浪漫主義是與現實主義有質的區別的非現實主義，但不是反現實主義。現代主義諸流派及消極浪漫主義，特別是現代主義，才是反現實主義的文藝思潮。他的區分標準有四條：一、哲學標準：不論你自發或自覺，凡堅持唯物主義立場，按反映論進行創作的是現實主義。凡堅持唯心論形而上學立場，按主觀唯心主義意願去表現自我、歪曲生活者是反現實主義。二、政治標準：凡是人民大眾，或是站在人民大眾立場者，以創作反映人民意願，保障人民利益者是現實主義；站在反人民立場，以創作維護剝削階級利益並危害人民利益者是反現實主義。三、思想標準：作品的思想內容具人民性、眞實性者是現實主義；思想內容虛僞、粉飾、歪曲現實，對人民起麻醉欺騙毒害作用者是反現實主義。四、藝術標準：形式是「群眾性的」，「爲人民大眾所喜聞樂見的」，對人民起娛悅作用的是現實主義；「以迎合剝削階級的趣味爲基本特徵的」、「追求雕琢、崇拜綺麗，乃至刻意造作一種怪誕的使人看不懂的所謂內在美」，「對剝削者自己則滿足了娛樂的要求」者是反現實主義。〔註 33〕茅盾認爲，現實主義與反現實主義的鬥爭，以遠比運動形式「激烈」的「你死我活的鬥爭」方式進行：人民創造的現實主義文學步步發展，擴大影響；統治階級則用文字獄以至殺戮作家方式給以鎮壓。〔註 34〕由此可見，茅盾對現實主義與反現實主義及其鬥爭方式的論述，他描述的事實是客觀存在，其規律性把握也具科學性。但他已經超出了創作方法與文藝思潮鬥爭的範圍。儘管他一再聲明：他不是根據哲學鬥爭規律更非根據階級鬥爭規律套出來的；然而，客觀上卻因其超出了文藝範圍，和哲學鬥爭甚至階級鬥爭掛了鉤。因此，1958 年高校學生集體編書時，有人對茅盾關於現實主義與反現實主義的理論作了簡單化、庸俗化的理解；又拋開了他關於「存在著非現實主義創作方法與文藝思潮」的論述；遂把歷史上現實主義與反現實主義的鬥爭，等同於歷史上文學領域中的階級鬥爭現象。遂引起了一場不大不小的論爭。茅盾在《夜讀偶記・初版後記》與《夜

〔註33〕《茅盾全集》第 25 卷第 153～156 頁。
〔註34〕《茅盾全集》第 25 卷第 147 頁。

讀偶記・後記》中，多次作了深入一步的闡述。後者實際是篇極長的論文。在澄清分歧之同時，也糾正了自己論述當中沒講透、有偏頗的一些問題。今天讀《夜讀偶記》時，我們必須把這兩篇後記一併研讀；理解才會完整。

《夜讀偶記》還對世界觀與創作方法之間的十分複雜但又辯證統一的關係，作出了精闢的論述，又針對 1956 年至 1957 年現實主義論爭中的錯誤觀點作出令人信服的批駁。他對公式化概念化問題也作出十分透徹的論述；澄清了某些論者把產生公式化概念化的原因歸罪於現實主義創作方法本身的誤認。他還用了相當大的篇幅，在《西洋文學通論》基礎上，總結了該書以後的現代派又有新流派出現等等新的文藝現象，對現代派作出更深入一步的批判。主要觀點是：一、現代派諸流派均「產生於資產階級沒落期，自稱是極端憎恨資產階級的社會秩序」與相應的現代文明；它拋棄一切文藝傳統，「要以絕對的精神自由來創造適合於新時代的新文藝。」二、其作家大都是既憎恨資產階級，又「看不起人民大眾」的「小資產階級知識份子」。他們自以為起了破壞資產階級腐朽生活方式的作用，實際「卻起了消解人民的革命意志的作用，因此墨索里尼的法西斯政權把未來主義作為它的官方文藝，希特勒的納粹政權也保護表現主義，都不是偶然的」。三、現代派共同的哲學思想基礎是「非理性的」。「這是從 19 世紀後半以來，主觀唯心主義中間一些最反動的流派（叔本華、尼采、柏格森、詹姆士等〔註 35〕）的共同特徵」。「這是一種神秘主義。它否定理性與理性思維的能力，否定科學有認識真理的能力」，「而把直覺、本能、意志、無意識的盲目力量，抬到首要的地位。」四、「現代派諸家是徹頭徹尾的形式主義，是抽象藝術。」它「堅決不要思想內容而全力追求形式」。「只問怎樣表現，不管表現什麼」，是其基本特點。從對現實生活之態度言，這是「頹廢文藝」。從創作方法言，這「是抽象的形式主義的文藝」。〔註 36〕茅盾還趁機糾正了他在二十年代把現代派視為「新浪漫主義」的誤認。借此了結了現代文學史上的一樁公案；其歷時達 38 年！

茅盾當時無法預料，在結束「文革」他溘然長逝後，現代派居然在中國崛起，竟又打出反現實主義的旗幟，妄想取代其文壇主流的地位。而他這部《夜讀偶記》，竟再次成了維護現實主義文壇主流地位的理論武器。而它的科學性與戰鬥性，也被現代派再次崛起又再次衰落這一鐵的事實所證實！

〔註 35〕茅盾說：「某些流派還加上一味作料，這就是荒謬的佛洛伊德學說。」
〔註 36〕《茅盾全集》第 25 卷第 175～177 頁。

《夜讀偶記》略有瑕疵，但顯然瑕不掩瑜，其精闢論述，放射出大理論家超人的洞察、膽識與智慧的光芒！

讀大躍進民歌　論「雙革」創作方法

1957 年 11 月茅盾隨毛澤東所率領的代表團赴莫斯科出席各國共產黨、工人黨代表大會時，就聽到了毛澤東提出的大躍進口號：「要在 15 年內或更多一點時間內，在鋼鐵和其它工業的產品總產量趕上或超過英國。」

1958 年 3 月 9 日至 26 日中共中央在成都召開的中央工作會議上，毛澤東根據他在《工作方法 60 條》中提出的「不斷革命」論，正式提出「鼓足幹勁，力爭上游，多快好省地建設社會主義」總路線；它在 5 月召開的中共八大二次會議上確認。從此，總路線、大躍進和人民公社被稱為「三面紅旗」，成為後來的冒進、浮誇的總源頭。1958 年 2 月，茅盾在出席全國人大一屆五次會議時，全面了解了這些精神。3 月 8 日中國作協書記處也制定了《文藝大躍進工作 32 條》，這是文藝界浮誇風的源頭之一。

也是在成都會議上，毛澤東在 3 月 23 日第四次講話時說：「這次會上印了一些詩，盡是老古董。搞點民歌好不好？請各位同志負個責任，回去以後搜集點民歌，各個階層、青年、小孩都有許多民歌，搞幾個點試辦，每人發三五張紙寫寫民歌，勞動人民不能寫的找人代寫，限期搜集，會收到大批舊民歌，下次會議印一本出來。中國詩的出路，第一條民歌，第二條古典，在這個基礎上產生出新詩來，形式是民歌的，內容應當是現實主義和浪漫主義的對立統一。太現實了就不能寫詩了。現在的新詩不成形，沒人讀，我反正不讀新詩，除非給一百塊大洋。」毛澤東這段話，講得隨意而輕鬆；既具真理性，也不無偏頗。他當時也未必料到，這番包括了搜集舊民歌、詩歌出路和新詩內容三層意思的話，會發展成歷時數年、震動全國的三件大事：一是舉國上下人人寫新民歌的大躍進民歌運動。二是把「以民歌和古典詩詞為基礎」當成新詩發展的方向。至今這一論爭還沒有完全結束。三是把他關於新詩「內容」的意見「普泛化」成涵蓋所有文體的「雙革」創作方法。此三舉的始作俑者是郭沫若和周揚。郭沫若在 1958 年 4 月《文藝報》第 7 期《答編者問》中，最早把毛澤東關於新詩「內容應當是現實主義和浪漫主義的對立統一」普泛化為各種文藝樣式通用的創作方法。周揚在 1958 年 6 月 1 日《紅

旗》創刊號發表文章，標題就是《新民歌開拓了詩歌的新道路》。他說：「毛澤東同志提倡我們的文學應當是革命的現實主義和革命的浪漫主義的結合，這是對全部文學歷史的經驗的科學概括，是根據當前時代的特點和需要而提出一項十分正確主張，應當成為我們全體文藝工作者共同奮鬥的方向。毛澤東同志本人所作的許多詩詞，向我們提供了最好的範本。」〔註37〕周揚接著作了比上述論斷更無邊際的論證與發揮！對照毛澤東的原話與周揚的論證與發揮，有助於了解大躍進時代「上邊一句話，下邊一股風」與「歪嘴和尚念錯經」的浮誇冒進的特點！毛澤東上述講話和周揚此文，是文藝大躍進導致浮誇風的主要源頭。

　　以上講話和文章，茅盾不僅及時地讀了，而且反覆思考、反覆掂量！他是文化部長和中國作家協會主席。三件大事他都不能不辦，不能不執行！對來勢迅猛的大躍進與文藝大躍進的形勢，茅盾有個認識過程。1958 年他是熱情洋溢，幹勁十足。到 1959 年，因為逐漸發現了問題而冷靜下來。大躍進文學是以新民歌運動為標本的。當時的結集是郭沫若與周揚合編的《紅旗歌謠》。此前茅盾已經大量閱讀了新民歌與小小說等大躍進文學。後來他認真研究了《紅旗歌謠》，指出其突出特點是：「塑造了先進的人物形象」，使人如聞其聲，如見其形；這些詩「各有各的風格」，「不落俗套」。也很有技巧。這技巧首先來源於生活，故「並無矯樣造作、扭捏堆砌等等毛病」。他還綜合了「工人談詩」時對專業詩人詩作的批評：「對生活沒有深切的感受，往往只有一點點詩意，表現出來並不激動人心」，只好「求救於技巧」。語言「故意雕琢」，「多半是西洋化的」。茅盾認為：「這真是一針見血之論！」〔註38〕

　　但是後來茅盾發現並且及時指出：「新民歌為數頗多，而且續出不窮。然而毋庸諱言，改頭換面，無多新鮮意境者，亦復不少。」甚至「出現了一些把革命浪漫主義誤解為浮誇、空想的作品」。這和戲劇電影上出現的「暢想未來，人鬼同台」〔註39〕同樣不足為訓。茅盾可能當時並不知道，由於上邊提倡，各級領導層層往下壓創作新民歌的任務，弄得老百姓苦不堪言。例如當時我工作的內蒙古自治區大搞「百萬民歌歌唱運動月」。要求「全民皆歌」，形成站在昭君墳頂上就能聽見四面八方都有唱民歌的聲音的雄壯聲勢！下邊

〔註37〕《周揚文集》第 3 卷第 5 頁。著重點是引者後加的。
〔註38〕1958 年《詩刊》第 5 期，《茅盾全集》第 25 卷第 267 頁。
〔註39〕《茅盾全集》第 25 卷第 409 頁，第 454 頁，第 410 頁。

拿不出作品，就讓下放幹部編。當時頗有影響的呼和浩特市茂林太鄉桃花人民公社辦的《桃花》油印詩刊，其實只是我一個人編的。常常沒有來稿，只好逼下放幹部寫。我自己也仿作。許多地方的新民歌就是這麼產生出來的！茅盾尖銳批評了這種「新民歌」及其創作表現出的浮誇風。他舉了許多例子。如一首新民歌是：「同志們，你來看：／我們力量大如天，／腳下地球當球玩，／大洋海水也能喝乾。」茅盾批評道：這「雖似豪邁，但實在表現了想像力的貧乏，而思想性也不見得高。這和革命浪漫主義沒有共同之處」。〔註40〕

　　這問題與茅盾剛發表的《夜讀偶記》及當時「炒」得很熱的「雙革」創作方法有關。茅盾此書的主旨，是堅持社會主義現實主義的主流地位與傳統定義。不料 1959 年全蘇作家第三次代表大會卻修改了這個傳統定義。主要是取消了茅盾所堅持的「用社會主義精神從思想上改造和教育勞動人民的任務」這一條。而周揚等宣導「雙革」，從另一個方面衝擊了蘇聯的兩個內容不同的「社會主義現實主義」定義。茅盾研究文藝思潮史與各種創作方法將近 40 年了。他的理論之形成，歷來是以人類幾千年文學發展史的客觀事實為依據。他認真分析了歷史材料和文壇諸說的依據，首先追溯到最早提出「兩結合」的高爾基 1912 年和 1928 年的論點：「現實主義和浪漫主義精神必須結合起來」，「好像同一物的兩面」。然而恰恰是高爾基與斯大林合作，共同於 1936 年提出了社會主義現實主義創作方法，並且把它寫入《蘇聯作家協會章程》中去。所以高爾基又說：「革命浪漫主義實質上是社會主義現實主義的化名。」〔註41〕可見高爾基「兩結合」之說也不很穩定。

　　在宣傳毛澤東提出的「雙革」創作方法時，有一個普遍認同的依據：「這兩種主義在大作家身上向來是並存的。」並且「向來就是結合的」。茅盾稱此論為「一體兩態論」。茅盾認為這並不符合文學歷史的事實，也「不是從思想基礎上看兩個主義的區別」，故不能圓滿地解釋文學現象與作家傾向。茅盾認為：「從一個作家的全部作品來看他的主要傾向，那麼對現實的冷靜分析多於對理想的熱情追求者，通常應當劃他為現實主義者，反之，即為浪漫主義者。」「在高爾基以前，我們只看見有基本上是浪漫主義或現實主義但個別作品也顯現不同色彩的作家，卻還沒有看見體現了兩個主義的結合的作家。」「因為

〔註40〕《創作問題漫談》，1959 年 3 月 8 日《文學知識》第 3 期，《茅盾全集》第 25 卷第 455 頁。
〔註41〕《蘇聯作家論社會主義現實主義》第 16 頁，第 17 頁，第 18 頁。

兩個主義的結合不是技術問題而是思想方法問題。」若看成技術問題，「勢必要把焊接代替結合，弄得一無是處。」「謬以千里。」茅盾指出：歷史上的一些大作家，因爲其世界觀的侷限，使他常常提「空想的脫離實際的方案。因此，他們經常感到理想與現實的矛盾。古典文學中有些被認爲難以確定爲浪漫主義或現實主義」，因而被誤認爲是「兩結合」的，「其實是反映了作家思想上的這種矛盾」。因此茅盾得出結論：在樹立馬克思主義世界觀之前，不可能達到「雙革」的「結合」。因此歷史上根本不存在「雙革」的作家和作品。〔註42〕

　　茅盾反對的另一種傾向，是表現在創作上的兩種情況。一是他一直批評大躍進以來把寫浮誇與空想的作品當作革命浪漫主義；二是把「誇張」、「比喻」等各種創作方法都用的技巧，當作浪漫主義的「專利品」。

　　當時這些偏向被頭腦發熱者一窩蜂地鼓吹，形成一邊倒態勢。茅盾卻謹慎、冷靜，把握著理論科學性的分寸。他批評道：1958 年以來，「的確是夠轟轟烈烈了，不過就大部分作品而言，還不夠踏踏實實」。「總覺得欠缺細微的科學分析」。〔註43〕在那種形勢下，敢於依據「時識」昇華的「史識」，提出不同意見，並且公開講出來者，幾乎就是他一人。但他面臨著 1959 年廬山會議由反「左」到反「右」的政治形勢，再堅持己見不轉彎，實際上根本不可能。何況他還面臨一大堆難題。

　　當時中蘇意識形態衝突雖未公開爭論，但內部已十分對立。蘇聯文藝界已針對「雙革」公開發表批評文章。1959 年 5 月，茅盾率團出席全蘇作家第三次代表大會。行前就此事問計於兼任外交部長的陳毅副總理。陳老總說：你們告訴蘇聯作家，毛澤東同志是一個偉大的馬克思主義者，他在中國新的歷史條件下根據中國革命實踐和中國文學藝術發展的具體情況提出此創作方法，我們正在通過自己的創作進行探索和實踐。果然，會議期間蘇聯作協總書記蘇爾科夫向茅盾提出質疑。茅盾組織觀念很強，他放下自己的學術保留意見，「堅定地站在維護中國利益與團結一致的立場，以豐富的政治鬥爭經驗，淵博的文學知識，冷靜敏銳的頭腦和從容自如的神態」，「向蘇爾科夫做了堅定說理的回答」。〔註44〕

〔註42〕　《短篇小說的豐收和創作上的幾個問題》，1959 年《人民文學》第 2 期，《茅盾全集》第 25 卷第 416 頁。
〔註43〕　《創作問題漫談》，《茅盾全集》第 25 卷第 447 頁。
〔註44〕　于黑丁：《茅盾同志永遠活在我心裡》，《茅盾和我》第 70～71 頁。

　　另一次面臨的難題是，1960 年 9 月第三次文代會期間，茅盾要在代表大會上作報告。因爲他的報告是代表作協書記處的，起草報告時無法繞開個人意見與通用提法不一致的問題。1960 年 7 月 21 日他日記中說：「遵中央指示，仍在報告中提社會主義現實主義而不與『兩結合』作比較。」但其難言之隱這裡沒有記下來。後來情況發生了變化。表現在公開發表的報告裡，他仍然在第三部分以「革命現實主義和革命浪漫主義相結合」爲題，作了整章的論述。他僅保留了在古代，由於作家世界觀侷限，不存在「雙革」或「兩結合」的作家這一條個人觀點。其他都是照通行的觀點講的。從此他只得「從眾」，無法再堅持個人意見。否則豈不陷入自相矛盾的境地？

　　因此種種，茅盾只能承認「雙革」的存在，而且承認這是迄今爲止文學創作的最先進的創作方法。他的論證前提是：「雙革」的哲學思想基礎與前提必須是辯證唯物論與歷史唯物論的哲學觀。〔註 45〕其政治思想基礎與前提，則是共產主義理想與實事求是的科學精神及態度的結合。從作家認識講，則應是「對理想的熱情追求」和「對現實的冷靜分析的結合」。離開這些，就會出偏差，┃也就不會看見我們社會現實的本質和革命浪漫主義和革命現實主義的結合體」。因此，茅盾強調，「雙革」問題，實質是「加深馬列主義修養、培養共產主義風格的問題」。〔註 46〕這樣，他和《夜讀偶記》中論述社會主義現實主義創作方法同樣，實際上是把「雙革」創作方法轉移到指導思想即共產主義世界觀與方法論上去了。顯然，茅盾的理論妥協與讓步，實際上是十分有限的！

　　世界上諸事萬物，無不依客觀存在及其運動發展的規律爲轉移。革命的現實主義與革命的浪漫主義相結合的創作方法，既然並非如周揚所說是什麼「對全部文學歷史的經驗的科學概括」，則僅剩下了「根據當前時代的特點和需要而提出」這一端了。無奈這「當前時代的特點和需要」，又是名爲大躍進實爲大冒進時代的特點和「左」傾浮誇的「需要」。因此，茅盾在馬克思主義世界觀上對此「雙革」創作的妥協，也並不能支撐它的理論存在。後來的事實是：在世界文壇上無人接受此「雙革」。由那時起迄今爲止的 40 年的中國當代文學歷史中，也沒有什麼作家或作品能證明它是「對全部文學歷史的經驗的科學概括」。在「文革」中江青之流說他樹的「樣板戲」和她那些寫「走

〔註45〕《短篇小說的豐收和創作上的幾個問題》，《茅盾全集》第 25 卷第 416 頁。
〔註46〕《茅盾全集》第 25 卷第 410 頁，第 414～415 頁，第 417 頁。

資派正在走」的「假大空」「文革」文學是用「雙革」創作方法的典範！這只能是對嚴肅文學的諷刺！這一切反倒證明了任何創作方法的形成，一直是而且必須是無數作家長期實踐表現出的規律的理性認知與理論概括的產物。不是出於主觀需要硬性規定、強行推銷就能成立的。「文革」中「假大空」的作品救不了「雙革」；新時期以來它只在大學講義中被學者作為獨特的文學現象介紹給學生。當今文壇重新採用革命現實主義這個範疇，就是無情的否定之否定。從十月革命和高爾基時期起，無數作家以大量作品證明：只有革命現實主義，才是區別於批判現實主義的真實的客觀存在。因此，儘管現代派的崛起，喧囂著要取代革命現實主義的中國文壇主流地位，但是新時期 20 年的文學思潮證明，不僅現代派，任何文學派別都無法取代革命現實主義的文壇主流地位。近些年來許多新潮派並沒有汲取「雙革」與現代派曇花一現、轉瞬消逝的教訓；某些人，某些刊物，年復一年提出什麼「新寫實」、「新狀態」、「新感覺」……每興一說都大肆炒作，希望能靠主觀鼓吹以標新立異。然而歷史無情，一個個肥皂泡人為地吹起來又破滅，破滅了又吹起來，然後又破滅！一再證明：客觀規律是不可抗拒的。理論，只有真正總結了客觀規律，才能以其本質意義的科學性證明其真實存在，從而獲得真理性和生命力。茅盾當初的「保留」，本應該堅持到底的。無奈的是：他以個人的力量，無法抗拒潮流！因此他也只能以自己一度的妥協，證明客觀規律的不可抗拒性！

不過，那時的茅盾，並沒因這一曲折而改變其「五四」以來形成的老習慣，他繼續跟蹤研究外國，特別是西方文藝思潮的動向。他精通外語，他的工作崗位優勢和頻繁的出國機會，又使他能突破當時閉關鎖國造成的封閉局面的限制。如 1960 年 4 月 6 日他在日記中寫道：「看了波蘭攝製的超現實主義的短片三部。該片一無對白，二無解說。憑觀眾愛怎麼猜就怎麼猜罷，我覺得這種『超現實』並無新意。只是賣野人頭而已。」這月他與人合譯的《比昂遜戲劇集》問世。此前他還於 2 月 9 日在契訶夫誕生百周年紀念大會上作了長篇報告：《偉大的現實主義者契訶夫》，2 月 22 日與 6 月 8 日，他分別主持了紀念蕭邦、舒曼誕生 150 周年大會，並都致了開幕詞。8 月 1 日他應蘇聯的邀約，寫了紀念托爾斯泰逝世 50 周年的文章；11 月 25 日又在北京舉行的托爾斯泰逝世 50 周年紀念大會上作了《激烈的抗議者、憤怒的揭發者、偉大的批判者》的專題報告。在這開闊的世界文學大視野裡，他繼續博覽群書，溯源逐流，研究那些永無窮盡的文學難題。

讀近六年來的創作　作第三次文代會報告

1959 年到 1960 年，國內局勢十分複雜。「左」傾冒進暴露出的問題，使毛澤東覺得不能不糾正「左」的錯誤了。

1959 年 7 月 2 日至 8 日 2 日在盧山召開的八屆八中全會，本意是要糾「左」。鼓德懷同志給毛澤東的信，也是主張糾「左」。毛澤東卻認爲這是反對「三面紅旗」的「右傾機會主義」和「資產階級動搖性」，因而把彭德懷和支持彭德懷意見的黃克誠、張聞天、周小舟打成「右傾機會主義集團」。從此在全國開展其性質爲「資產階級與無產階級兩大對抗階級的生死鬥爭的繼續」的「反右傾」政治運動，使本已相當「左」了的形勢變得更「左」。但在這複雜的鬥爭中，仍存在努力糾「左」，因勢利導，使形勢往健康方面發展的積極力量。在政治、經濟、文化領域與黨內、黨外情況都是如此。1959 年 5 月周總理兩次約請出席人大、政協會議的文藝界人士參加總結經驗教訓、研究糾「左」對策的座談會。在 5 月 3 日的會上周總理發表了著名的講話：《關於文化藝術工作兩條腿走路的問題》。他提倡要「兩條腿走路」，並以一條腿走路「難免跌跤」作比，批評「左」的錯誤；深刻闡述對立統一規律的哲學觀。以此爲指導思想，提出理順文藝工作中「十大關係」的充滿辯證法的指導思想。包括：「既要鼓足幹勁，又要心情舒暢」。「鼓足幹勁是主導的方面，但不要過分的緊張。」「既要敢想、敢說、敢做，又要有科學的分析和根據。客觀的可能性要與主觀的能動性結合起來。」「既要有思想性，又要有藝術性。主導方面是思想性。」「思想性是要通過藝術形式表現出來。」「既要浪漫主義，又要現實主義。即革命的現實主義與革命的浪漫主義相結合。」「主導方面是理想，是浪漫主義」。除最後一點外，這些觀點和茅盾一年來反思所得的結論不謀而合。因此茅盾認眞領會，努力貫徹，盡可能地引導文壇往健康的方向發展。

1959 年是建國十周年與「五四」運動四十周年紀念。1959 年 4 月和 1960 年 3、4 月間。人大二屆一次、二次會議相繼召開。此外還有文教群英會和第三次文代會。身兼文化部長、文聯副主席與作協主席的茅盾，都必須在總結六年來文化工作與文藝工作的基礎上分別作總結性報告或發言。他系統閱讀了六年來的創作成果，和反映文化藝術工作情況的文件資料。先後寫了或作了以下長篇文章或報告：《創作問題漫談——在中國作家協會創作工作座談會上的發言》、《在第二屆全國人民代表大會第一次會議上的發言》、《堅決完成

社會主義文化革命》、《從已經取得的巨大成就上繼續躍進！》、《新中國社會
主義文化藝術的輝煌成就》、《文化戰線上取得的勝利——應（蘇維埃報）之
請而作》、《爲實現文化藝術工作的更大更好的躍進而奮鬥——在第二屆全國
人民代表大會第二次會議上的發言》、《不斷革命，爭取文化藝術工作的持續
躍進——在文教群英會開幕式上的講話》、《反映社會主義躍進的時代，推動
社會主義時代的躍進——1960年7月24日在中國文學藝術工作者第三次代表
大會上的報告》。〔註47〕這些報告和文章，多數是以文化部長、作協主席等身
份發表的；自然要與統一的宣傳口徑保持一致。雖然茅盾努力把反思所得的
辯證的合乎科學性的東西貫徹其中，仍難免打上特定時代「左」的印記。但
其主導思想是反冒進、反浮誇，反「左」糾偏，希望通過調整與鞏固以求提
高；努力把文化藝術工作引上合乎客觀規律的軌道。

　　他對建國以來，特別是第二次文代會後，近六年來的成就，給予充分肯
定。集中在以下三點：一、接受了舊中國文化藝術事業，加以改造，創建成
嶄新的社會主義文化事業，取得赫赫戰果。二、形成了指導社會主義文化藝
術事業的方向、方針與路線，積累了成套經驗。三、形成了一支專業與業餘
相結合的宏大的隊伍。其中包括大批新生力量。

　　他把周總理報告的精神汲取貫徹在自己的文章與報告中，針對存在的問
題，茅盾提出了導向性極強的意見。一、他承認階級社會中文藝工作者的世
界觀與作品必然打上階級烙印，故存在爲什麼階級服務與改造世界觀的問
題。但他指出：要嚴格區別政治問題與思想認識問題之界限；反對把思想認
識問題當成政治立場問題的「左」的方針與做法。〔註48〕

　　二、他在強調黨的領導與思想教育的前提下，響亮地提出了認識、把握
和尊重「文學藝術固有的各種內部聯繫」與「各項規律」。他強調應該注意「群
眾的精神需要是多方面的」；在「給以教育和鼓舞以外，也要使他們享受到有
益的娛樂，並且能夠提高他們的欣賞趣味」。〔註49〕

　　三、他既反對題材無差別論，又反對題材決定論；主張在強調選用能反
映時代精神、具社會意義之題材的同時，不「排斥那些於政治無害、於生活
有益的」題材。他認爲：只要「品質好」，現代的歷史的題材都應該寫。他承
認題材有「尖端」與「非尖端」之分，但又認爲歷史題材與現代題材都有「尖

〔註47〕以上文章分別收入《茅盾全集》第25卷，第26卷。
〔註48〕《茅盾全集》第25卷第542頁。
〔註49〕《茅盾全集》第25卷第508頁，第485～486頁。

端」、「非尖端」之分。而且不論是否「尖端」,只要「寫得好」,「同樣有教育
意義,同樣是人民所喜愛的。」因此「題材愈多樣愈廣闊,作品愈多樣化,
文藝就愈繁榮」。〔註50〕

　　四、茅盾對文學典型作了非常寬泛的解釋,他主張按照生活複雜性塑造
多種多樣的文學典型。他不僅承認正面人物與反面人物、英雄人物與包括小
人物在內的普通人物都可以塑造成典型人物,而且不反對寫實際生活中客觀
存在著的「中間狀態的典型」。這是茅盾最早(1959年3月)涉及到「中間人
物」論。他還認為只要必要,寫英雄人物也完全可以寫缺點。〔註51〕

　　五、茅盾視野開闊地進一步針對大躍進中出現的新問題,論述了普及與
提高的關係。他認為,「普及與提高不是能夠分階段來進行的」,應「時時普
及,時時提高,邊普及,邊提高」。他針對大躍進也是大普及中存在的問題,
特別著重地強調狠抓「思想提高」與「藝術提高」;要注意同時建立兩支隊伍,
即專業的與以工農兵為主的業餘的文藝隊伍,達到「專業與業餘的正確結
合」。他指出:正確處理專業與業餘之關係,量與質之關係,是正確處理普及
與提高之關係的兩大重點。對這三組關係都要辯證地處理好。〔註52〕

　　六、茅盾強調要正確處理民族化、群眾化與個人風格的關係。認為當今
文壇主流是「傾向一致,風格多樣」。這證明民族化、群眾化與個人化、時代
文風與個人文風不是對立的,而是可以統一起來的。因此他特別提倡打上時
代烙印的個人風格的形成。

　　在上述長文與報告中,茅盾最花工夫,最費精力,也最為難的,是撰寫
他在第三次文代會所作的報告《反映社會主義躍進的時代,推動社會主義時
代的躍進!》。因為此文既要肩負著總結第二次文代會之後六年來創作成
就、經驗教訓與昭示今後文藝發展任務、方向的雙重任務;又要在「左」的
思潮中力爭「糾『左』」防「左」。他下的工夫令人吃驚。為寫此報告,僅1
至5月日記所載,他讀的書,長篇有:《山鄉巨變》及其續篇、《上海的早晨》、
《風雨黎明》、《東風化雨》、《金沙洲》、《東進序曲》、《我們播種愛情》、《在
敵人的心臟裡》等;短篇集有:馬烽、杜鵬程、胡萬春、唐克新等的結集;
長詩有:《趕車傳》(新著上、下部)、《長詩三首》(田間上下冊)、《揚高傳》
(三部)、《白雪的讚歌》、《深深的山谷》、《康巴人》、《大江東去》以及韓笑

〔註50〕《茅盾全集》第25卷第454頁。
〔註51〕《茅盾全集》第25卷第457頁,第458頁,第26卷第92～94頁。
〔註52〕《茅盾全集》第26卷第20頁,第25卷第510頁,第447～448頁。

的長詩、賀敬之的長詩與短詩；短詩集則有阮章競、臧克家、聞捷、郭小川、張永枚等的結集；多幕劇有：《武則天》、《金鷹》、《星火燎原》等；電影劇本有《楊門女將》、《太陽剛剛出山》等。爲寫「個人風格」這一節，茅盾還特地讀了《個性心理學》等參考書。這個報告自 4 月 8 日動筆，5 月 21 日才完成初稿。僅初稿就寫了約一個半月。還不算此前的準備工作。他在日記中記下自己的統計：「計一百十餘小時，平均每日只寫三百字而已。至於閱讀的作品、論文共計約千萬字，閱時二月餘。」因白天開會等雜事多，「主要在晚上讀。」他決定：「寫法是從分析作品入手，不取空談。」但下筆時茅盾碰到許多困難。如「評論作家照直說還是客氣些」？就使他頗費「躊躇，寫作進度不快」。「最費時者，仍是舉例，往往兩例相權，籌思推敲至再三，始能概括成十數三五十字，而耗時則將近半小時。」這時茅盾已 65 歲，身體多病，記憶力差。「兩月前所閱作品，迄今印象已淡。」「邊寫還得邊查作品。」有些問題還得請示。前邊提到的關於「兩結合」與社會主義現實主義是否作比較問題就是一例。〔註 53〕初稿列印後，又要反覆討論和修改才能定稿。這工作量之大，實在難以統計！

1960 年 7 月 22 日第三次文代會正式開幕。7 月 24 日茅盾作了題爲《反映社會主義躍進的時代，推動社會主義時代的躍進！》的長達四萬餘字的報告。報告共五個部分。第一部分「東風送暖百花開」談文藝成就的部分，充分體現出他「從分析具體作品入手，不取空談」的寫法，這一部分列舉的作品說明：實際上他讀的書，遠比日記中載的多好幾倍。他先談取得輝煌成就的原因，接著展開各個方面創作成就的評述。他引用近些年群眾談文藝成就常用的「回憶革命史，歌頌大躍進」這句話引出革命歷史題材作品的成就與評價：據不完全統計，這方面的作品 239 部。其中老幹部寫的革命回憶錄已出版的 99 部，「如楊尚奎、鄧洪、陳農菲等」的回憶錄兼有歷史與藝術雙重價值。群眾與專家合著的工礦史、部隊史、人民公社史以及回憶革命鬥爭史的作品列舉《紅色的安源》、《北方的紅星》、《武鋼建設史話》、《綠樹成蔭》、《旭日東升》等爲代表。茅盾的評價是「新型傳記文學和文學性的史書」。茅盾說：「回憶革命史」的文學創作，不僅有寫鴉片戰爭的電影劇本《林則徐》，還有「從辛亥革命到抗日戰爭」，再從抗日戰爭一直寫到解放戰爭勝利，建成新中國的一大批作品。這一連續的歷史的形象展現，是由以下幾個方面的作

〔註 53〕引自 1960 年 4 月 9 日、12 日、5 月 5 日、4 月 15 日、7 月 21 日日記手稿。

品共同完成的。茅盾列舉的長篇小說有：李六如的《六十年的變遷》、李劼人的《大波》、梁斌的《紅旗譜》、楊沫的《青春之歌》、歐陽山的《三家巷》、孫犁的《鐵木前傳》、馮德英的《苦菜花》、李英儒的《野火春風鬥古城》；話劇有：金山等的《紅色風暴》、工人集體創作的《火焰千里》、劉雲等的《八一風暴》、趙起揚等的《星火燎原》；歌劇有《紅霞》、《洪湖赤衛隊》；電影有《黨的女兒》、《聶耳》、《回民支隊》；此外還有峻青、茹志鵑的一些短篇，李季、田間、郭小川等的敘事長詩。

革命戰爭題材的作品，茅盾首先列舉了各種體裁的回憶錄結集，百萬餘言的《星火燎原》一至三集。短篇則有劉白羽、峻青、茹志鵑的部分作品；長篇有吳強的《紅日》、曲波的《林海雪原》、楊朔的《洗兵馬》、劉江的《太行風雲》；長詩有李季的《楊高傳》、聞捷的《動盪的年代》；話劇有顧寶璋等的《東進序曲》，茅盾還評述了反映海防鬥爭的《碧海紅心》、《海邊青松》和《李狄三》。

反映農村變革的膾炙人口的作品，有趙樹理的《三里灣》、柳青的《創業史》、周立波的《山鄉巨變》、胡可的《槐樹莊》，以及魯彥周的《三八河邊》。此外還有馬烽、王汶石、李準、劉澍德和農民作家劉勇、申躍中等的短篇和農民詩人王老九的詩等。茅盾還單列出寫剛剛誕生的人民公社的優秀之作：馬烽的《太陽剛剛出山》、趙樹理的《老定額》、沙汀的《歐么爸》、王汶石的《嚴重的時刻》、李準的《李雙雙小傳》、劉澍德的《老牛筋》。茅盾特別推薦了農民作家寫的第一部長篇小說李茂榮的《人望幸福樹望春》的特殊意義。

茅盾指出：過去反映工業建設的作品一直不如寫農村的作品。但茅盾又欣喜地指出：近兩年工業題材創作實現了躍進；出現了比較成熟的工人作家群。小說上有胡萬春、費禮文、唐克新、萬國儒；詩歌有溫承訓、黃聲孝、李學鰲等。作家寫工業的優秀作品，則有艾蕪的《百煉成鋼》、草明的《乘風破浪》、羅丹的《風雨的黎明》與杜鵬程的《在和平的日子裡》以及許多短篇小說。

寫共產主義風格的，茅盾首先提出《紅旗歌謠》。然後是電影《老兵新傳》、《萬紫千紅總是春》，話劇《敢想敢做的人》、《烈火紅心》、《降龍伏虎》、《丹鳳朝陽》、《枯木逢春》、《共產主義凱歌》和《幸福橋》。

茅盾認為以少數民族幸福生活特別是民族團結為主題的作品，取得了空前的成就，形成了一支少數民族作家隊伍，他們推出了力作。如維族有賽福鼎的歌劇《戰鬥的歷程》；短篇《吐爾迪阿洪的喜悅》、祖農·哈迪爾的話劇

《喜事》，短篇《鍛煉》；哈族有郝斯力汗的短篇《起點》，賈庫林的短篇《生活的歷程》；蒙族有烏蘭巴幹的長篇《草原烽火》、瑪拉沁夫的短篇集《春的喜歌》、明斯克的中篇《金色興安嶺》、超克圖納仁的話劇《金鷹》、納‧賽音朝克圖的抒情長詩《狂歡之歌》、巴‧布林貝赫的抒情長詩《生命的禮花》，彝族有李喬的長篇《歡笑的金沙江》、僮族有陸地的長篇《美麗的南方》、傣族有康朗甩的長詩《傣家人之歌》、康朗英的長詩《流沙河之歌》；藏族有拉珠‧阿旺洛桑的詩《金橋玉帶》和維、漢兩族作家合作的電影《綠洲凱歌》；以及朝鮮族的詩人金哲、小說家李根全、劇作家黃鳳龍等的作品。漢族作家反映少數民族生活的作品有陳其通的新歌劇《柯山紅日》、徐懷中的長篇《我們播種愛情》、胡奇的兒童中篇《五彩路》、林予的長篇《塞上烽煙》，公浦、季康的電影《摩雅泰》、郭園甫的長篇《在昂美納折部落裡》、田間的長詩《麗江行》和《佧佤人》、聞捷的長詩《動盪的年代》、張永枚的長詩《康巴人》，以及短篇小說、短詩、特寫等更多的作品。

　　茅盾評述的其他方面的作品還有歷史劇：郭沫若的《蔡文姬》、田漢的《關漢卿》、《文成公主》；現代喜劇：老舍的《全家福》；政治諷刺喜劇有陳白塵的《紙老虎現形記》；長篇小說有周而復的《上海的早晨》；電影有《女籃五號》、《南海潮》、《無名島》；詩集有蕭三的《友誼之歌》、袁水拍的《歌頌與詛咒》等。

　　茅盾還把散文特點、曲藝和少年兒童文學單列出來評述。他認為散文特點作為「突擊隊」，呈現出「百花齊放」新局面。有遊記式的，「如劉白羽的《從富拉爾基到齊齊哈爾》，魏鋼焰的《寶地——寶人——寶事》；有用回憶錄的形式專寫一事的，如陳昌奉的《跟隨毛主席長征》，朱家勝的《飄動的篝火》，吳強的《渡江第一船》；有敘事而又抒情的，如魏巍的《依依惜別的深情》，韓希梁的《阿瑪妮，別攆火車》；有抒情而並寫景的，如劉白羽的《日出》、碧野的《鹽湖之夜》，而被用得最多的形式是報導式，例如巴金的《一場挽救生命的戰鬥》等。

　　茅盾特別指出：「曲藝又是語言藝術，又是表演藝術。它有文學藝術的『尖兵』或『輕武器』的光榮稱號」，它能「迅速反映現實」，「比散文、特寫還快」。茅盾列舉了湖北漁鼓《迷路記》、陝北說書《翻身記》、西河大鼓《龍王辭職》、《夜逛千畝田》、車燈《人造衛星大鬧天宮》、快板《魚鱗河》、快書《三換春聯》、相聲《飛油壺》、《昨天》等。

　　茅盾特別欣喜地向大會報告少年兒童文學的發展情況：不僅有童話式的兒童文學，也有兒童詩、兒童戲劇，還包括給少年讀的科幻小說在內的兒童小說、曲藝、詩歌和戲劇。在對它作了大段論述之後他極風趣地列舉成就說：「我們的小朋友不會忘記張天翼和阮章競，他們倆一個趕著《大灰狼》，一個擎起《金色的海螺》；他們也忘不了《唐小西在下一次開船港》（嚴文井），他們的哥哥姊姊們還要對著《寶葫蘆的秘密》（張天翼）出神，把《三邊一少年》（李季）作為自己學習的榜樣。他們也會從《篝火燃燒的時候》想起《幸福的時刻》（皆袁鷹的詩），在小小的心靈裡已經知道《把一切獻給黨》（吳運鐸）。」

　　茅盾報告第二部分「民族形式和個人風格」以前述的大批實例為基礎，從理論上宏觀論述了民族化、群眾化、地方色彩和個人風格及其相互關係之後，又列舉了幾十位詩人和作家，分別地十分準確、相當精彩地概括了其在個人風格方面的成就並作比較研究。應該說，這一部分是報告中難度最大寫得卻最精彩的部分。例如茅盾說趙樹理、老舍和周立波的作品都具幽默風格，但趙樹理的幽默的特點是「明朗雋永而時有幽默」；老舍的幽默「似乎鋒利多於蘊藉，有時近於辛辣」。周立波則「在緊鑼密鼓之間，以輕鬆愉快的筆調寫一二小事，亦頗幽默可喜」。

　　第三部分「革命現實主義和革命浪漫主義相結合」，大部分是談理論。首先對比了中國與西歐的浪漫主義（積極的、消極的）之異同；繼而談了中國的浪漫主義的淵源始自「神話浪漫主義」，談其流變時，列舉剖析了《寶娥冤》、《三勘蝴蝶夢》、《還魂記》、《焚香記》等劇作，充分展示中國浪漫主義的特點。還列舉並剖析了《孔雀東南飛》、《梁山伯與祝英台》等現實主義作品的理想化的象徵主義，結尾，以區別於《寶娥冤》等浪漫主義作品。他還深入分析了李白、關漢卿等主要是浪漫主義作家和吳敬梓、曹雪芹等主要是現實主義作家這兩種類型的作家其世界觀內部存在矛盾的複雜情況；從而說明其世界觀中的理想與現實的矛盾在作品中的表現，並不屬真正意義的「兩結合」。他分析了《史記》和《水滸》，承認它們兼具浪漫主義、現實主義的特點而達到初步的結合，但和「雙革」仍有質的區別。然後再歸結到前面已論述過的茅盾對「兩結合」的那些基本看法，有了理論剖析為基礎，最後才列舉當代的作品，實證「雙革」提出後取得的實績。但茅盾列例不多，也不作詳析。仍顯得頗有分寸。

第四部分「創作上的幾個問題」是談「如何塑造英雄人物」、「題材」和關於「人情味」三個當時有爭論的問題的。第五部分「作好準備，迎接新的戰鬥」，則是對今後文壇的前瞻。

這篇大報告以大量創作實踐的分析為依據，由具體到概括，這才作理論的闡發。由於是徹底消化了實際材料，理論概括就顯得頗為紮實。實際效果表明茅盾「從分析作品入手，不取空談」立意的正確。

以上這些文章和報告，展示了茅盾建國後美學觀的特點：儘管建國後「左」傾思潮、形而上學日甚一日，但茅盾仍能格外注意內容與形式、思想與藝術、時代精神與個人主體意識的和諧統一。由於「左」的思潮破壞了這些「統一」，這就使茅盾建國後論著的基調具糾「左」的色彩。談普遍問題如此，談個別問題亦復如斯。

例如 1959 年郭開發表了否定《青春之歌》的文章《略談林道靜的性格描寫中的缺點》〔註 54〕，立即引起爭論。茅盾跟蹤閱讀了這些文章，最後發表了長文《怎樣評價〈青春之歌〉？》，〔註 55〕此文立意就是針對郭開「左」的觀點澄清問題的。但是茅盾並非完人，他有時也難免出現「左」的失誤。且不說上述許多文章中因與統一宣傳口徑保持一致，而沿用了當時通行的「左」的理論與對形勢的偏「左」的估計之類；就是在談個別問題的文章中，同樣也有「左」的時代烙印。如當時全國批評吳雁（本名王昌定，其《創作，需要才能》刊 1959 年《新港》8 月號）時，茅盾所寫長篇批評文章《從創作和才能的關係說起》，〔註 56〕就是一例。為避免片面性，茅盾十分認真地作了充分準備。他不僅讀了《中國青年》圍繞吳雁文章展開討論的全部論文，還讀了《文學青年》「大家談提高」專欄發表的許多有關的文章。為有充分的理論依據，他還讀了巴甫洛夫關於高級神經學說的論著，捷普洛夫的《心理學》；還對照了這部《心理學》的新舊不同版本的譯文，使自己引證此書中關於稟賦、能力、天資、靈感的解釋，能更準確可靠。茅盾還引用了斯捷潘諾娃著《恩格斯傳》中關於恩格斯本有寫詩的才能，但為什麼未能發展的論述。

茅盾的批評文章以正面立論為主，因為研究得充分，就寫得思路開闊，論述精闢，涉面極廣，觀點也大體公允。即使如此，他的文章仍然打上了「左」

〔註 54〕1959 年《中國青年》第 2 期。
〔註 55〕1959 年《中國青年》第 4 期，《茅盾全集》第 25 卷。
〔註 56〕刊 1959 年《人民文學》第 12 期，收《茅盾全集》第 25 卷。

的時代烙印：不適當地給吳雁扣上了「唯心主義」和「資產階級文藝觀點」等政治帽子。這在當時是司空見慣的；但注意糾「左」的茅盾居然也難免落其臼槽！正所謂「常在河邊走，哪能不濕鞋」！其實吳雁不過是過分強調了「天才」、「天資」、「稟賦」的作用，暴露了思想方法有片面性而已。茅盾本可以常心對待，就不至失誤了。但這種例子，在茅盾畢竟是個別的。

茅盾以上的大工作量，是以年逾花甲的多病之身鼓足幹勁拼命完成的。他的《1959 年春節》詩曰：「兩條腿走路，一股勁創作，白髮顯風流，紅顏爭躍躍。萬般欣向榮，衝破舊規格。惟有衰病人，空望回春藥。忽見座右銘，拍案何矍矍。萬應有靈方，東風起百瘼。」〔註 57〕然而奮發猛進的心情畢竟與病弱之軀極難諧調。7 月 22 日至 8 月 13 日他出席文代會後，9 月 23 日又率文化代表團赴波蘭考察。勞累過度，使他實在難堪重負。9 月 30 日記載：「此後既忙且病（三天兩頭腹瀉），委頓不堪。日記遂輟。至次年復記。」這在勤記日記，努力堅持的茅盾，實在是不得已的。

讀「臥薪嘗膽」劇本　寫《關於歷史和歷史劇》

三年困難時期的成因，據劉少奇調查所得作出的精闢概括就是：「三分天災，七分人禍。」舉國上下，盡受其害。年近七旬的茅盾，口糧也是依人定量。副食的「特供」，微乎其微。副食票和孔德址的浮腫補助票，都捨不得用，多留給孫輩，或等兒子兒媳週末回家時一起享用！茅盾因用腦過度，嚴重失眠，只能靠安眠藥維持。他雙目昏眊，腹瀉與便秘交替折磨。1960 年 3 月 17 日日記：「失眠」，「服藥逾重」，但「僅睡了四個小時，而又醒兩次。今晨 4 時後無論如何不能再睡。乃依枕閱書。脊痛加劇，頭暈，胸口作嘔」。3 月 27 日記：「兩眼忽又昏眊起來了，午後寫日記，幾乎是摸著寫的。」

他是堂堂文化部長，卻連個安靜的環境都沒有。寓所周圍是大冒進時留下的嘈雜工地：「欲蓋龐大之各省市駐京聯合辦公處。大概十幾二十幾萬平方米，七八層。」為此「拆民房數百間，計拆去整整兩條胡同又店面一排」。因為要體現大躍進精神，儘管工人吃不飽，卻要日夜 24 小時施工。喧囂聲夜以繼日；吵得茅盾白天難以工作，晚上難以安眠。1960 年 6 月 19 日記：「窗外工地之聲，邦邦盈耳。又時時有怪聲」，「如裂帛」。8 月 3 日記：「昨夜三時忽

〔註 57〕《茅盾全集》第 10 卷第 401 頁。

聞吼聲如雷，從北面來。」起身關上北、西、南面窗，「都不能阻止聲浪。」
他不得不「以棉塞耳，亦無效果。只好坐以待旦」。工地塵土與附近煤廠的揚
塵交雜入室。6 月 20 日和 7 月 10 日正值大風：「紙封之窗樓積土盈寸。」「案
上十分鐘即積土一層。鼻孔內熱辣辣的如聞胡椒末。」此時正值盛夏，開窗
則吵聲難堪；關窗則悶熱難當！因此種種，他復發了神經衰弱症，醫生勸他
住賓館暫避。但是，躲了初一，豈能躲得了十五？

　　這時茅盾還得做家務勞動。1961 年 5 月 30 日記中茅盾罕見地發了牢騷：
「晨清潔工作一小時，計家中無女僕已將一月矣。每日早起灑掃原亦不壞，
至少可醫便秘（恐怕這些勞動對於改造思想未必有助，不但這些勞動，我曾
見下放勞動一年者，臉曬黑了，手粗糙了，農業生產懂一點、會一點了。嘴
巴上講一套比過去更能幹了。然而思想如何！恐怕，──不，不光恐怕，而
是仍然和從前一樣），矛盾之處在於清晨精神較好之時少讀一小時的書了。」
堂堂國家部長，世界聞名的大作家，若非當時留下逐日記實的日記手稿，誰
能相信三年困難時期他的生活過得如此狼狽！

　　正是在這環境中，從 1960 年起，他工作之餘，仍堅持看了許多歷史題材
的劇本，並堅持寫作「臥薪嘗膽」的劇本，寫成一部《關於歷史和歷史劇》
專著。〔註 58〕毫不誇張地說，此著也是以臥薪嘗膽的精神凝聚而成的！此書
有深廣的政治背景。三年困難時期，中蘇關係破裂，公開的論戰正酣。老百
姓吃不上穿不上，連發給結婚者的布票也不過只是一兩丈，剛夠做一套新衣
或一床被子而已！但人民群眾仍保持著昂揚向上的、為實現共產主義理想而
奮鬥的精神。這時全黨上下，對「左」傾冒進錯誤開始有了較清醒的認識。
1961 年 1 月八屆九中全會確定了「調整、鞏固、充實、提高」的「八字方針」。
激勵了全國人民團結一致、同甘共苦、戰勝困難的決心。1960 年 4 月，文化
部副部長齊燕銘〔註 59〕根據國家主席劉少奇的指示，提出「現代戲、傳統戲、
新編歷史劇三者並舉」的方針。這和上海市委書記柯慶施提出的「大寫十三
年」，排斥歷史題材的「左」的方針是對立的。當年 9 月文化部副部長周揚召
開座談會，傳達了中共中央總書記鄧小平的指示：「編一點歷史劇，使群眾多
長一些智慧。」11 月周揚再次召開歷史劇座談會。會上公推著名歷史學家吳

〔註 58〕 此作先發表於 1961 年《文學評論》第五、六期，1962 年經作者修訂後由作家
　　　　出版社出版，現收入《茅盾全集》第 26 卷。以下引此書，出注此卷及其頁數。
〔註 59〕 齊燕銘是著名的京劇《逼上梁山》的作者之一，當年在延安上演此劇時毛澤
　　　　東曾寫了《看了〈逼上梁山〉以後寫給延安平劇院的信》，給予充分肯定。

晗來負責編「中國歷史劇擬目」。於是，繼 1940 年抗戰最困難時期的以《屈原》與太平天國戲爲代表的中國現當代文學史上第一次歷史劇創作高潮之後，建國後出現了第二次歷史劇創作高潮。兩次都是以借古喻今爲題旨；但其時代政治內涵，並不相同。1960 年以來的歷史劇，比較集中的主題，一是寫爲民請命、敢於犯顏直諫的海瑞戲，如《海瑞罷官》、《海瑞上疏》、《海瑞背纖》等等。吳晗除寫了《海瑞罷官》外，還寫了《論海瑞》等長篇論文。在大躍進、反右傾，弄得民不聊生、民怨沸騰的當時，「海瑞精神」顯然反映了民意。後來把海瑞與彭德懷廬山上書仗義執言的行動硬聯繫起來，以解釋「海瑞戲」的政治寓意，不能說沒有一點根據。作者當時雖未必一定有些自覺意識，但客觀上卻產生了這樣的效果。但對其批判，顯然是極端錯誤的。

　　另一個集中的主題就是寫越王勾踐「十年生聚，十年教訓」奮發精神的「臥薪嘗膽」戲，顯然也是體現了當時舉國上下、萬眾一心，艱苦奮鬥，共度難關的時代精神。據文化部《藝術研究通訊》1961 年第 4 期文章不完全的統計，「臥薪嘗膽」戲共 71 個。「全國數以百計的劇院劇團（代表了一打以上的劇種）」在 1960 年秋冬至 1961 年春，「都以此同一題材編了劇本。」茅盾估計約有「百來種」之多。茅盾搜集到的計 50 來種。茅盾「多夜抽暇讀之，饒有興趣」。〔註60〕

　　茅盾寫《關於歷史和歷史劇》，其研究對象不限於「臥薪嘗膽」劇。他的閱讀視野要廣闊得多。他的日記不像魯迅那樣列有「書帳」；他讀的書，日記中大都不記。即便如此，自 1960 年起日記中所記閱讀各不同劇種的歷史劇本，或者觀看歷史題材劇的演出，數量已相當可觀。有些戲他是既看劇本又看了演出的。他在日記中還偶有評論。如 1960 年 5 月 13 日記：「昨夜閱劇本《武則天》，覺得跟《蔡文姬》相似。武身上乃至上官婉兒身上有郭〔註61〕自己的氣質。而且，人物用語沒有個性。今人的詞彙用的太多。有些實應避免。如『問題』。但郭劇有一長，即富有戲劇性。《武則天》也是很富於戲劇性的。至於捧武則天是否太高，貶駱賓王是否過當，則是可供討論的問題了。劇中強調武則天出身微寒，頗有劃階級成分之味，大可不必。」

　　因爲是論歷史和歷史劇，必須有充分歷史依據。茅盾所據「臥薪嘗膽」及吳越史料，以《左傳》、《國語》、《史記》、《吳越春秋》、《越絕書》爲主。

〔註60〕《茅盾全集》第 26 卷第 239～240 頁。
〔註61〕指劇作者郭沫若。

茅盾研讀此五種書之後得出結論：「探索吳越當時的歷史眞實，與其重視後二書，毋寧重視前三書。」〔註62〕但茅盾還要考察先秦兩漢對吳越關係的記載與看法；遂又廣泛閱讀了先秦諸子及其後各書。

在閱讀、研究，形成理論框架過程中，茅盾寫了許多筆記。最重要的是兩份。一份他逝世後據手稿選出了七則，刊於 1995 年《文藝理論與批評》第 2 期。由他兒子韋韜代擬標題爲《關於歷史劇的筆記》。這組筆記第一則，開宗明義地表示了茅盾反對「直接」讓「藝術服務於政治」的意見。他主張即便「服務」也應該是「以間接服務爲主」，採取「潛移默化，點點滴滴」方式。此外他還談到「發現傳統劇目原有積極因素，在整理改編時，予以發揚光大，可爲今人借鑒，此爲『古爲今用』」。這段話可視爲《關於歷史和歷史劇》的總綱。這一部十多萬字的專著，正是從理論和歷史兩個方面來探討歷史劇和歷史題材劇，探討傳統戲曲的「古爲今用」作用，與如何使其發揮「古爲今用」作用的經驗和規律的。筆記的二到七則，依次談寫歷史劇應站在歷史唯物主義立場；歷史劇如何體現時代精神；它的創作方法與創作過程；歷史人物的科學評價；歷史劇的語言；如何反映歷史上的民族矛盾。

另一份重要的筆記是手稿，承韋韜同志提供給我用於本書。韋韜代加的標題是《從歷史到歷史劇——關於「臥薪嘗膽」的雜記》。全部手稿長達 5500 字。總的看談了兩個大問題：一是關於評價歷史，和創作歷史劇的基本指導原則。二是關於「臥薪嘗膽」及吳越關係諸題材的歷史依據；對這些歷史事件與有關的眾多歷史人物應作何評價；古人與今人在作此評價時的失誤及其辯證問題。

現據手稿引錄幾段：

　　「畫鬼易，畫人難」：是否畫古人比畫今人容易？一方面，可以說容易；因爲「死無對證」，誰亦不能百分之百地斥畫者之鬼非眞正之鬼。但是另一方面，可以說困難，因爲經常會犯的毛病是，按自己的面目去畫鬼。當然，這所謂自己，包括廣義和狹義；狹義即作者自己，廣義是通過作者思想意識反映出來的他所認爲的鬼——亦即自己。

　　分析歷史事實時，我們用歷史唯物主義的觀點，這時，我們是一個歷史家。這時，我們是主體，而歷史人物是客體，兩者界限劃

〔註62〕《茅盾全集》第 26 卷第 257 頁。

然分清。但我們根據自己對於歷史事實的分析，安排故事，乃至虛
構人物情節時，卻就不是歷史家，而是一個歷史唯物主義的藝術家。
最後，當我們塑造歷史人物的形象時，我們就要忘記自己，而深入
到歷史事件中間，就好像自己生活在當時，這樣才可使作品的人物
的思想是當時的那個歷史人物的思想，語言是當時那個歷史人物的
語言，——這時，應當竭力不使我的思想，我們這時代的語言混在
那個歷史人物的身上。

以上兩段話，可以說是茅盾關於創作與考察歷史劇與歷史題材文學作品
的基本指導思想。因為他是從創作的形象思維過程視角出發，以一個作家身
份，身臨形象思維境地，來論述這些思想原則的，故特別切中肯綮。對《關
於歷史和歷史劇》一書說來，這些思想原則，也是它考察從古至今所有歷史
劇及歷史題材文學創作的基本尺度。

在寫《關於歷史和歷史劇》前後，茅盾在其他文章中也曾經展示出他的
這種思考。

下面據手稿引錄一段文字：

　　李希凡以為《膽劍篇》把史實上的勾踐的詐降改成了被俘。其
實，史實上亦未言是「詐降」，而是按照當時通行的規章「請成」。
春秋時代，甲國伐乙國，俘虜了乙國的國君。因禁數年而釋放，—
—這是常有的。這樣的被俘，在乙國沒有「請成」這一個手續。乙
國「請成」而甲國不「許成」，就是不同乙國談和平條件；如果「許
成」，那就不把對方作為俘虜了。伍子胥力爭不應「許成」，就是要
在處置勾踐和越國的辦法上掌握主動；一經「許成」，則勾踐雖入吳
為臣，而吳國不能殺他，也不能強制他永久不放他回國。同時，「許
成」，越僅貢賦，為屬國而已，國未滅亡。故勾踐非詐降。後來吳王
夫差被圍兩年，「請成」不許，這才被俘。

李希凡的誤斷，有可能是掌握史料不準確；也有可能是缺乏「被俘」與
「請成」、「許成」的歷史知識。茅盾在筆記中強調：一、必須把史實弄準確；
二、必須有豐富的歷史知識；三、必須依靠充分把握當時的歷史具體性進行
創作與藝術加工；四、也必須依據當時的歷史具體性與史實的準確性來評論
與判斷作品。而三、四顯然是以一、二為前提的。茅盾寫這段筆記時雖然就
事論事，卻無意中反映出他豐富的歷史知識與嚴謹的創作態度與批評態度。

此書由寫作準備到反覆修改最後出版，歷時約三年！

　　全書共六章：一、怎樣甄別史料。二、先秦諸子兩漢學者對吳越關係的記載和看法。三、先秦諸子、兩漢學者對於吳夫差越勾踐的評價。四、先秦諸子、兩漢學者對吳、越兩方的大臣武將的評價。五、從歷史到歷史劇：我國的悠久傳統和豐富經驗。六、對傳統的繼承和發展。全書最後有一個很長的《後記》，其實這《後記》是正文內容的延伸。其全書篇幅的分佈大體是：談古占四，論今占一。考釋甄別占四，論述亦占一。這反映出茅盾讀書治學，步步為營、紮紮實實的嚴謹態度與作風。至於涉獵典籍與作品之廣博，甄別史料之嚴謹，考釋之精當，則充分顯示出茅盾學識之淵博與治學功力之雄厚；很少有人能企及。

　　其所反覆論述的中心問題，一是「古為今用」的含義及怎麼運用歷史唯物主義達到古為今用之目的，二是歷史劇與歷史題材文學作品如何正確處理歷史真實與藝術真實、真實性與藝術虛構之關係及使之辯證統一的問題。兩者都涉及正確評價與表現歷史人物、特別是歷史上勞動人民的歷史作用問題，以及如何借助歷史與歷史人物的藝術表現或再現，使寫成的歷史劇與歷史題材作品，對今人有思想、審美的教育、啟迪作用，並能提高擴展與深化其歷史觀、歷史視野問題。在這些問題的論述中，茅盾評價了許多相關的史書典籍、歷史人物、古人寫的歷史劇、歷史題材文學作品，與今人所寫的包括他所閱讀的「臥薪嘗膽」戲在內的歷史劇及歷史題材作品之得與失經驗與教訓。他把這一切上升為理論；把古人與今人的「時識」上升為「史識」。這就使十萬餘字的《關於歷史和歷史劇》，顯得分外凝練，分外厚重，大氣磅礴，有雄視百代的氣勢。

讀短篇小說　寫《讀書雜記》

　　在五十年代尾與六十年代初，茅盾把很大的精力用在短篇小說評論與文體研究上。1959 年由作家出版社出版了《鼓吹集》，1962 年又出版了《鼓吹續集》。如果說《鼓吹集》書名寓意蓋在「宣傳黨的文藝方針」〔註63〕，而談小說創作是其主要「載體」的話，那麼《鼓吹續集》則主要是「鼓吹」小說創作的輝煌成就。小說評論在建國後茅盾論著中占如此吃重的位置，一則因

〔註63〕《鼓吹集‧後記》，《茅盾文集》第 25 集第 362 頁。

為小說的成就確實突出；二則其成功的經驗與存在的問題都具規律性，兩者都值得總結。這一切構成建國後特別是五六十年代之交茅盾的讀書生涯中一個顯著的特點。在討論的後期應約寫的《雜談短篇小說》。此文回答了短篇小說之「篇幅有沒有定規」、短篇小說的性質、及它「何以到十九世紀後半才盛行起來」三個問題。此文和後來的《試談短篇小說》〔註 64〕相近，都是從文體學角度綜論短文體特質的。本階段的另一組文章是從具體作品之分析入手，就短篇創作共性問題作理論探討。如《談最近的短篇小說》〔註 65〕具體對申蔚的《洼地青春》與丁仁堂的《嫩江風雪》，王願堅的《七根火柴》、勤耕的《進山》、綠崗的《憶》、茹志鵑的《百合花》、管樺的《暴風雨之夜》，和篇幅較長的杜鵬程的《一個平常的女人》、束為的《老長工》、李南力的《唐蘭的婚姻》這三組短篇，分別作了細微的分析。分析的方法除作比較研究外，還把思想性與藝術性結合在一起，作統一而又完整的分析。茅盾從這些作品分析中引出的結論是：一、短篇仍舊不短：原因在構思時缺乏提煉與剪裁。二、大都用第一人稱「我」作結構線索。三、上述作品多數不能使環境描寫和人物的行動作密切的配合。與此篇文章同類的，是《在部隊短篇小說創作座談會上的講話》。〔註 66〕茅盾從解放軍文藝社出版的短篇集《臺灣來的漁船》中挑出朱定的《工程師講的故事》,《葦湖老人》，李魂、歐琳的《荒原風雪》，劉克的《央金》、《曲嘎波人》，楊旭的《臺灣來的漁船》、《同心結》，碧野的《風雲邊境》等篇，分別作具體剖析。然後針對其存在的弱點，舉了一些可供學習借鑒的中外名篇，集中談了兩個問題。一是人物描寫問題：茅盾舉魯迅的《祝福》與《離婚》，莫泊桑的《羊脂球》和《蜚蜚姑娘》分別作比較分析，用這兩組短篇作為範例，提示作者注意塑造「典型環境中的典型性格」。茅盾認為：在人物描寫中，不論是否具普遍性，都可以經過提煉使之成為典型。二是舉莫泊桑的《首飾》（通譯《項鏈》）和歐·亨利的《東方聖人的禮物》（通譯《麥琪的禮物》）為例，兼及魯迅的《祝福》、《離婚》，集中說明含蓄對小說審美表現的重要性；並且還講了含蓄與含糊的區別。在這類文章中，以《短篇小說的豐收和創作上的幾個問題》〔註 67〕影響最大。這是本階段茅

〔註 64〕此兩文分別刊 1957 年 3 月 19 日《文藝報》第 5 期和 1958 年《文學青年》第 8 期，收入《茅盾全集》第 25 卷第 9 頁，第 304 頁。

〔註 65〕刊 1958 年《人民文學》第 6 期，《茅盾全集》第 25 卷第 273 頁。

〔註 66〕刊 1959 年《解放軍文藝》第 8 期，《茅盾全集》第 25 卷第 469 頁。

〔註 67〕刊 1959 年《人民文學》第 2 期，《茅盾全集》第 25 卷第 374 頁。

盾小說研究的集大成之作。

此文長達 35000 餘字，共五部分。一是「一鳴驚人的小小說」。分析了九篇作品，從而說明，他為短篇小說中的這個新品種定名為「小小說」的理由，並作出理論界定。新時期有人提出「微型小說」一詞，沾沾自喜地以此為個人的理論創新！豈不知這就是茅盾早在 1959 年就已作了充分理論闡述的「小小說」。二是「豐富多彩的勞動人民英雄形象」。共分析了 18 篇作品。茅盾從不同角度充分肯定了作家在普通勞動者的英雄性格塑造上的多方面的成就。三是「關於反映人民內部矛盾」。這是一個十分敏感的尖端性問題。茅盾舉例分析了 10 篇作品。充分肯定了作家的大膽探索；也指出尚存在的問題。如思想不夠解放，眼光還不夠遠，等等。以上三個部分所論及的作品，是從茅盾讀過的數以百計的作品中挑出了近 40 篇作為例證以說明問題的。茅盾重在通過作品分析以肯定成績。被茅盾論及的有許多作者，如工人作者胡萬春、萬國儒、費禮文，農民作者申躍中、馮金堂，部隊作者茹志鵑、王願堅，少數民族作者普飛（彝族）、郝力斯汗（哈薩克族），青年作者王汶石、林斤瀾，大都是在茅盾的推薦與鼓勵下，從此成長為著名作家的。而老作家馬烽、碧野、孫謙等建國後包括文學風格在內的新發展、新建樹，也通過茅盾的評論為廣大讀者所認識。第四部分是「革命的現實主義和革命的浪漫主義相結合的問題」；第五部分是「提高工作中的兩個問題」。這兩部分較上述評論作品的幾個部分更加宏觀，理論性更強。而「提高中的兩個問題」即「真人真事的問題」與「正確對待技巧問題」的提出，不僅有理論指導作用，也有現實針對性。這篇長文是論短篇創作的專題性的論著。這和本書前邊集中討論過的諸如第三次文代會上的報告等那批整體性宏觀性論文，是有機的結合與配合；前者是後者的基礎；後者包括了前者的內容：兩者的配合相得益彰。

這一時期茅盾寫了許多讀書筆記。這是茅盾讀書過程中有所感而寫的備忘性的筆記。〔註68〕這點滴的積累，後來湧泉般形成論文，甚至大塊頭文章。令人聯想到用一磚一石，逐步壘起高樓大廈的浩大工程。而對比這些讀書雜記，和茅盾的長篇大論，其實是窺視這位大學者大評論家的心靈歷程的獨特的視窗。茅盾逝世後，韋韜做分批整理、發表了部分讀書筆記。其中寫作時

〔註68〕這種「讀書筆記」形式，最早採用於茅盾辦《小說月報》時為所刊作品加的「附記」。1945 年 5 月又有題為《讀書雜記》的短文發表。本書前面曾分別論述過。

間最早的是韋韜以《夜讀抄》爲題披露的注明爲「1954 年 4 月 5 日寫起」的一組。〔註69〕所評述的短篇小說與速寫有駱賓基的《年假》、馬烽的《飼養員大叔》、西戎的《糾紛》等幾十個篇目。

韋韜以《讀書雜記》爲題發表其父茅盾的第二組筆記手稿，〔註70〕其中有的筆記篇末注明是 1958 年 5 月 16 日記，和 1959 年 12 月 23 日記。所論均是當時轟動一時的長篇：曲波的《林海雪原》、楊沫的《青春之歌》、馮德英的《苦菜花》、《迎春花》，梁斌的《紅旗譜》。這組筆記與第一組比較，其每則篇幅均較長。與第三次文代會報告對照，能發現其血緣關係。我想這也許就是爲文代會報告作準備時閱讀所得。

承韋韜同志支援，給我提供了他加標題爲《夜讀抄》（二）的茅盾的讀書雜記。其中主要是讀 1957 年《人民文學》五、六期部分短篇的讀書雜記。計有林斤瀾的《一瓢水》、布文的《姊妹》、藍珊的《愛的成長》共三篇。此外是讀徐遲的速寫集《慶功宴》中的《被放逐到樂園裡》和《尊重人》；1957 年《火花》2 月號上潘勵的《高師傅》和焦祖堯的《山藥蛋種子問題》的札記。因爲這組雜記恐怕要等到下一世紀出版《茅盾全集》「集外集」（即「補遺」）時才能面世，我徵得韋韜同意，先據手稿引錄其第一則以饗讀者：

　　《一瓢水》——林斤瀾。《人民文學》1957 年 5、6 期合刊。寫
　司機小劉留在路上忽值司機老趙發病，小劉留爲趙找到草藥郎中，
　翌日就好了，再上路。小劉留寫得還可愛。老趙工作好，負責，但
　是，心境不好，家裡鬧離婚（原因是老趙工作忙，不能回家，而老
　趙因此也苦悶，在病中囈語，有「叫她上瘋人院裡找我」之句，蓋
　謂如此下去，自己也要變成瘋人也），很少和小劉留搭腔。寫小劉留
　扶病人找店，找草藥郎中，以及草藥郎中的住處。他的舉動，都帶
　點陰森森的味道。有幾段使人心驚。

　　全篇共七千五百字左右。

　　可以從兩方面評價這篇小說。如果要否定它，理由可以是：不
　知道作者要擁護的是什麼，要反對的是什麼。（這是一句老調子，但
　常常被奉爲不可辯駁的尺度。）甚至還可以進一步作誅心之論，認
　爲作者故意把人的心境、環境，都寫得那麼陰暗，把鄉村描寫得那

〔註69〕刊於 1991 年 3 月《茅盾研究》叢刊第 5 輯第 1～11 頁。
〔註70〕刊於 1986 年 12 月文化藝術出版社出版的《茅盾研究》叢刊第二輯。

麼落後，荒涼，寫草藥郎中還要仗劍作法，巫醫不分，寫草店老太婆迷信說見過鬼；而且，還可以質問作者：寫滿街人都糊紅紙，「紅豔豔，昏沉沉」，是何所指？寫老趙高熱中囈語，分明是暗示緊張勞動會逼瘋了人，逼得人家家庭破碎，那不是誣蔑我們的制度？等等。

但反過來，如果不這樣「深刻」地去「分析」，則此篇的最大毛病亦不過是寫了一段並無重大意義的生活片段，可以引起讀者問「主題」何在，卻也未必就會散布多少毒素。但另一面，不能不承認作者能寫，不能不說這篇小說在技巧上是有可取之處的。例如他懂得怎樣渲染，怎樣故作驚人之筆，以創造氣圍。他的那些招來責罵的描寫，大部分屬於這一範疇。那麼，看了全篇後，是不是引起陰暗消沉的感覺，即所謂不健康的情緒來呢？我看也不見得。

如果我們不願神經過敏，以為這個作者是「可疑人物」，作品中暗含諷刺，意在煽起不滿情緒，那麼，我們就可以這樣想一想：這樣一個似乎有點寫作能力的作者，倘能幫助他前進一步，那豈不好呢？這樣就可以考慮發表他的作品，同時給以指導，──這可以用聯繫幾篇類似的作品寫一篇評論的方法，分析作品的優缺點而著重具體地指出作家最重要的一步是選擇題材，而選材也者，實即作家對於人、事的看法（即所謂立場）和洞察力（即馬克思主義的思想方法）的具體考驗。我們所以常常強調學習馬列主義之重要，也即為此。

茅盾這則筆記，除精煉地複述了小說情節外，其主要篇幅，首先是對林斤瀾的短篇《一瓢水》從思想內容、人物塑造、人物關係描寫、小說技巧與藝術風格各個角度的非常切中肯綮（包括長處與短處）的評論與批評。第二是描繪了 1957 年當時極「左」思潮氾濫時，對作家和作品動輒從政治上「雞蛋裡邊挑骨頭」般地上綱上線，批判打擊。茅盾按照這種「操刀鬼」式的批評家的思維定式，對這種人評《一瓢水》時可能作何等嚴酷的批判，作出生動的虛擬與構想。這本身就是對極「左」批評的一種嚴格與嚴肅的批評。第三，茅盾用像魯迅當年所提倡的「挖爛蘋果」的批評方法，對林斤瀾及其短篇《一瓢水》的修改、提高的方案，作了非常細微的安排；也指出了對他熱情幫扶的方法。這不僅反映出茅盾從「五四」以來一直堅持為之、常年不懈的對年輕作者的愛護與扶植；而且也生動地反映出茅盾的人品：他實在是具

有「菩薩心腸」！

茅盾既病又忙，使他這「幫扶」的構想沒有能夠實現。但是只要有機會，他還是盡力「幫扶」林斤瀾。如1959年1月在寫《短篇小說的豐收和創作上的幾個問題》時，他充分肯定了林斤瀾的另一個短篇《母女》。〔註71〕1960年7月24日茅盾作第三次文代會報告時，指出林斤瀾的作品「有個人的特色」。而1963年出版的《讀書雜記》中之第10節，不僅整個是論述林斤瀾的短篇及其風格特色的，並且還具體回答了上面所引茅盾手稿中所說的林斤瀾是怎樣地「能寫」這個問題。〔註72〕林斤瀾能在當代文學史上占穩一席地，不能不說與茅盾的跟蹤「幫扶」大有關係！

茅盾小說研究與評論的第二個階段是1960年至1962年，這一階段是以小說的年度或階段性論評爲突出特徵的。這種年度或階段性論評方式，最早始自1921年他改革和主編《小說月報》時期。當時的代表作是《春季創作壇漫評》和《評四、五、六月的創作》。〔註73〕1960年至1962年的年度或階段性的論評比四十年前的論評有很大的發展。不僅規模宏大，而且個例的深入細微的剖析與以此爲基礎所作的綜合、宏觀分析，其理論性深化多了；給人以寫意畫與工筆劃相結合的感覺。本階段的代表作是《一九六○年短篇小說漫評》。

《一九六○年短篇小說漫評》是從當年中央和地方刊物「千萬字以上」的短篇中，抽閱約占其「總數的百分之五六」的「最優秀或比較優秀的作品」，分成若干組，每組集中說明一個問題；各組合起來，集中說明本年度的短篇比以前「品質上有所提高」及其具體表現的。〔註74〕茅盾進行評價所把握的「思想性的準則，在於看它在當時當地起了進步作用還是反動作用，在於它給讀者以怎樣的精神鼓舞，怎樣的理想。藝術性的準則，在於它的品種、流派、風格是「既多且新」抑或「陳陳相因」？「它用怎樣的活潑新穎的藝術形象以表達它的思想內容？」

茅盾以通過寫「新人新事」塑造典型人物爲題旨，分別剖析了五組短篇：杜鵬程的《分躍》、李準的《李雙雙小傳》、張勤的《民兵營長》爲一組；屬

〔註71〕《茅盾全集》第25卷第386～387頁。
〔註72〕《茅盾全集》第27卷第51～52頁。
〔註73〕分別發表於1921年4月10日和8月10日《小說月報》第12卷4號與8號，《茅盾全集》第18卷。
〔註74〕《茅盾全集》第26卷第115～116頁。

於事件過程歷時較長，主人公經歷許多鬥爭、「五關」過後形象也塑造成功的類型。王汶石的《新隊長彥三》、胡萬春的《在時代的洪流中》、歐陽山的《鄉下奇人》為一組；屬事件過程較短，主人公面臨的鬥爭只過一、二「關」，性格即能寫成的類型。李準的《耕耘記》、茹志鵑的《靜靜的產院》為一組；屬於主人公並不經歷大的鬥爭，而是在日常生活（《耕耘記》）甚至在個人頭腦中（《靜靜的產院》）經歷了思想意識衝突矛盾，完成其典型人物塑造的類型。萬國儒的《歡樂的離別》、唐克新的《第一課》不僅沒有大的鬥爭，而且也沒有「鬥爭歷程」，僅截一二生活斷面，一二小故事，即完成典型塑造；這屬於第四類型。趙樹理的《套不住的手》、敖德斯爾的《歡樂的除夕》為一組，不僅不寫矛盾衝突與鬥爭，而且也不寫內心世界的思想鬥爭，純粹選取日常生活瑣事、細節（如《套不住的手》寫主人公一戴手套就丟）展示人物的平凡而又崇高的精神世界的又一類型。茅盾通過以上五組、五型或四型（第四類型介於三、五之間）共 12 篇作品，用他擅長的思想內容與藝術技巧兩相結合的方法一一作具體剖析；集中突出、細緻而微地說明 1960 年寫新人新事新風貌的小說中，在典型塑造上的成就。

茅盾以能充分體現「截取生活片斷，以小見大、舉一隅而三反」這一短篇小說文體特質為題旨，分別剖析了沙汀的《你追我趕》、蕭木的《戰鬥的里程》和《長江的主人》。《長江的主人》的分析極概括，只寥寥百餘字。《你追我趕》極詳盡，洋洋數千言。因為茅盾覺得《你追我趕》在體現短篇特質上，「是一篇嚴守繩墨、無懈可擊，而又不落纖巧的佳作。」此外茅盾也用了洋洋數千言分析了他所說的「畫蛇既畢，仍添一足，亦因有所偏愛，故情不自禁耳」的馮還求的短篇小說《紅玉》；這也許可稱為無法歸類的「編外」之作。

茅盾從這六小組歸納為兩大組外加一個「編外」，共 17 個短篇，按照他預告的思想藝術準則，共同說明了 1960 年的短篇創作「品質上有所提高」，具有「新面目」的表現者，總是「這樣五條：（一）更深一層地描寫英雄人物的精神世界；（二）更熟練而且更巧妙地通過人物的行動而不是依靠人物的嘴巴或者甚至作者的說教，以分析並刻畫英雄人物的精神世界；（三）更多地取材於日常生活而以大運動大鬥爭作為背景；（四）更加注意到氣氛的描寫而且若干作品寫氣氛寫得很好，超出了過去的水平；（五）更多的新體裁，「這反映了作家們力求突破已有風格的水平而更提高一步，或者力求創造新的風

格」，「不但不同的作家們在努力於百花齊放，同一的作家亦在努力於多放幾種花」。

茅盾也指出 1960 年短篇小說創作的「千萬字以上」的作品普遍存在的四條缺點：一、不少作品在寫英雄人物的「共產主義思想品質的場合」「還有點千篇一律」，「跳不出既定的框框。」二、「人物描寫方面薄弱的一環，仍是黨委書記、支部書記和負責領導者」。三、「諷刺短篇和幽默短篇還是較少。」四、「文學語言大有進步」，「偶爾的敗筆，雖優秀作品亦尚有之。」這些問題有的一直是「老問題」。所以茅盾認為：品質仍有待提高。

茅盾為寫《一九六○年短篇小說漫評》作準備，寫了長達 1700 餘字的讀書筆記。我把這份筆記手稿的一部分和正文作了對照，發現正文的寫作，決非把散金碎玉連貫成串；而是不斷精雕細刻使之昇華成器。茅盾時年六十有六，仍和年輕時那樣精益求精。此手稿將編入 40 卷本《茅盾全集》之外的「補遺」卷中。

茅盾的另一長文《六○年少年兒童文學漫談》，其評論對象大部分是小說。此文寫法十分特別。大半篇幅是對三類少兒讀物的分類統計與三言五語的概括分析。從有限的筆記記載看，茅盾為寫此文，共讀了七百多部（集、冊、篇、首）少兒作品。

年逾花甲的茅盾為幫助發展和提高少兒讀物而讀的七百多部作品，少說也在一兩百萬字以上。這是他在公務繁忙，兩目昏眊的情況下抽晚上或公餘時間進行的。即便不更事的少年兒童讀到這裡，也會被茅盾老爺爺這拳拳之心而感動得熱淚盈眶罷？

此文和《一九六○年短篇小說漫談》以充分肯定成就為基調的寫法不同。本文在廣作分析之後所作的宏觀論述，主要是指出少兒讀物寫作中存在的大量問題：一、內容淨用支援工農業建設以進行共產主義教育等這種高深的大人事，對幾歲的孩子進行「千篇一律」、「生硬粗糙」的「說教」；兒童不僅消化不了，也很難產生興趣！二、表面上「五花八門，實質上大同小異」；「文采不足，是『填鴨』式的灌輸，而不是循循善誘、舉一反三的啟發。」「題材的路太窄，故事公式化和人物概念化的毛病相當嚴重，而文字又不夠鮮明、生動」。三、作者普遍持「縮小論」觀點：即把少年看成「縮小了的成人」，把兒童看成「縮小了的少年」。作品中的少兒形象多半像個「小幹部」。兩者都忽視其不同年齡段的兒童們「情感和趣味」以及想像力的特點。因而也忽

視少年兒童文學作品的文字應有的特殊性：「語法（造句）要單純而又不呆板，語彙要豐富多彩而又不堆砌，句調要鏗鏘悅耳而又不故意追求節奏。」茅盾行文中表示出對前不久批判陳伯吹的「童心論」後，走上另一忽視兒童心理特點之偏向的不以為然的態度。茅盾把以上問題，用五句話作了高度概括：「政治掛了帥，藝術脫了班；故事公式化，人物概念化，文字乾巴巴。」〔註75〕他主張：應該批判資產階級兒童文學理論中的打著超階級的幌子進行為資產階級服務的立場，而代之以站在無產階級立場上進行「共產主義思想教育」。但同時應借鑒他們重視與運用「兒童智力發展的階段論」的可取內容，不應該「潑掉盆中的髒水卻連孩子都扔了」。茅盾要求作家「同兒童做朋友，觀察他們，然後能了解他們的心理活動的特點」，據以創作兒童樂於接受的作品。

茅盾最後解釋自己以批評為主的寫作態度說：我的「目的只是代小朋友們提出呼籲，求之迫不覺其言之切，誠惶誠恐，如此而已」。〔註76〕從1918年為兒童創作神話、童話到1961年寫這篇長達24000字的《六〇年少年兒童文學漫談》，茅盾44年如一日，全身心關懷著下一代的成長；而關懷下一代，亦即關懷祖國的未來！

茅盾短篇小說閱讀、研究與評價的第三階段，是1962年以後。這時他因其連年的跟蹤研讀取得的舉世矚目的成就而不得不承擔一項重任。他在1961年11月17日日記中說：「八時韋君宜來，談三年短篇小說選事，九時半辭去。」韋君宜是當時人民文學出版社的負責人之一。她所談的事，是請茅盾負責編1959～1961年這三年的短篇小說選。此事以後茅盾的日記中屢有所記；信中也不時提及。1962年6月4日《致金梅》函說：「我近來的工作主要是協助編選三年來的短篇小說」，「必須於7月內完成。」並且說：「學問之道無窮，我們只能做一點算一點，活一天做一天。您自感知識淺薄，但是，我也自感知識淺薄，淺或深都是比較的、相對的。博覽到如何程度，真也無止境，所以您不要自卑。」這話雖勸沈金梅，也是年邁的茅盾的自勵之言。正因此，他以泱泱大國的文化部長、全國文聯副主席、中國作家主席身分，去做編選短篇小說集的瑣事，並不覺其「小」，或有「屈尊」之感。反倒是全力以赴：「在完成那項工作以前」，「沒法」接受金梅關於評萬國儒之創作的約稿要求。他編選時非常認真；一邊讀一邊寫札記。為應付刊物約稿

〔註75〕　《茅盾全集》第26卷第197頁。
〔註76〕　《茅盾全集》第26卷第203～205頁。

又苦於沒時間完成，就挑選部分札記在來約稿的刊物上發表。如關於峻青的
《交通站的故事》、《山鷹》和管樺的《曠野上》、《葛梅》的筆記，為支援《文
藝紅旗》改名《鴨綠江》，就以《讀書雜記》為題，刊於 1962 年《鴨綠江》
10 月號。關於馬烽的《我的第一個上級》、《太陽剛剛出山》和《老社員》，
王汶石的《嚴重的時刻》、《沙灘上》，杜鵬程的《嚴峻而光輝的里程》、《難
忘的摩天嶺》，劉澍德的《老牛筋》、《拔旗》、《匈海春秋》，白族作家楊蘇的
《沒有織完的筒裙》這組，也以《讀書雜記》（二）為題，刊於 1963 年《鴨
綠江》1 月號。關於茹志鵑的《春暖時節》、《澄河邊上》、《如願》、《三走嚴
莊》、《阿舒》，李準的《李雙雙小傳》、《兩代人》、《耕耘記》、〈《春筍》、《兩
匹瘦馬》，林斤瀾的《假小子》、《雲花鋤板》、《新生》，萬國儒的《風雪之夜》、
《龍飛鳳舞》、《老工人李雷》、《「百事管」看煤》，唐克新的《旗手》這一組，
刊於 1962 年《新港》12 月號。關於韋君宜的《月夜清歌》這一則，刊於 1962
年《河北文學》11 月號。關於瑪拉沁夫及其短篇集《花的草原》的綜合評價，
及其《詩的波浪》、《楊芝堂》、《路》等的讀書札記，以《〈花的草原〉——
讀書雜記之四》為題，刊於 1963 年《草原》2 月號。關於敖德斯爾及其短篇
集《遙遠的戈壁》的綜合論述，以及《撒滿珍珠的草原》、《老班長的故事》、
《歡樂的除夕》、《老車夫》、《春雨》、《新春曲》等，以《讀〈遙遠的戈壁〉》
為題，刊於 1963 年《草原》3 月號。此後他把這些筆記連同《給敖德斯爾的
信》、《〈力原〉讀後感》、《致胡萬春》一起，編為《讀書雜記》，1963 年 11
月由作家出版社出版。此集以外，關於韶華的長篇《浪濤滾滾》，短篇集《巨
人的故事》中的《渴》、《給孩子命名》、《樑上君子》、《在篝火旁邊》、《難解
的糾葛》、《她們倆》、《長途電話》這一組，以《〈渴〉及其它》為題，刊於
1963 年《鴨綠江》3 月號。《讀了〈火種〉以後的點滴感想》刊 1964 年《收
穫》第 2 期。《讀〈兒童文學〉》刊於 1964 年 5 月 20 日《人民日報》。《讀陸
文夫的作品》刊 1964 年《文藝報》第 6 期。「文革」前夕封筆之作《讀〈冰
消春暖〉》，刊於 1964 年《作品》7 月號。1962 年，茅盾以文化部長、全國
文聯副主席、中國作家協會主席的身份承擔了編選短篇小說集的重任，並在
編選工作的同時，寫下了大量的讀書筆記。分別發表時多半加了按語。其內
容大同小異。結集出版時，作家出版社摘錄其一，作為「內容摘要」：「五六
月間，受有任務，讀五九～六一年間優秀短篇小說近百篇。當時隨手札記，
或長或短；既以誌點滴之印象，自非就整體而論斷。甚不全面，概可想見。

現在檢其具首尾者，以人相從，總名曰《讀書雜記》。」〔註77〕

我們切不可被茅盾的自謙之詞所惑。這些以「讀書雜記」為題的短文，實際是獨具茅盾評論風格，獨創了融思想分析與藝術分析於一爐的分析作品方法的獨特的評論文體。它貌似散金碎玉，實為《詩品》、《文心雕龍》般的文論珍品。由於它隨時發表，產生的影響就非常及時。許多作家因此受益良多，收到立竿見影之效果。我在《茅盾評傳》中引錄過蒙族作家敖德斯爾的感受。這裡再引另一蒙族作家瑪拉沁夫的感覺為證：

1962 年 6 月，我的短篇小說集《花的草原》出版後，曾贈寄茅公一本。原本沒有想到過他會讀它，後來茅公給我寫信來，說他正在閱讀我的書。當時正值 7 月酷暑，我相信那時候茅公的寓所也不會有今天的現代化「空調」設備，我彷彿看見了他老人家，在一天的公務之餘，汗流浹背地坐在燈下閱讀我們那些幼稚的作品。這使我非常感動！過了一段時間，他把指導我作品的文章寄給了我，打開手稿一看，使我肅然起敬！——看，洋洋數千言的手稿，一筆一畫的勁秀的小楷，寫得那樣工工整整、一絲不苟。絕對沒有一個像現在青年們那種好像後頭有狼追著寫成的令人無法辨認的字。茅公文章的精闢論點，自然對我們有極大的教益，就只說他那種嚴謹的治學態度，也值得我們永生記取。

這篇對我的作品的指導文章，按茅公的記載，是從 7 月 5 日至 15 日之間寫成的。也就是說在酷暑中整整用十天時間讀完我的作品，並寫出指導性評論的。在那些年，茅公讀了許多中青年作家的作品，寫了許多評論。受到茅公熱情栽培的中青年作家，何止百計！……我們這些在黨和人民的培養下走上文學道路的人，在我們的成長過程中，革命文學的先驅者——我們敬愛的茅盾同志，在我們身上花費了多少心血啊！

今天，我從在人民大會堂舉行的茅盾同志追悼會回來，沉痛的心情使我的思想不能集中，什麼也幹不下去，我拿出二十年前茅公為我的短篇小說集《花的草原》寫的序言恭讀，我愧不自容地哭了！——因為，二十年過去了，我還沒有在自己的創作中改進茅公對我的那些感人肺腑的勸勉，更沒有寫出稍好一點的作品報答茅公

〔註77〕作家出版社《讀書雜記》版權頁。

對我的期望！

　　——《巨匠與我們——緬懷茅公》1981 年《朔方》第 6 期

　　瑪拉沁夫當時還不知道，茅盾在他的書上，還曾寫下許許多多眉批。這是茅盾對中國文論「評點」傳統的繼承與發展。幾年前茅盾評點的韶華《浪濤滾滾》率先面世。前年為紀念茅盾逝世百周年，中國現代文學館把韋韜獻出的幾十種茅盾眉批本選編出版。相信包括瑪拉沁夫在內的作家們，看到茅盾對自己作品的這些語重心長的眉批，會有更多的感觸！

讀農村題材小說　推出「寫中間人物」論

　　1961 年至 1962 年，周總理邀約曾參加過文學研究會的革命詩人陳毅副總理一起，在文藝界貫徹「八字方針」，反「左」糾偏，落實政策。1961 年 3 月 21 日、6 月 19 日，茅盾聽了陳毅《在戲曲編導工作座談會上的講話》〔註78〕和周總理《在文藝工作座談會和故事片創作會議上的講話》。〔註79〕1962 年 2 月 24 日茅盾率團出國後回到廣州總結工作，聽了 2 月 17 日周總理《對在京的話劇、歌劇、兒童劇作家的講話》的傳達。3 月 2 日聽了周總理《論知識份子問題》的報告，3 月 3 日茅盾為在廣州召開的全國話劇、歌劇、兒童劇、創作大會致了開幕詞，聽了陳毅《在全國話劇、歌劇、兒童劇創作座談會上的講話》。周總理、陳毅副總理這些報告和講話總的精神，首先是正確地估計了形勢。周總理指出：現在「打破了舊的迷信，但又產生了新的迷信」，認為「今的、中國的」「一切皆好」；古的、外國的一切皆壞。總理說：「後之視今，猶今之視昔」，「任何時代都有它的侷限性」。陳毅說：「無產階級也有侷限性。」「就是毛主席也不能超過今天的時代去解決問題，否則就要犯錯誤。」

　　第二是正確區分了兩類不同性質的矛盾。周總理批判了「有框子、抓辮子、戴帽子、打棍子、查根子」所謂「五子登科」的極「左」錯誤；向受衝擊、受委屈的同志公開道歉。他宣佈：今天的新老知識份子絕大多數與工農同樣，「是勞動人民的組成部分」。陳毅宣佈：「你們是革命的知識份子，應該

〔註78〕1961 年 3 月 21 日茅盾日記：「九時赴紫光閣的關於戲曲的會議，通知上說是座談會，會上陳副總理與康生講話。」這次會又稱「紫光閣會議」。

〔註79〕此兩會均在北京新僑飯店召開，故稱「新僑飯店會議」。文藝座談會是中宣部召開的討論制定《文藝十條》的會議。

取消資產階級知識分子的帽子。今天，我給你們行『脫帽禮』。」

第三，重申要尊重文藝規律，反對領導幹部不懂裝懂瞎指揮。

第四，重申了「雙百」方針，和批判繼承、古為今用、推陳出新的方針。

陳毅在報告中三次談到茅盾。一次是充分肯定茅盾扶植新生力量的貢獻。他說：「茅盾先生做了很多工作，看了近幾年來主要的小說，我就相信他。」第二次陳毅說：「我們一些作家，郭老，沈雁冰同志」，「這是我們國家之寶，我們任何人都應該加以尊敬。怎麼隨便講我要『領導』你？這太狂妄了！」第三次陳毅講：「1955 年中央決定請沈雁冰部長出席世界和平理事會。有人主張『打電話請沈雁冰到這兒來』。我說：『不能夠，我們幾個人到他公館去。飛到瑞典是個苦差事。你這個就是命令主義，不好。』大家同意了，就去了。大概看到我親自去了，他只好接受了。我說謝天謝地，他不去你也沒辦法！呃，就這麼拜門，就解決了問題。」「這些問題不要看得很輕，人與人之間，要平等對待，要有一定的禮貌，不要擺領導者的架子。」

這些話使茅盾感到溫暖和鼓舞。他為文藝界政治氣氛重新緩和起來而高興。不過這時仍有不愉快的事發生。1962 年 7 月 6 日至 19 日，茅盾受中央委託率團赴莫斯科出席爭取普遍裁軍的世界和平大會，並作報告。〔註 80〕報告是由王力根據周總理指示的精神起草，並報中央審定的。但回國後卻挨了批評：說是批判蘇修與赫魯曉夫調子太軟云云。奇怪的是：此批評是在總結會上由代表團中的成員據某「中央首長」指示提出來！從此不讓茅盾出國了。茅盾心裡當然很不高興，卻又無可奈何！不過有了周總理、陳毅的那些報告作精神支柱，茅盾當時也沒把此事看得過重。他的心情還是開朗的；對前景還是樂觀的。因此，在大連會議上的發言，也比較放得開。

時值中國作協在大連召開農村題材創作座談會。茅盾攜夫人和正放假的韋韜及兩個小孫孫，於 7 月 31 日一起去大連。8 月 2 日到 16 日，茅盾白天參加農村題材座談會，晚上看《林則徐日記》等書。他還要出席大連黨政機構召開的「八一」建軍節等活動，比不休養還忙！

這次會由作協黨組書記、作協副主席邵荃麟主持。與會者有趙樹理、周立波、康濯、西戎、束為、李準、李滿天、劉澍德、韶華等長期從事農村題材創作的著名作家。議題主要是解決如何真實地寫大躍進以來農村生活而又不違背現行政策及如何反映人民內部矛盾等等難題。由於這些作家在農村落

〔註 80〕此報告刊於 1962 年 7 月 12 日《人民日報》。

戶或長期在農村深入生活，是農村這些年刮「共產風」為害人民的目睹親歷者；所以發言都很激動，有的還很尖銳。我查閱了中國作協檔案室存的由唐達成、涂光群擔任記錄的兩份會議原始記錄。發現所有的發言都從為黨為民立場出發，既談成績，也談問題。總結經驗教訓。意見雖然尖銳，但沒有出格的話，絕對不像後來「文革」中批判的那樣，是什麼「大連黑會」。

茅盾事先閱讀了大量寫農村題材的小說；寫了大量筆記。他聽會過程中，不時插話，長短不一。他舉例時往往用他剛在蘇聯開會獲得的蘇聯現實生活與文藝界的材料。也隨手舉了他正讀的《林則徐日記》為例。茅盾認為：「中國過去有性惡性善說。荀子說人是沒有好德性的，後來變好，是環境影響，教育的。孟子說人之初性本善；壞的是後來學的。我們現在看，人確實是要受教育的。」茅盾得出結論：「教育農民還是重要的。現在我們還有很人的毛病，我們寫的小說，廣大的農民是不看的。只有少部分青年看。如果我們能達到教育幹部的目的，已經很不容易了。要通過幹部來教育群眾。農民是要看戲的。」因此茅盾主張加強戲劇創作。然後他宏觀地說：「我們是一個新時代，有新任務。如果寫『五風』用暴露手段，那就反而成了時代的罪人了。一個新時代，新任務，寫起來是困難些。因為困難，所以也是光榮的。不要性急，有些東西現在不能寫，將來可以寫；有些現在也可以寫。要寫出本質的東西。而且是給人以勇氣和樂觀主義的東西。自留地也可以寫，看怎麼寫。為什麼農民對自留地還有興趣？蘇聯也還有興趣。這改變是長期的。小生產者的意識是頑強的。但反帝反封建是勇敢的。蔣介石要來，他會勇敢地打的。大躍進時也是熱烈響應號召的。如果我們寫得很恰當，經過綜合，對幹部的教育是可以達到的。一方面是教育農民、幹部加強對集體的信心，一方面是教育性急的幹部。改變兩頭小中間大的狀況。」〔註81〕說這番話的前一天即8月5日茅盾還在插話中說過這樣一段與此有關的話：「輕重分量還是要掌握一個分寸。農村也有積極分子，也有中間狀態的農民，這樣就可以反映現實。但也可以避免現實不好觸動的問題。關於寫得有聲有色，這要看怎麼寫。精神世界的種種矛盾是多種多樣的。」〔註82〕茅盾兩次談話，最先提出可以「寫中間人物」，目的是教育農民。他也講清了「怎麼寫」的問題。

〔註81〕引自唐達成、涂光群的兩份大連會議原始記錄。兩人所記基本一致。
〔註82〕轉引馬韻玫教授所摘抄的保存在大連檔案館的大連會議記錄。此記錄是遼寧省作協同志所記的一份。據我所知，連作協這兩份，起碼有三份記錄存檔。

　　茅盾最早提出可以寫「中間狀態」的人物的觀點，是 1959 年 3 月《創作問題漫談》一文，這也是在一個座談會上的發言。當時他說：「我們日常生活中的典型，有正面的典型，也有反面的典型，還可能有一種中間狀態的典型。」〔註83〕1962 年 8 月 5 日、6 日在大連會議兩次發言，是第二次談到這觀點。

　　1962 年 8 月 12 日上午，茅盾作了兩個多小時的大會講話。〔註84〕第一部分是「關於題材問題」。第二部分是「人物創作問題」。

　　他首先肯定了近些年小說創造典型的成績，如比較個性化，農民形象較前為多等等。然後指出存在的問題：「工人農民也是寫兩頭的多，寫中間狀態的少。寫中間狀態的也有，但不是作為典型。即不是作為學習榜樣，又不能作為批判對象的，就不寫。其實還是可以作為典型的。」「事實上」這種處於中間狀態的人物，「精神狀態還要複雜些。」於是茅盾從人物複雜性問題扯開談，舉崇禎皇帝、林則徐等歷史人物為例，非常開闊地談了人物的複雜性。然後把話題收攏回來說：「我們現在寫農民，我們相信他覺悟確實是提高的，但究竟是小生產者，有些尾巴是不能硬割的。我們寫農民有時是簡單化些。農民思想是進步的，但由於文化水平，思想修養的關係，是不是對社會主義看得那麼清楚？人是不同的，多樣的，農民也是複雜的。」我們寫「典型人物還不夠多樣化，還有點簡單化」。〔註85〕那時，把這個提法的「發明權」給了邵荃麟。其實真正有「專利權」的是茅盾。而其「發明權」應屬毛澤東。正是毛澤東 1957 年在《事情正在起變化》一文中最早說：「除了沙漠，凡有人群的地方，都有左、中、右，一萬年以後還會是這樣。」這麼「劃分了，使群眾有一個觀察人們的方向，便於爭取中間，孤立右派」。〔註86〕茅盾不過是以毛澤東這個理論結合農民實際和寫農村題材的作品實際，略作發揮而已。但在有些人看來，毛澤東說得，別人就說不得！說了就錯，就得批判！

　　第三部分「談談形式方面」。茅盾從人稱、結構等角度談到技巧水平高低「與作家生活的廣度、深度有密切關係」。茅盾說：作家的「所見、所感、所信」，「是與作家的廣度深度有關，如果廣度有，深度不夠，看人不會很透

〔註83〕《茅盾全集》第 25 卷第 457 頁。
〔註84〕其整理稿即《茅盾全集》第 26 卷收的《在大連創作座談會上的講話》，這是一份記錄整理稿。對照兩份原始記錄看，此整理稿略有刪節。此文的手稿迄今未發現。
〔註85〕《茅盾全集》第 26 卷第 411～414 頁。
〔註86〕《毛澤東選集》第 5 卷第 428 頁。

徹」。「我們要區別人物的提高與拔高」:「我們所謂的提高是指概括。」「這種概括是我們生活中出現的,不過把它概括在一起,使之典型化。」「拔高是把人物沒有達到的,你把它搞在身上,就不是那麼真實。」茅盾主張廣度、高度和深度的辯證統一。〔註87〕

　　茅盾在第四部分「講幾篇小說」中,結合著張慶田《老堅決外傳》、西戎的《賴大嫂》以及《四年不改》、《耕耘記》等作品的具體分析,繼續發揮這論點。他認為受到批評的《老堅決外傳》「是篇好小說」;但「還沒有挖到更深的地方,可能有些顧慮」。其實「應該還要複雜些,沒有挖得很深」。這可能與韶華發言中談到的「投鼠忌器」有關係。〔註88〕茅盾認為:不必太顧慮。關鍵是把握分寸。就《老堅決外傳》言,「鼠如王大炮,器是指集體化。投鼠不中反而傷了器,那是不好的,所以投鼠不傷其器,而要器鞏固起來,優越性就更能看清楚起來,這就是好作品。」關鍵「只在於怎樣寫,怎樣有分寸,分寸不對,你不想傷器,那麼也可能傷器」。〔註89〕「這就有賴於作者之思想水平、政策水平、分析綜合能力、以至寫作技巧了。」〔註90〕茅盾總的意思是主張廣度、高度和深度的辯證統一。這就是後來被批判的「現實主義深化」論。「文革」中「現實主義深化」論和「寫中間人物論」一起,都被江青「四人幫」列入「黑八論」,批判了許多年!

　　幸運的是,他們對茅盾心存顧忌,因為茅盾是中央明確要保護的人物,所以就把「寫中間人物」論和「現實主義深化」論的「發明權」給了邵荃麟。邵荃麟遂成了茅盾的「替罪羊」。我對照了大連會議唐達成、塗光群所記的兩份記錄。邵荃麟在茅盾上述幾次發言之前的講話與發言,從未涉及這「兩論」。只是在大會結束的總結發言中,先是引用了茅盾關於「兩論」的話,表示贊同,然後略加發揮而已。至於那個「不好不壞,亦好亦壞,中不溜幾的芸芸眾生」這個「中間人物」定義,不僅與邵荃麟的講話無關,也與茅盾無關。

〔註87〕《茅盾全集》第 26 卷第 414～415 頁。
〔註88〕韶華發言與茅盾的插話見馬韶玫教授抄的大連檔案館存「大連會議記錄」。
〔註89〕《茅盾全集》第 26 卷第 416～417 頁。
〔註90〕《讀〈老堅決外傳〉等三篇作品的筆記》,此文寫於大連會議期間。當時沒發表,茅公逝世後於 1981 年刊於《文藝研究》第 2 期,收《茅盾全集》第 26 卷,引文見第 26 卷第 420 頁。

第九章　任憑風雨急　穩坐待天晴

山雨欲來風滿樓

　　1962 年至 1963 年，國內外政治局勢日趨複雜。社會風氣日漸反常。文藝界亦復如斯。但文藝界很少有人像茅盾那樣充滿了憂患意識。

　　1962 年 9 月 22 日茅盾在日記中寫道：「上午閱情況簡報（辦公廳編）71號，見一條如下：翻譯家羅稷南說：對京戲不能捧上天，紀念梅蘭芳逝世一周年，做過了頭（按：今年紀念梅之逝世一周年，其規模之大，遠遠超過紀念魯迅逝世二十周年，而且有許多文章把梅的表演藝術捧上天。這且不算，而且說梅是理論家，是畫家，是詩人云云。讀了頗覺肉麻），又謂，近來名劇作家竟以歷史題材相爭鳴，好像現實的題材不被重視，與紀念梅蘭芳做得過頭，都非文藝之所宜云云。羅論甚是，但彼不知，舉辦此事者，有大力者作後臺，因非可以口舌爭也，輾轉思維，良多感慨，戲成一絕以記之：知人論世談何易？底事鋪張作道場。藝術果能為政治，萬家枵腹看梅郎。」〔註 1〕次日即 23 日又記：「晚閱書至 11 時仍無睡意。依枕成挽聯一副。早餐後寫挽歐陽予倩：春柳發軔，桃扇翻新，舞史草創，大匠但開風氣。行園志方，恭良儉讓，終紅且專，後生常仰楷模。」結合時代背景，把茅盾所記二事、所評二家及所抒情懷相對照，可窺見或觸摸到面對複雜的社會與文壇形勢，這位文化部長和「五四」先驅此時此境的心態。

〔註 1〕　此詩已收入《茅盾全集》第 10 卷第 425 頁。題為《七絕》，其前小序，係據
　　　　上述日記壓縮而成。

　　1963 年初，他接受了爲紀念曹雪芹逝世 200 周年紀念大會作主題報告的任務。他這時痰中帶血，抱病工作。看了百萬字以上的各種研究資料與紅學各家意見紛爭的文章，不料卻被夾在派系間意氣用事之糾葛中。爲協調各說，他寫了大量信件，遠較四五千字的報告要多。此文被迫多次修改。文後附注，竟不得不五倍於正文。但終因眾口難調，紀念大會告吹。茅盾以《關於曹雪芹》爲題，交《文藝報》刊於 1963 年 12 月號，才算了結此公案。

　　即便在這種複雜的局勢中，茅盾仍然關注並且推動著文化藝術事業的發展。1963 年 4 月 26 日他在全國文化局長會議上講話，分析了十年來「文學創作的現狀」；在肯定了一大批作家作品之成就後，同時提出「怎樣幫助作家」和「培養評論家，加強和擴大評論隊伍」兩個重要問題。他要求評論家通過像作家那樣深入生活與「把前人智慧的結晶吸收過來」兩個途徑練好「基本功」；要求他們「學習十二個項目：(1) 馬列主義經典著作（包括毛主席著作）；(2) 中國哲學史；(3) 歐洲哲學史或世界哲學史；(4) 中國歷史 (5) 世界歷史；(6) 現代世界工人運動史；(7) 現代世界民族革命史；(8) 馬克思主義以前的各派的美學；(9) 馬克思主義美學；(10) 中國文學史；(11) 世界文學史或世界主要國家的文學史；(12) 中外古今的文學名著（我們假定三百種）」。茅盾認爲：「一個評論家沒有這些基本功要想寫好評論是困難的。〔註2〕這是高屋建瓴的經驗之談。因爲茅盾就是先具備了這種知識與理論結構之後，才成爲評論家的。

　　這時政局已呈「山雨欲來風滿樓」之勢；文藝界尤其明顯。一方面周總理、鄧小平總書記、陳毅副總理仍繼續致力解決極「左」思潮在文藝界造成的種種問題，努力創造和諧寬鬆氣氛，促使文藝健康發展；另一方面，江青、康生等在北京，柯慶施、張春橋、姚文元等在上海，兩地遙相呼應，「左」的大棒愈揮愈厲。他們給周總理出難題，施壓力，不斷干擾破壞。周總理、陳毅坐陣，在廣州召開的戲劇工作會議後，柯慶施、張春橋公然召集上海全市黨員會議說：「廣州開了個黑會，大家要警錫……要經得起資產階級倡狂進攻。」〔註3〕周總理對山雨欲來風滿樓的形勢及其結局已有預感。1963 年 2 月 8 日他在文藝界元宵節聯歡會上打招呼，要大家過好「五關」：一、思想關：加強思想改造。二、政治關：站穩立場跟黨走。三、生活關：「革命是第一位

〔註2〕　《關於創作和評論問題》,《茅盾全集》第 27 卷第 12 頁、第 15 頁、第 17～18 頁。
〔註3〕　參看朱寨主編的《中國當代文藝思潮史》382 頁註 1、註 2。

的問題，改善生活是第二位的問題。」四、家庭關：他以自己家庭出身不好、社會關係複雜爲例，說明「劃清界限」的必要性。這顯然有「弦外之音」。五、社會關：指出階級與舊的習慣勢力的存在，「經常影響我們的思想。」希望文藝界不要給人以這種壞影響。4 月 19 日周總理在中宣部召開的文藝工作會議及文聯三屆二次全委擴大會議上，又作了《要做一個革命的文藝工作者》的報告。他希望大家「積極參加革命的階級鬥爭」，「要經得起驚濤駭浪，不要怕運動。要隨時把自己放在運動中考驗自己。」這個招呼就帶預言性了。在這次中宣部召開的會上，張春橋爲柯慶施在上海提出的「大寫十三年」極「左」口號拼湊了「十大好處」。爲此公然和周揚、林默涵、邵荃麟激烈辯論。5 月 6 日上海《文匯報》發表了江青策劃的批判她所謂的「鬼戲」《李慧娘》的長文：《「有鬼無害」論》；拉開了向文藝界開刀的序幕。康生本是吹捧《李慧娘》的。爲此他還宴請其作者孟超，拉同鄉關係，說這戲寫得好。這時卻把臉一變。1964 年他在京劇現代戲匯演閉幕式上講話，把《李慧娘》當作「壞戲典型」號召批判。他還把《劉志丹》打成「反黨小說」；把《紅河激浪》打成反黨電影和「《劉志丹》小說的變種」。

當時茅盾雖然比較警覺，但仍難跟上這種急轉直下的形勢。1958 年 4 月夏衍把他的小說《林家鋪子》改編成電影。看了試片茅盾感到滿意，並提出「小茶館裡的茶碗陳列得太整齊了，橘子、糖果也太豐富、太劃一了些」等具體意見。1963 年 11 月 1 日他看了夏衍據柔石小說《二月》改編的《早春二月》電影，在座談會上給予肯定。也提了修改意見。次日又致信夏衍，就如何修改補充說了意見。

恰在本月，毛澤東有段講話：「《戲劇報》盡是牛鬼蛇神，聽說最近有些改進。文化方面特別是戲劇，大量是封建落後的東西。社會主義的東西很少，在舞臺上無非是帝王將相。文化部是管文化的，應當注意這方面的問題，爲之檢查，認眞改正。如果不改變，就改名爲帝王將相，才子佳人部，或外國死人部。如果改了，可以不改名字。」

12月12日毛澤東又在中宣部編印的關於柯慶施大抓故事會和評彈改革的材料上作了基本否定建國以來文藝工作的批示。後來被稱作「第一個文藝批示」：「此件可以一看。各種藝術形式——戲劇、曲藝、音樂、美術、舞蹈、電影、詩和文學等等，問題不少，人數很多，社會主義改造在許多部門中，至今收效甚微。許多部門至今還是『死人』統治著。不能低估電影、新詩、

民歌、美術、小說的成績，但其中的問題也不少。至於戲劇部門，問題就更大了。社會經濟基礎已經改變了，爲這個基礎服務的上層建築之一的藝術部門，至今還是大問題。這需要從調查研究著手，認眞抓起來。」

　　12 月 23 日，茅盾聽了中宣部副部長林默涵傳達的毛澤東這個「批示」。他非常震驚，感到問題嚴重。因爲不論文化部還是作協，自己都是主要領導人。因此是首要衝擊對象。1964 年 1 月 1 日至 3 日，劉少奇主席、鄧小平總書記召開文藝座談會，聽取周揚的匯報。2 月中旬文聯及下屬各協會開始第一次整風。茅盾也參加了。6 至 7 月由文化部副部長齊燕銘主持，在京舉辦京劇現代戲觀摩匯演大會。茅盾致了開幕詞。江青直接插手干預這次會演。還「槍斃」了戲曲研究院實驗京劇團創作演出的《紅旗譜》，與據同名豫劇改編的《朝陽溝》。她又與康生一唱一和，把電影《早春二月》、《舞臺姐妹》、《北國江南》、《逆風千里》和京劇《謝瑤環》統統打成大毒草，在全國進行批判。這使作者夏衍、田漢、陽翰笙和茅盾、齊燕銘等主管領導人都受到衝擊！

　　1964 年 6 月 27 日毛澤東在《中宣部關於全國文聯和所屬各協會整風情況報告》上，寫下「第二個文藝批示」：「這些協會和他們所掌握的刊物大多數（據說有少數幾個好的），十五年來，基本上不執行黨的政策，做官當老爺，不去接觸工農兵，不去反映社會主義的革命和建設。最近幾年，竟然跌到修正主義的邊緣。如不認眞改造，勢必在將來的某一天，要變成匈牙利裴多菲俱樂部那樣的團體。」這又徹底否定了這些文藝團體建國後的成就與歷史！於是文聯及其下屬各協會在剛整過一次風後，被迫進行第二次整風。8 月出版的《紅旗》第 15 期發表的柯慶施的文章，甚至公開攻擊茅盾任部長的文化部：「他們熱衷於資產階級的戲劇，熱衷於提倡洋的東西，古的東西，大演『死人』『鬼戲。』「對於反映社會主義的現實生活和鬥爭，15 年來成績寥寥。」他上綱上線說：「文藝界存在著兩條道路，兩種方向的鬥爭。」

　　1964 年 9 月 30 日《文藝報》8、9 期合刊點名批判所謂邵荃麟在大連會議上提出的「寫中間人物」論。其整理編排的「文摘」材料，許多是茅盾講的話，但都記到邵荃麟帳上了。然而茅盾當然明白：「項莊舞劍，意在沛公。」其實當時「就有人問：『中間人物論』究竟是誰最早提出來的？誰是發明者？言外之意邵荃麟還有個後臺，沒有揪出來」。〔註 4〕讀這一類東西，對茅盾的內心衝擊之大，可以想見。這成了茅盾畢生的讀書經歷中極其獨特、也十分

〔註 4〕 韋韜、陳小曼：《父親茅盾的晚年》第 8 頁，上海書店出版社。

殘酷的一頁！

　　就在這時茅盾和江青發生了一次衝突。1964 年爲慶祝建國十五周年，文化部調集全國 70 多個單位三千多名演員，排大型音樂舞蹈史詩《東方紅》。他們多次請周總理審查提意見，據以作了很多重要修改。大家敬佩地稱周總理爲「總導演」。這時江青卻插進來指手劃腳，「儼然以『總導演』的架勢出現，頤指氣使」。9 月上旬茅盾陪周總理看了彩排。觀後周總理接見了全體演職員。肯定了成績，也提出些改進意見。其中一條建議：「在抗美援朝那場戲中，適當增加一點與朝鮮人民軍的合舞。」隔天周揚打電話給茅盾：說江青不同意修改。我跟她也沒談通。「總理認爲強調中朝友誼是個原則問題」，建議茅盾出面「找江青再談一次」。第二天茅盾找到江青，說：「周總理那天看彩排時我也在場，聽到了總理的指示。我想總理的意見是正確的，在當時的國際形勢下，強調中朝友誼有特殊意義。加一些合舞不會有很大困難吧？」江青邊表功，邊訴苦，並以「破壞了和諧」爲理由拒不接受。茅盾看實在談不通，態度也硬起來，說：「看來您和總理的意見不一致，但這個劇是由文化部負責的，我是文化部長，應該執行總理的指示。現在我只好去報告毛主席，請主席來作最後的決定罷。」江青這才自搭臺階轉彎，勉強加了一段合舞。茅盾把結果向總理彙報。總理說：「江青同志這兩年在貫徹黨的文藝方針方面是做了一些工作，不過，她的藝術觀點是她自己的，不能代表毛主席。」茅盾「文革」中對兒子說：「其實她又懂得多少藝術，從你們找來的那些江青修改樣板戲的談話記錄來看，她只不過提了些雞毛蒜皮的意見。她還自稱是半個紅學家，眞是笑話，她懂什麼紅學！她插手《東方紅》，同她插手八個樣板戲的手法是一樣的——把別人的成果攫爲己有。只不過《東方紅》從它的內容、形式到演出的規模，都不同於八個樣板戲，不能按照『文革』的模式加以改造，所以『文革』開始後也被打入了冷宮。」「江青的底細我當然知道，不過她現在是毛主席的夫人，對她就敬而遠之。」〔註5〕

　　1964 年底，江青等又把電影《林家鋪子》和《不夜城》、《紅日》、《革命家庭》、《球迷》、《兩家人》、《兵臨城下》、《聶耳》等通通打成毒草。《人民日報》、《解放軍報》、《文藝報》等報刊發表了《〈林家鋪子〉是一部美化資產階級的影片》、《資產階級的代言人》、《影片〈林家鋪子〉的出現，是兩條路線鬥爭在文藝戰線上的反映》等批判文章，竟達 140 餘篇。批判吳晗的歷史劇

────────────────────

〔註5〕 韋韜、陳小曼：《父親茅盾的晚年》第 192～194 頁。

理論與歷史論文也衝擊到茅盾的《關於歷史和歷史劇》。這些批判的矛頭，直接間接地指向茅盾、周揚、夏衍、田漢、陽翰笙、孟超、邵荃麟、趙丹，也指向吳晗、齊燕銘和周谷城。這就為「文革」一開始就批判「三家村」、文化部、作協，並追溯歷史批判「三十年代文學」，把茅盾打成「三十年代文學祖師爺」作了鋪墊。

讀這些批判文章，對茅盾來說，簡直是殘酷的精神折磨。久而久之，茅盾看清了形勢，看透了底細，反而冷靜下來；著手為自己安排退路。這年 6 月至 7 月間，茅盾發表了《讀陸文夫的作品》、《讀〈兒童文學〉》、《讀〈冰消春暖〉》三篇評論，和《為發展社會主義新戲劇而奮鬥──在 1963 年以來優秀話劇創作及演出授獎大會上的講話》、《在全國京劇現代戲觀摩演出大會上的開幕詞》兩篇講話。之後，從 1964 年 6 月下旬起，茅盾就封了筆！12 月 18 日他最後一次以文化部長身份參加外事活動與緬甸大使談話後，從此他也不再以政府官員身分參與外事活動了。隨後他向周總理正式提出辭去文化部長職務的要求！本來茅盾就不肯當這個部長，是毛澤東硬讓他當才不得不當的。現在尋求無官一身輕的時機總算來了！

1964 年 12 月 20 日至 1965 年 1 月 5 日，茅盾作為山東選出的代表，出席了全國人大三屆一次大會。同時出席全國政協四屆一次會議。兩會期間，他被解除了文化部長職務，並當選為全國政協副主席。1976 年 12 月茅盾在《敬愛的周總理給予我的教誨》中寫道：

三次人大一次會議期間總理在人民大會堂召我談話，總理說：「准予免職，另安排你在政協工作。」又說，「文化部工作中存在的問題，你的責任比較小，而文化部黨組兩個主要成員的責任大。」這番話，真使我十分惶愧。我常聽說「黨內從嚴，黨外從寬」，我作為黨外人，既然居於負責的地位，不應該以此寬慰自己，而且副部長們在工作上確也經常徵求我的意見，只是我的思想水平低，看不出工作中的問題的嚴重性，不能提出意見，倒不是我提了他們不予考慮。我把這樣的意思簡短對總理說。並且說，江青說文化部黨組裡，一個是封建主義的魁首，一個是資本主義的急先鋒，〔註6〕我在舊社會大半世，先受封建主義的教育，後受資本主義的教育，我想我思想上當然也有封建主義和資本主義，請總理痛下針砭。我當繼續改造思想，或者將來在工作中可以少犯錯誤。總理說：思想改造是終身的事，你碰到什麼問題看不

〔註 6〕 這裡分別指齊燕銘和夏衍。

清大是大非的時候，可以隨時找我。我當即感謝。總理又說：所謂『資本主義急先鋒』，抗戰時期，我對他的思想教育狠抓過一陣，知道他容易犯原則性的錯誤，近來我忙於外交工作，無暇幫助他，遂至於此，乃意中事。至於『封建主義的魁首』呢，解放後一向在我身邊工作，沒有出過漏子，到文化部才幾年，成爲封建主義，這是很意外的。我說，他對於古代文化很有研究，主張翻印一些古書是有的，此外，我沒聽說有什麼嚴重的事。總理不作可否。一會兒後，他說：江青的言論並不總是符合主席的文藝思想。主席的文藝思想，是馬列主義文藝思想的總結和發展，精深博大，誰敢說自己完全精通，一言一行都符合主席的文藝思想，那就是狂妄自大，表明他實在不懂主席的文藝思想。「這次談話，給我以終身難忘的銘感。總理是多麼誨人不倦，多麼謙虛！現在回憶他論江青的一段話，還是含蓄的，因爲那時江青還僞裝得很好，『偶爾露崢嶸』而已。但是總理已經把她的本質看透了。」〔註7〕

其實這是茅盾第二次聽總理談江青的問題。兩位偉人，處在複雜環境中，話雖沒談透，但意思到了，彼此心照不宣，思想情感是相通的！

這次談話時，茅盾還要求辭去文聯副主席、作協主席職務。總理不同意，說：「你不當誰當？」此後周揚來寓所撫慰茅盾，希望他不必介意。其時周揚的處境也十分艱難了！

從此茅盾保持沉默，靜觀待變。誰知這一沉默，竟長達 11 年半之久。處在爐火純青期而竟 11 年半沒有作品面世，這是中國讀書界與中國文學史的多大的損失啊！

這時茅盾心境如何？他沒留下隻字半語，也不曾對家人言。兒子韋韜見父親「對報刊上那些批判文章的關注程度遠不及對孫女小鋼的關心」，覺得父親那種「豁達與灑脫，正如毛主席在《水調歌頭》中寫的那樣：『不管風吹浪打，勝似閒庭信步』」。然而知子莫如父；知父也莫如子。韋韜從父親給孫女編的補充教材杜甫詩《畫鷹》中窺了堂奧。茅盾解釋此詩，先解詞語，然後分段串解詩句。最後總解道：「這首詩雖然《畫鷹》，然而也有寓意。鷹，比作有膽量、敢作敢爲的人；凡鳥，比作壞人。全詩大意是：敢作敢爲的人，跟鷹一樣，眼前雖然帶著絲帶，站在架子上，可是時候到了，就會解去帶子，

〔註7〕 以上據茅盾的底稿引錄。此文收入《茅盾全集》第 27 卷時有刪改，題也改爲《敬愛的周總理給予我的教誨的片斷回憶》。以上引文修改情況見第 207～208 頁。

飛到空中，抨擊那些凡鳥似的壞人。」韋韜想：「爸爸在那個時候選《畫鷹》來教孫女，是否也有他的寓意呢？」〔註8〕對此問題，韋韜沒有正面回答。但參照茅盾桂林時期晦光養韜，香港時期公開揭露蔣介石的舉動，今天我們再看茅盾「文革」時保持沉默，「文革」結束揭批「四人幫」不遺餘力、勇猛出擊的風采，不就清楚地回答了這個問題了嗎？

詩書自慰避艱險

1966 年 5 月 16 日《五一六通知》的發佈，標誌著歷時十年的「文化大革命」正式開始。當日，「四人幫」在內部會上點名批判茅盾是「三十年代文藝祖師爺」。康生還把茅盾列入黑名單，在「批示」中說：「此人問題嚴重。」中宣部長陸定一在報告中，則以「資產階級文藝路線的代表人物」的「罪名」點名批判茅盾。「作協」整理了茅盾一份黑材料，歷數建國後茅盾的種種「罪狀」。「四人幫」還成立專案組，查他包括新疆經歷在內的「歷史問題」。〔註9〕作協、文化部、北京大學等處都貼了許多「揭批」茅盾的大字報。

茅盾卻十分冷靜。他每週兩次參加政協的運動、學習。平時在家看書、讀報、幹家務活。其實他在觀察思考，如同大革命失敗時那樣。他需要一個過程來調整心境。如 1966 年 5 月 4 日日記：「七時赴人大三樓看電影《桃花扇》，此乃三五年前所攝，今則作為壞電影，在內部放映矣！」此片是根據茅盾老友歐陽予倩所作的同名話劇改編的。此劇此電影均為現當代文學史之佳作，卻當毒草批判！茅盾怎能不感慨？一個「矣」字流露了極其複雜的心態與情懷！5 月 20 日日記也稱被批的《不夜城》為「壞」電影。這是茅盾仿效小孩子「好人、壞蛋」的模糊方法，稱「文革」中把好作品打成為「大毒草」時自己手下留情的特稱：「壞 XX」！

不久，林彪率先發難，把彭真、羅瑞卿、陸定一、楊尚昆打成「反黨集團」。6 月 17 日茅盾在日記中記他在政協聽關於此事的傳達報告。從手稿看，日記先用「四人之錯誤」；落筆後又塗去「錯誤」，改為「罪行」。這反映出茅盾難於接受把功勳卓著的老一輩革命家、革命文藝家打成「反革命」的這種殘酷事實！

〔註8〕 韋韜、陳小曼：《父親茅盾的晚年生活》第 11～13 頁。
〔註9〕 韋韜、陳小曼：《父親茅盾的晚年生活》第 13 頁。黎丁：《「文革」中茅公生活片斷》，《茅盾和我》第 228 頁。

　　「文革」揭幕不久，烈火就燒到茅盾這個破舊簡陋的小樓。例如 8 月 5 日，他在日記中記述由政協轉來河北交通廳宋懷庭題為《這是對地下黨員的侮辱》的揭批《子夜》的材料。該文把《子夜》關於托派蘇倫對女同志瑪金進行性騷擾的批判性描寫，錯判為「侮辱地下黨員」；並且質問茅盾「是何居心」？茅盾致信轉此材料的政協秘書長平傑三，就此作了三點說明，信中指出：宋懷庭「沒有看出蘇倫是托派」。茅盾請平傑三考慮：要不要把這三點說明寄給宋懷庭？「因為恐怕宋接信後，以為我是抗拒批評，為自己辯護。」〔註10〕茅盾十分鄭重地派專人送去此信。他這時是如履薄冰！

　　1966 年 2 月林彪同江青炮製的所謂《部隊文藝工作座談會紀要》、6 月 20 日江青等炮製的所謂《文化部為徹底乾淨搞掉反黨反社會主義反毛澤東思想的黑線而鬥爭的請示報告》，均經毛澤東批示，以中央文件形式發佈全國。兩份文件都明確提出批判「三十年代文藝黑線」和建國後「文藝黑線專政」的口號。此後點名批判茅盾的大字報就更多了。北京東總布胡同 22 號作協牆上的大字報給茅盾扣上「頭號資產階級反動權威」的政治帽子。今天要找這些奇文，已經很困難了。但我找到一本中國作協革命造反團、新北大公社文藝批判戰鬥團合編的鉛印成冊的《文藝戰線兩條路線鬥爭大事記》（1949～1966 年）。其中點名記錄茅盾「罪行」者多達 10 處。其中有一段說：茅盾在「大連黑會」上「破口大罵，誣蔑大躍進『是暴發戶心理』。我遍查上述大連會議幾份記錄，也問過與會者，證明此話純係捏造誣陷！此書也公布了毛澤東 1963 年 11 月的「批示」，說文化部是「帝王將相、才子佳人部，或者外國死人部」。這一切說明：茅盾眼看就要被揪鬥了。

　　老舍被揪鬥忿而自殺的次日即 8 月 25 日，一批大都 10 歲左右的「文化部職員之子女」組成的「紅小兵」，到茅盾院裡「掃四舊」。他們把「一個漢白玉石盆推翻在地」。茅盾日記記此事時評道：「彼等大概認為此皆代表封建主義者，故要打倒也。」8 月 30 日，「人大三紅」的紅衛兵竟抄了茅盾的家！領頭的舉著一把軍刀，聲稱是抄張治中家的「戰利品」。茅盾問他們得到什麼部門的批准。他們稱：「毛主席說，紅衛兵的革命行動是天然合理的。」茅盾打電話向統戰部告急，回答是：「這些天許多人的家都被抄，我們也無可奈何。」紅衛兵把所有的箱子都翻遍了，生繡的箱鎖也被砸開。惟獨不認

〔註10〕　此信未找到全文，其三點解釋的二、三兩條見《茅盾全集》第 37 卷第 14～15 頁。

真翻書，拿軍刀的頭頭說：「這些書全是大毒草，看得越多中毒越深。我們只要讀毛主席的書，毛主席的書一句頂一萬句，一本頂一萬本。」一個紅衛兵見牆上掛著一張身著戎裝的男子照片，張狂地問：「這個穿國民黨軍服的家伙是誰？」茅盾冷冷地回答：「你錯了，他穿的是八路軍軍服，他是新華社戰地記者，是我的女婿，他是老八路，他在前線犧牲了，是國民黨打死的！」〔註11〕那紅衛兵十分尷尬。茅盾訪問波蘭時東道主贈他的以維納斯裸像爲底座的檯燈，被稱作「黃色的資產階級腐朽的玩意兒」；下令不許再用。事後孔德沚只好給她縫了件修女般青色袍子用以「遮羞」！孔德沚經此刺激，精神更加壓抑，身體日虛，精神也日漸乖張。「終於憂鬱成疾。」這是她過早謝世的重要原因！

　　正是茅盾被抄家的 8 月 30 日，毛澤東把章士釗反映其被抄家的信，批轉給處境日趨困難的周總理：「送總理酌處，應當予以保護。」周總理馬上抓住這個時機，擬了一張包括人大副委員長、常委、政協副主席、正副部長在內的範圍很大的保護名單。茅盾當然在其內。統戰部也向總理反映了茅盾被抄家的情況。總理又特別指示：應予以保護。從此茅盾才得以免受直接衝擊之苦，生活相對安定些了。

　　「文革」中荒誕的事層出不窮。茅盾的獨特處境即是一例。一方面他是「三十年代文學祖師爺」、「頭號反動學術權威」，被點名揭批，被抄家，被專案組審查歷史；另一方面他屢屢應邀登上天安門，參與陪同毛澤東檢閱紅衛兵。統計茅盾日記所記，毛澤東檢閱紅衛兵共八次；茅盾參加了七次。只是最後一次因病沒去。此外，「五一」、「十一」的天安門觀禮，在人民大會堂舉行的招待會、國宴，他也都應邀出席。關心他的人們每次都從報紙公佈的名單中搜尋，因他的名字在其中而感到寬慰。然而 1968 年「五一」節茅盾雖參加觀禮，名字卻未見報。而「十一」觀禮將近，直到 9 月 30 日他還未收到觀禮通知。孔德沚急了，打電話問政協。政協也不知何故。此後不久，照例可閱的文件新華社的《參考資料》〔註12〕都不給看了。接著，警衛員撤走了，專車取消了。這是因爲 1969 年 4 月中共「九大」，林彪當上中共中央副主席，成了「副統帥」，「四人幫」都進了政治局。於是加劇了政治迫害，但沒有人

〔註11〕這段對話及以下材料據茅盾日記和韋韜、陳小曼：《父親茅盾的晚年》第 22
　　　　～24 頁。我在《茅盾評傳》中據葉子銘《夢回星移》第 88～89 頁所記的對話，
　　　　不準確；現予校正。並向讀者致歉。
〔註12〕俗稱大「參考」，當時此刊的閱讀範圍控制極嚴。

對茅盾作出解釋。

　　這對精神壓抑日甚一日的孔德沚是致命打擊！1970 年 7 月 28 日她病危住院。連聞訊趕到的兒子韋韜都不認識了！終於 29 日凌晨逝世。茅盾的日記一字一淚：「此時我不禁放聲痛哭，蓋想及她的一生，確是辛辛苦苦，節約勤儉，但由於主觀太強，不能隨形勢改變思想、生活方式，故使百不如意而人亦對她責言甚多。」2 月 2 日茅盾又記：「過後思之，我很對不起她，因為我不善於教育她，使她思想能隨時代變化，因而晚年愈見主觀。躁急，且多疑也！」

　　老年喪偶，而「文革」打擊又不知何時才能結束，所以 1970 年是茅盾心情與身體最壞的一年。10 月 15 日他在致表弟陳渝清信中說：「現在上樓下樓（只一層而已），即氣喘不已，平地散步 10 分鐘，也要氣喘，……如此已成廢人，想亦不久於世矣！」正是這時，他自己毀了建國初寫工商業社會主義改造的長篇小說和肅反題材電影的珍貴手稿。雖然兒子兒媳搬回家住陪伴父親，但又怎能消除他的孤獨與悲痛！兒媳常聽到他獨自大聲朗讀女兒沈霞遺留的高中作文。1970 年 4 月 17 日，茅盾為母親 30 周年忌辰寫的極長的《七律》中，有「午夜短檠憂國是，秋風落葉哭黃壚」句，正是他此時心態的真實寫照！

　　1971 年 9 月 13 日林彪叛國摔死之後，關於此事的中央文件，連小孫子都聽了傳達。身為全國政協副主席的茅盾卻聽不到傳達。韋韜勸他給中央寫申訴信，茅盾執意不肯。直到 1973 年 4、5 月間，老友胡愈之告訴他：「有人檢舉你 1928 年去日本時自首叛變了。」茅盾發怒了：「真是胡說八道！我從來沒有被捕過，哪來的自首？」兒子再次勸他申訴，茅盾聳聳肩說：「歷史是客觀存在，是真是假，總會弄明白的。」直到 6、7 月間，聽說四屆人大馬上就要召開了。而 1971 年選代表時，茅盾就被從名單中勾掉。茅盾這時才接受兒子的勸告，接連給周總理寫了兩封信。1973 年 9 月初，政協新任副秘書長李金德突然來探望。這是近年來難得有的事。李金德說：「您已經當選為四屆人大代表了，人大會議年底召開，組織上讓我正式通知您！」茅盾這才明白：總理雖不便回信，但實際上已作出關鍵性的安排！儘管人大拖到 1975 年 1 月才召開，但 1973 年 11 月 12 日，茅盾應邀出席孫中山誕生 107 周年紀念大會的消息公開見報了。朋友們聞訊紛紛用各種方式祝賀他。因為他們覺得：這「預示了文藝界『解凍』的到來」。從此茅盾的心情才逐漸開朗；心境也有所

調整了！

對待「文化大革命」，茅盾有個認識過程。剛開始他認爲這是毛主席從反修防修考慮，是有道理的。但他很快發現，許多做法不對頭。稍後他更逐漸發現：林彪、「四人幫」、康生、陳伯達之流是別有所圖。從此他就持懷疑態度了。開始時他和許多人同樣，對「文革」持續的時間也估計不足。在一次接見紅衛兵時，他在天安門城樓大殿內遇見謝覺哉，謝老說：「看來又要有半年不能讀書了！」茅盾會意並感到遇見「知音」般地寬慰。他和謝覺哉同樣希望這場浩劫盡快結束。然而事與願違。茅盾思想上不得不作長期經歷磨難的準備。當時毛主席的「最新指示」一出，馬上敲鑼打鼓上街遊行慶祝，接著就有一批表態擁護的文章發表。韋韜問父親爲何不寫，茅盾說：「我是不寫這種文章的。一個人的信仰，要看他一生的言行，最後要由歷史來作結論。我不喜歡趕浪頭。何況我對『最新指示』有的還理解不了。」〔註13〕

茅盾一邊憂心忡忡地觀察著武鬥、停產的嚴重局勢；一邊應付沒完沒了的外調者的糾纏。從 1967 年 7 月至 1969 年 7 月兩年間，他「共接待了 130 多批外調人員，寫了近百份證明材料。查證的內容頭兒幾個月多爲三十年代上海文藝界情況以及『四條漢子』的情況」。後來就是陳望道、李達、胡愈之等老朋友。因爲這關係到人的政治生命，茅盾總是堅持自己寫書面材料，他實事求是，字斟句酌。還「詳細記載了來外調者的情形」，「以防萬一有人篡改他寫的證明材料而加害被調查的對象時，他能有案可查。」也許正是這些歷史往事的調查，打開了他「塵封已久的記憶的閘門」，使他「萌發了寫回憶錄的意念」。〔註14〕

1971 年 9 月 13 日林彪叛逃摔死後，12 月開始批林運動。其批判調子的變化，使茅盾更感到「文革」的複雜性。開始批林彪的「左」，後改爲批林彪的「形左實右」，上層鬥爭並未因林彪的死有什麼改觀。他十分歎道：「積重難返啊！」這感慨與憂慮，明顯地反映在 1972 年春他寫的七絕《偶成》中：「蟬蜩餐露非高潔，螳螂轉丸豈貪癡？由來物性難理說，有不爲焉有爲之。」是年夏他又在半闋《西江月》中寫道：「誰見雪中送炭？萬般錦上添花。朝三暮四莫驚嘩，『辯證』用之有法。」〔註15〕這兩首詩詞，是茅盾最早對「文革」

〔註13〕韋韜、陳小曼：《父親茅盾的晚年》第40～41頁。
〔註14〕韋韜、陳小曼：《父親茅盾的晚年》第42～43頁。
〔註15〕《茅盾全集》第 10 卷第 438 頁，440 頁。

種種做法和林彪、「四人幫」等陰謀家、野心家的形諸文字的蔑視和嘲諷。歷史要如此運動，個人又能奈何？茅盾身處艱險，只能詩書自慰，以避艱險，而待天晴。

他一向注意觀察國內外形勢。特別是通過大「參考」〔註16〕了解國際要聞，這時不僅不給他看大「參考」，連小「參考」即《參考消息》也不讓他訂了。幸好在部隊工作的韋韜訂有一份。此外還能給他搞些內部材料。他還通過新聞聯播和讀報，密切關注形勢的發展。他每天「閱報、內部刊物等等」約「占數小時」。〔註17〕

「批林批孔」運動剛開始，他尚未諳堂奧。他盯著讀《人民日報》、《光明日報》、《紅旗》上的大量文章。〔註18〕又「找來有關的書籍和資料仔細閱讀」。他是以「打倒孔家店」爲口號的「五四」運動闖將。對批孔，開始時他仍從表面理解。他「認爲當年的『反孔』並不徹底，很需要補課」。〔註19〕他在致宋謀瑒信中答覆對方的問題時寫道:「趙紀彬的《關於孔子誅少正卯問題》有大字本，我也讀過，並不感到來信所說的『過分的咬文嚼字』，也不同意您對此書的評價。他的論點，基本上同於楊榮國教授;他說『少正卯所代表的商賈』、『小人』階層的利益，與孔子爲奴隸主貴族世襲統治的『君子』維新（改良）立場，正相對立，……」但到「1974年變成了『批林批孔』，之後，他開始產生了懷疑。他發現學術批評愈來愈變成政治批判，有些文章更是露骨的隱射與政治攻訐」。他對兒媳陳小曼說:「毛主席去年提出要批孔，要重新評價秦始皇，要研究中國歷史上的儒法鬥爭，這都是很有意義的，毛主席批評郭老的《十批判書》不是好文章，我也找來讀過。學術上的不同觀點，只有經過爭論，才能更接近眞理。可從今年起，把批判孔子與批判林彪聯繫起來，就有點走樣了，好像所有我們要批判的人和事，都與孔夫子有關係，這就太絕對了。我想毛主席的本意也不該是這樣的。」茅盾後來才知道，「毛主席提出批孔的本意」是希望「從根本上來解決廣大幹部對『文化大革命』不理解的思想問題」。而江青一夥則另有圖謀:「利用『批林批孔』大搞影射史學，大批當代大儒，企圖打倒周總理，自己取而代之。」〔註20〕

〔註16〕新華社編當時控制極嚴的《參考資料》。
〔註17〕1973年12月6日《致宋謀瑒》，《茅盾全集》第37卷第195頁。
〔註18〕1974年1月28日《致朱棠》。
〔註19〕韋韜、陳小曼:《父親茅盾的晚年》第156頁。
〔註20〕韋韜、陳小曼:《父親茅盾的晚年》第156～157頁。

　　「四人幫」在全國掀起的「評《紅》」運動，茅盾也很關注，並在信中與人論及。但他和「批孔」中上述議論類似，取純學術角度。他照應「文革」前寫《關於曹雪芹》時所閱諸書；談到吳世昌 1961 年在倫敦出版的英文版《紅樓夢探源》時說：此書「共五卷，三百五十餘面，洋洋巨著，通英文者亦望之生畏，昔年我曾通讀一遍，曾建議吳氏譯爲漢文出版」。他又談到「吳恩裕的新發見在《文物》發表後，反響甚多，《文物》編輯部擇其中正反兩稿列印寄示，即陳、劉之『辨僞』與行餘之『初探』，而『初探』實爲反駁『辨僞』者。鄙見以爲既有不同意見，自應同時公世，展開論爭」。〔註21〕這和上文他論及「批孔」的看法同樣，都是以平常心作學術探討的。全不涉及「批孔」與「批周公」掛鉤意在打倒周總理，「評《紅》」意在強調《紅樓夢》寫的是一部階級鬥爭史，借古諷今，亦另有政治圖謀。韋韜解釋其原因是：「爸爸在回信中只好含糊其辭地表個態，但絕不發表議論，因爲，萬一信落入歹人之手，就會給收信人帶來麻煩。當然學術性的議論除外。」如在信中給宋謀瑒答疑時筆就很放得開。涉及到時人很多魯迅研究的文章。也批評存在的問題。如批評當時魯迅研究的風氣：「將魯迅片言隻語都認爲有極大政治含義，亦似太偏；魯迅曾說一個人不能一天到晚，一言一語都是政治，也有玩笑酬酢。」他表示楊霽雲是「深知魯迅者」，「楊氏釋魯迅詩十數事」，「都是實事求是，不作驚人之語，是可貴的。」〔註 22〕有時他對某一話題有興趣，答問就成了相當深入的讀書心得之學術探討。他不同意宋謀瑒把明代詩人吳梅村估計太高，其釋詩亦有偏頗。

　　茅盾藏書甚豐，有自購的；有出版社贈送的，以文藝、哲學、歷史爲多。1974 年底茅盾由文化部小樓遷到交道口南大街後圓恩寺胡同 13 號（即今之「茅盾故居」）後，寓所擴大了，他本來有條件把藏書徹底整一整，因爲他「喜歡看雜書，中國古典文學、中外歷史、外國文學，什麼都想吞下肚去」。但書實在太多，家人又都上班，「只請了一星期假，把二十四史、十三經、子部、集部的」常用書「歸在一處」，把「馬列主義書，中、外文的」必讀書「歸在一處，已占大書櫥七八個」了！〔註23〕他把一般的書置於兩處廂房的圖書室，《四部備要》、《十三經注疏》、《類說》等常翻的書，置於書房正屋五個高書櫥中，

〔註21〕1973 年 12 月 6 日《致宋謀瑒》，《茅盾全集》第 37 卷第 196 頁。
〔註22〕《茅盾全集》第 37 卷第 196～197 頁。
〔註23〕1975 年 5 月 20 日《致宋謀瑒》，《茅盾全集》第 37 卷第 415 頁。

他特別喜愛的《稼軒詞編年箋注》等，則置於案頭櫃。〔註 24〕這時他一目半盲，另一目只 0.3 的視力。「五號字竟看不清楚」，只得靠放大鏡。但仍經常「讀大字本的馬列書籍」。「新華書店內部發行的有關國際政治人物的回憶錄或傳記，大字本，但因其有興味，便要一口氣看完」，竟違背了醫生關於「用目半小時即宜休息半小時業戒」。

然而正所謂江山易改，秉性難移。即便「文革」賦閑，詩書自慰以避艱險，茅盾仍難脫其讀書與研究、評論政局相結合，讀書與寫評論文學作品的任務相結合的積習。因為這是茅盾讀書生涯幾十年形成的頗為個性化的特徵。

如 1973 年 4 月寫的《讀吳恩裕〈曹雪芹佚著及其傳記材料的發現〉》。〔註 25〕吳恩裕是北京政法學院的政治學、法學教授和著名紅學家。詩曰：「浩氣真才耀晚年，曹侯身世展新篇；自稱廢藝非謙遜，鄙薄時文空纖妍。莫怪愛憎今昔異，只緣頓悟後勝前；懋齋記盛雖殘缺，已證人生觀變遷。」這首詩主要讚頌曹雪芹；對吳恩裕的發現與考證闡論使人對曹雪芹有新認識；此詩也不著一字地予以稱讚。不過，若聯繫「文革」導致動亂，人民苦不堪言的時代背景，不論茅盾主體意識如何，此詩的張力，足能令讀者感到似有弦外之音；產生了作品思想大於作家思想的接受美學效果。

又如 1973 年夏寫的《讀〈稼軒集〉》。〔註 26〕此七言律詩原題《詠史》；同年 12 月題贈黎丁。1974 年作了修改，題目也改為《讀〈稼軒集〉》：「浮沉湖海詞千首，老去牢騷豈偶然。漫憶縱橫穿敵壘，劇〔註 27〕憐容與過江船。美芹蓋謀空傳世，京口壯猷僅匝年。〔註 28〕擾擾魚蝦豪傑盡，放翁同甫共嬋娟。」辛棄疾既是蓋世詞人，又是抗金武將。他的《美芹十論》是呈給皇上的分析抗金形勢，力陳抗金北伐方略的奏章。辛棄疾雖曾一度馳騁沙場，斬將克敵，但最終還是被投降派排斥打擊，遭昏王抨棄！壯志未酬，抑鬱而死！茅盾此詩，對辛棄疾悲壯的一生，作了精闢概括與中肯評價。但此詩詠史諷時，兩相契合，實際是借他人之酒杯，澆自己的塊壘。茅盾不僅謳歌了辛棄疾「愛國主義的戰鬥激情」與「壯志未酬」的悲劇命運；而且抒發了「文革」浩劫中自己所具的是與辛棄疾同樣沉痛、憤懣的悲滄心情。茅盾「曾把這首

〔註 24〕韋韜、陳小曼：《父親茅盾的晚年》第 180 頁、108 頁。
〔註 25〕《茅盾全集》第 10 卷第 441 頁。
〔註 26〕《茅盾全集》第 10 卷第 442 頁。
〔註 27〕初稿是「卻」，後改為「劇」。
〔註 28〕此兩句初稿為「美芹十論空傳世，京口壯猷但隔年」。

詩題贈給許多朋友」，除最早獲此墨寶的黎丁外，還有田間、陳沂、臧克家、陳學昭、駱賓基等。「由於詩中坦率地流露了對『文革』現實的不滿，朋友們擔心流傳開去會『給茅盾』帶來麻煩，都珍藏起來，不輕易示人。」〔註 29〕除非是可靠的摯友。但讀此詩並引起的共鳴者，範圍極廣。著名詩人馮至在臧克家處看到此茅盾題贈的條幅，感到：此「詩的確好，既概括了辛稼軒的一生的遭遇，也抒發了作者當時鬱結的心情，我反覆吟味，覺得能與魯迅的幾首名詩相媲美」。〔註 30〕

　　寫於 1974 年冬的《讀〈臨川集〉》，〔註 31〕初稿題為《讀臨川集感賦古風一首》，曾書贈給老友常任俠。〔註 32〕全詩是：「天變不足畏，祖宗不足法，人言不足恤。荊公名言，震撼孔孟道統，犬儒聞之皆戰慄。得君之專如神宗，禦外侮，抑兼併，蘇民困，強兵富國公有術。新政雷厲而風行，勛戚、權貴、豪強、儒臣、師友聯臂交詬詈。萬般阻力如山嶽，公自夷然終不屈。天下嘩傳拗相公，相公十載心力竭。成敗由來因素多，相公左右無良弼。公亦有言：僞風易悅楚，眞龍反驚葉。嗚呼眞龍未窺相公庭，僞風翱翔逞詭譎。相公事未竟全功，遂令後儒淆亂黑白競曉舌。祇今唯物史觀剖幽微，千年積毀一時雪。」《臨川集》是北宋大政治家與被稱為「唐宋八大家」之一的文學家王安石的詩文合集。因原籍係撫州臨川（今江西省撫州市）以名。「王安石變法」是最重大的歷史事件之一。但也因觸動「勛戚、權貴、豪強、儒臣」的利益，故受其抵制而兩度罷相，「未竟全功。」茅盾以雜五言、七言為一爐的長短句這一比較自由的詩歌形式，夾敘夾議，對王安石的歷史功績與德性，給予高度評價。對惡勢力及其「淆亂黑白競曉舌」陷害忠良的惡風，給以無情的鞭撻。此詩的主旨與現實意義，也許就是林煥平所說：「在『文化大革命』形勢最險惡的時候，」「萬惡的『四人幫』發動批林批孔，評法批儒，實質是借古諷今，攻擊總理。茅盾在這裡是『以子之矛，攻子之盾』。他寫的是王安石，難道只是王安石？明眼人一看就會領悟作者意之所指。既寫《讀〈稼軒集〉》於前，又寫《讀〈臨川集〉》於後，這豈是徒然的感慨嗎？」〔註 33〕「千年積毀一時雪」，茅盾寄希望於歷史，相信依靠「唯物史觀剖幽微」，一定能把被

〔註 29〕　韋韜、陳小曼：《父親茅盾的晚年》第 108 頁。

〔註 30〕　馮至：《無形中受到的教益》，《憶茅公》第 195 頁。

〔註 31〕　《茅盾全集》第 10 卷第 447 頁。

〔註 32〕　常任俠：《我和茅盾先生的交往》，《憶茅公》第 280 頁。

〔註 33〕　林煥平：《簡論茅盾晚年的詩詞》，1982 年 3 月 11 日《人民日報》。

林彪、「四人幫」顛倒了的歷史，再重新顛倒過來！

　　茅盾作古體詩，不單是讀書誌感，這與他的政治環境逐漸改變，朋友之間來往漸多有關。和他來往最多、最密切的是詩人臧克家，當時舊體詩詞是較少風險的一種形式，他們談的、寫的，最多的就是古詩。臧克家和茅盾的表弟陳渝清，常常寄近作或抄寄別人的詩給茅盾。茅盾和臧克家信中多次討論過讀程光銳、胡繩、馮至、張畢來的詩作的感受。茅盾也評臧克家的詩：「尊作三首，均拜讀；詩以寫懷，本貴天籟，鏤章琢句，已落下乘。據此以論，尊詩固不失天然風韻，勝於徐娘半面也。」〔註34〕他還向臧克家暢談過這樣的詩識：「竊謂清末民元以至解放，詩人如林，然可當此時代之殿軍，將垂不朽者，推亞子先生為第一人。毛主席與亞子先生信，有『尊詩概當以慷，卑視陳亮陸游，讀之使人感發興起』云云」，「此為定評。」〔註35〕

　　在茅盾一生，讀史論詩，引發詩興作古體詩，共有兩次。一次是抗戰當中住在桂林時期；一次是「文革」這一時期。兩次都是身居危難之中。魯迅曾論及「憂忿出詩人」。這確是藝術規律的揭櫫。

審讀評點《李自成》

　　茅盾實在太忙，平時很少和家人閒談。「文革」賦閑，1973 年下半年所謂「叛徒」問題已經排除，他的心情開朗，跟家人閒談漸多。韋韜見「爸爸談論文學創作時那種眉飛色舞的樣子」，就勸父親「重操舊業」。茅盾接受了兒子的建議，父子商議：現實題材不好寫，最後決定續寫以前的未竟之作。這就是續寫長篇《霜葉紅似二月花》的緣由。續寫工作約占了 1974 年半年的時間。準備工作剛剛開始，胡德培從四川來信，說成都流傳著茅盾裝病在家偷偷寫「反黨小說」，要待身後，方肯問世的謠言。茅盾把信念給兒子聽，「縱聲笑道：『我還沒有動筆，謠言就先造出來了！這樣一來，我倒要認真對待續寫《霜葉紅似二月花》的事了，一定要把它寫好！』」〔註36〕他仍按舊習慣，在重讀已成部分，熟悉舊作的人物、情節、細節、線索的基礎上，先寫續書的故事梗概和分章大綱。茅盾在《我走過的道路》中說：此書「預計分三部，第一部寫『五四』前後，第二部寫北伐戰爭，第三部寫大革命失

〔註34〕1974 年 9 月 8 日《致臧克家》，《茅盾全集》第 37 卷第 301 頁。
〔註35〕1974 年 10 月 5 日《致臧克家》，《茅盾全集》第 37 卷第 305～306 頁。
〔註36〕韋韜、陳小曼：《父親茅盾的晚年》第 124 頁，122 頁。

敗以後」。〔註37〕

　　然而此書終於未能續完。除遷居、親戚來長住等干擾外，根本原因怕是如韋韜所說：「上篇和續篇寫作時間相隔太久——三十多年，要找回當年創作上篇時的激情相當困難。」茅盾又特別「嚴肅認真，他認爲續篇必須保持上篇風格，前後必須渾然一體」，故「不想急於求成，凡有其他事要辦，總是把續寫的事擱下」。〔註38〕「文革」結束後，他又太忙，接著身體又不允許。再加上集中力量寫回憶錄，終於未能續完《霜葉紅似二月花》，造成茅盾「死不瞑目」的遺憾。這也是中國現代文學史上之重大損失！

　　茅盾「文革」十年讀書生涯中最認真執著的一件事，是審讀評點姚雪垠的長篇巨著《李自成》第二卷。姚雪垠走上文壇居馳名地位，最早是得力於茅盾辦《文藝陣地》推出他的《差半車麥秸》。此後茅盾又多次評論過他的作品。因此姚雪垠對茅盾懷有恩師與知音之情。1957 年反右鬥爭中，姚雪垠被誤傷。雖身處逆境，卻寫成了《李自成》第一卷。於 1963 年出版。「文革」中他又完成第二卷初稿。1974 年 7 月 10 日、27 日，9 月 1 日和 6 日，姚雪垠先後四次致信茅盾。除抄奉七律多首外，表示將奉上《李自成》的「內容梗概」，請茅盾審讀。茅盾於 7 月 17 日、8 月 13 日連覆兩信表示祝賀。10 月 7 日信中表示接受姚雪垠的請求，「渴望一讀。」據《茅盾全集》第 36～38 卷所收書信統計，自 1974 年 7 月 17 日始，到 1980 年 1 月 19 日終，茅盾共給姚雪垠寫了 36 封信，其中 33 封主要是就《李自成》全書及第二卷初稿提出意見，並就此書出版問題、改編電影問題和社會反響問題發表意見。10 月 12 日收到姚雪垠寄的「內容梗概」油印稿，和中國青年出版社送來的《李自成》第一卷上、下冊，茅盾立即先讀第一卷以求瞭解全貌，10 月 29 日覆姚雪垠信中說：「連日已讀上冊，甚興奮，若非目疾，少讀輒止，則當已讀完全卷。擬讀完第一卷後再讀油印梗概，當以鄙見奉告。」信畢又談及讀第一卷印象：「寫潼關之戰，脫盡《三國演義》、《水滸》之傳統寫法，疏密相間，呼應靈活，甚佩甚佩。」〔註39〕11 月 12 日茅盾告訴姚雪垠：「《概要》已讀完，第一卷上下冊亦均讀過。」〔註40〕12 月約 3 日至 23 日〔註41〕茅盾在信中談了七點意見：

〔註37〕《茅盾全集》第 35 卷第 461 頁。
〔註38〕韋韜、陳小曼：《父親茅盾的晚年》第 127 頁。
〔註39〕《茅盾全集》第 37 卷第 320 頁。
〔註40〕《茅盾全集》第 37 卷第 324 頁。
〔註41〕茅盾信中有「七、（寫到此處，忽因遷居擱筆……匆匆即逾兩旬，今諸事稍定，

一、第一卷的開端從清兵「剿匪」寫起，此前農民起義過程「隨時點補，這樣的剪裁是極妙的」。寫崇禎之第一筆（重用盧象昇）「十分有力」，「寫盧出師」即進入李自成本傳，「這個筆力也是驚人的。」二、第一卷中寫戰爭不落《三國演義》等書的舊套，是拿當時客觀現實的藝術加工，這是此書的獨創特點。三、肯定人物描寫眾多，但各具個性，寫法也不同。茅盾尤其欣賞寫反面人物盧象昇死於抵抗外族侵略，寫其犧牲壯烈，獨具見地。茅盾還用清初詩人吳梅村之詩《雁門尚書行》、《臨江參軍》描寫之短相比，以見姚雪垠之長。四、刪削方面因健忘，提不具體意見。五、寫人物對話見人而異，「合情合理，多樣化。」六、史實描寫，面對「各家的紛紜歧見，有取有捨，卻有制斷」，「難能可貴。」七、李自成「反儒反孔」一面，可「正面點出」。「以後逐章加濃。李自成內部矛盾之尖銳化與深化，似乎也可拉扯上儒法鬥爭。」〔註42〕

　　關於第七條即儒法鬥爭與《李自成》第二卷的思想貫串線，是茅盾就第二卷寫作所提意見中比較重要的一點。由此可看出茅盾讀歷史研究儒法鬥爭史形成的史識，與研究「文革」中批儒評法之現實鬥爭形成的史識，以及二者交織運用於《李自成》中的狀況。1975 年元月 6 日致姚雪垠信中茅盾作出相當系統的論述：他說姚雪垠「來函論及李自成雖是我國歷史上農民革命之傑出人物，但仍有其歷史侷限性，至爲精審。歷史上由農民起義而成統一之業者如劉邦、朱元璋，當其掃定乾坤之時固然重法輕儒，但既做了封建地主階級的至尊，就要利用儒家以求子孫萬世不替」。茅盾接著系統論述了秦、漢、唐、宋儒法鬥爭在各個歷史階段之特點，及法家至宋，雖批孔「而路線不明，政綱不具體」，仍不能作爲資產階級思想意識的先驅。「宋之市民階級亦終不能進而爲中國的資產階級」。然後茅盾指出：「大作最後一卷將寫到李岩鞏固河洛作爲後方之謀如果實現，則長江以南的商業資本主義將得到進一步發展，而中國封建社會內孕育的資產階級萌芽將能茁壯成長，──此雖屬推論，亦理所當然也。李爾重同志從前評第一卷已伏李自成失敗的一個原因：『問道於孔孟，求教於牛金星』，此語一針見血。你將修改第一卷，鄙意以爲這根伏線仍當保存，因爲李自成不可能像劉邦那樣自覺地輕儒重法也。」茅盾接著論證了爲什麼在此問題上劉、李有別。之後，又特別指出：「但歷

　　　始能續寫）」字樣。
〔註42〕《茅盾全集》第 37 卷第 335～337 頁。

史人物的性格是複雜的，其發展過程也是複雜而曲折的，因而我以爲第一卷中雖寫了『問道於孔孟，求教於牛金星』，仍然可以寫李自成有其反孔、儒的法家思想及其措施。歷史上農民起義領袖之所以能號召廣大農民，就在於反孔、反儒，因爲自東漢黃巾以來，確是都從實踐中看出封建皇帝鎮壓農民、麻醉農民的法寶是孔孟之道，所以要號召廣大農民起義就得抬出反孔的大旗；至於黃巾及其以後的起義英雄多半失敗，原因非一。尊論李自成之失策爲不聽李岩之計先定河洛，以鞏固後方，而李自成對於清兵的威懾又輕心掉之，──這個結論，我以爲是站得住的。您想把李岩主要寫成外儒內法，這是對的。而同時他也有歷史的侷限性，不可能是一個徹底、堅決的法家。」〔註43〕1975 年 7 月 1 日茅盾就此問題進一步提醒姚雪垠：「先秦的儒法鬥爭，儒家確是倒退」到「行將消滅的奴隸制」，法家則支持「新興的封建地主進入歷史的政治舞臺」；但「漢武以後的儒法鬥爭」，「是在支持封建制度的大前提下的封建階級的內部鬥爭。」他還建議，雖然史料中李自成「沒有過反孔的政策和措施，倒是相反的資料不少」。茅盾仍主張「也不妨像《蜀碧》所記張獻忠在四川考秀才那樣的故事，虛構李自成殺了幾個反抗他、誹謗他的號召（口號）的儒生；在殺呂維琪這件事要突出李自成的作用」。〔註44〕他還在致臧克家信中談及此問題，他說：「時代限制，階級限制，歷史上批孔崇法之古人，大抵如此，不能苛求也。」〔註45〕此兩信都舉王安石、李卓吾等爲例。今天看來，茅盾關於李自成等農民起義領袖與儒法鬥爭之關係的看法，大體上還是對的。而且有超越前人的新見。但把儒法鬥爭與農民起義之關係看得過於密切，過於吃重。事實上他們起義之初，限於全力投入武裝鬥爭並奪取政權，不可能實際上也不是把重點置於安邦定國；也限於文化程度低下，他們是不可能這麼看重批儒尊法，並與其保持如此密切之關係的。不能不說在「文革」「批儒評法」環境中，茅盾和姚雪垠都不同程度地受其影響。茅盾「時代限制」之說，顯然也適用於他們自己！

茅盾另一個重要意見，是關於章節結構的。他主張：「原來全書五卷的格局可以拋棄」，將「新擬的單元格局也拆散，全書只有『章』，共若干章，分冊出版」。「每章擬一個對聯作爲每章內容的提要，此即章目，仿舊章回體

〔註43〕《茅盾全集》第 37 卷第 350～351 頁。
〔註44〕《茅盾全集》第 37 卷第 450～451 頁。
〔註45〕《茅盾全集》第 37 卷第 410 頁。

之回目。舉例：宋獻策開封救友爲一章，擬目爲『相國寺劉體純賣解，禹王台李伯言塡詞』。」「章各有目，那就更便於讀者的翻檢。」「用對聯作章目」，「對聯可長可短，每聯格式可以變化多端，例如，配合內容如果聯語要莊嚴，可用四字句兩句爲一聯，共八句爲一對。如果要跌宕，可用三、七的格式。」〔註46〕後來知道姚雪垠寫第一卷就曾想分章回且有擬目。「後又燒掉，是想擺脫舊傳統」。茅盾以爲，「舊傳統不妨以『古爲今用』的方法而化爲神奇。回目的造句格式是舊傳統，屬於形式方面的；但回目的內容，可出奇致勝，不落窠臼。」他以魯迅的《僞自由書》、《准風月談》、《補天》、《出關》、《理水》爲例證之。爲減少回目「繁瑣」，茅盾主張并章以減回目。〔註47〕

　　後來姚雪垠參考茅盾意見寫完第二卷初稿。1975 年 3 月寄來第一批列印稿。之後又陸續寄。其結構採取的仍是「單元」結構。修改之後正式出版時，才按茅盾的意見撤去「單元」，只分章節。但仍無回目。後來第三卷雖分章，但書前列出以單元統率分章的目錄。3 月茅盾病了一場。4 月中國青年出版社把初稿各單元列印稿送齊。茅盾隨接到隨審讀，隨以單元爲單位寫出意見。整個 5 月份，茅盾「大部分精力是用來看姚雪垠的《李自成》第二卷原稿」。〔註48〕6 月 18 日寄給姚雪垠的意見，是 6 月 7 日寫的《關於〈商洛壯歌〉》、6 月 12 日寫的《關於分卷分章問題》、6 月 17 日寫的《關於〈宋獻策開封救金星〉》、《關於〈楊嗣昌出京督師〉》、《關於〈離間左良玉〉》、6 月 20 日寄的是於 6 月寫的《關於〈李自成突圍到鄂西〉》、6 月 20 日寫的《關於〈紫禁城內外〉》、《關於〈闖王星馳入河南〉》。7 月 1 日隨信寄去 6 月 21 日寫的《關於〈李岩起義〉》、6 月 21 日寫的《關於〈伏牛冬日〉》、《關於〈河洛風雲〉》。至此第二卷閱畢。共寫意見 11 則。再加上在信中所提的許多意見，幾乎涉及全書寫作的全部大的方面的問題。主要的態度是肯定。如《關於〈商洛壯歌〉》所提的第一條意見，是「整個單元十五章，大起大落，波瀾壯闊，有波譎雲詭之妙；而節奏變化，時而金戈鐵馬，雷震霆擊，時而風管鷗弦，光風霽月；緊張殺伐之際，又常插入抒情短曲，雖著墨甚少而搖曳多姿。開頭兩章爲此後十一章之驚濤駭浪文字徐徐展開全貌，有山雨欲來風滿樓之勢。最後兩章則爲結束本單元，開拓下單元，行文如曼歌緩舞，餘韻繞梁，

〔註46〕《茅盾全集》第 37 卷第 431～432 頁。

〔註47〕1975 年 8 月 14 日《致姚雪垠》，《茅盾全集》第 38 卷第 19 頁。

〔註48〕韋韜、陳小曼：《父親茅盾的晚年》第 187 頁。

耐人尋味」。〔註49〕也有批評和建議。如仍是談此單元的第四條意見：「第一章大段對話很多，這些對話有的說明情況，有的回敘過去，文氣因此鬆弛，讀之有沉悶之感。建議：這些對話太長的應求文字精簡，或者，有些帶有回敘性質的，不如另行改為正面的回敘，文字也求精簡。」〔註50〕8 月 14 日茅盾致函就第二卷的總體佈局、再修改及體例等問題發表了綜論性的意見。〔註51〕因為第二卷出版受阻，姚雪垠曾致信毛澤東。毛澤東批示：應予支持。茅盾於 11 月 9 日上午致信姚雪垠：告知「人民文學出版社奉中央指示，派韋君宜等二人將於今日飛武漢，就《李自成》出版事宜與兄商談。為此我真為兄高興」。此信寫完尚未發出，就接姚雪垠七日信。茅盾又於信尾加寫道：「知您已知主席批語，及江曉天即將去武漢等等。但我所說韋君宜是人民文學出版社的。」「我於 10 月 23 日信中曾戲言出版社將搶奪此書，今果然。」〔註52〕12 月 19 日、29 日又連致姚雪垠兩信，就前言內容與寫法以及將來搬上銀幕問題發表意見。

從 1974 年茅盾寫第一封信到 1978 年發表了長篇論文《關於長篇小說〈李自成〉》，在長達三年半的時間裡，從對《李自成》第一卷提出意見始，又對第二卷的構思與寫法，對第二卷的初稿，前言的寫法，第二卷的出版，第三卷及其後各卷的寫作等等，茅盾傾注了全部熱情和心血，給予姚雪垠以毫無保留的支持、幫助與指導。這些意見既對全書框架與構思作了總體論述、分析，又是一個個細部的品味與評論。茅盾對全書的人物塑造，特別是李自成、高夫人、崇禎皇帝、劉宗敏等人物的塑造，給予充分肯定，對姚雪垠採用的由遠而近、由淺入深的寫人物方法，對橫斷關山、一張一弛、節奏性很強的結構佈局、情節組接方法、人物語言既符合歷史真實又符合個性等長處，都給予充分的肯定。指出不足時，又常常附以修改建議。他在《關於長篇小說〈李自成〉》〔註53〕這一長篇論文中，對全書作了總體評價。由於卷帙浩繁，茅盾不肯採用平均使用力氣的笨辦法，而是抓住《潼關南原大戰》、《商洛壯歌》兩大戰役之寫義軍、《紫禁城內外》之寫宮廷鬥爭與塑造崇禎形象等大單元的剖析，舉重若輕地把長達五卷的總體構思，一、二兩卷的具體成就，其

〔註49〕 《茅盾全集》第 37 卷第 429 頁。
〔註50〕 《茅盾全集》第 37 卷第 430 頁。
〔註51〕 《茅盾全集》第 38 卷第 18～19 頁。
〔註52〕 《茅盾全集》第 38 卷第 38～39 頁。
〔註53〕 刊 1978 年《文學評論》第 2 期，《茅盾全集》第 27 卷。

全書的思想藝術貢獻與精華所在等等，均總覽無遺。

　　茅盾很讚賞姚雪垠這種既尊重歷史真實，又敢於在不違背歷史真實前提下大膽虛構的態度。讚賞他爲此廣搜博取，取精用宏，既重文獻考釋，又重自然的社會的環境的實地考察與追尋的認真態度。他認爲「寫歷史小說而如此認真者，我看尚無第二人」。茅盾特別讚賞姚雪垠嚴謹紮實的作風：肯做「艱巨而細緻的創作準備工作，至少是熟讀了晚明史，查閱了大量的野史、文集、地方誌，勾稽史料，才能如此真切鮮明地把晚明的政治動蕩、社會風貌呈現在我們面前。這一切又是在作家遭受巨大的委屈，在冷漠和孤獨的環境中完成的。這種堅忍不拔的精神，深深感動了」茅盾。他認爲，這「正是中國絕大多數作家在『文革』逆境中所堅持的精神，它繼承了中國作家光榮的「五四」革命傳統」。自己「先睹爲快，而能給作者奉獻一些意見」，是「責無旁貸的事」。〔註54〕

　　1977年3月15日茅盾針對姚雪垠怕寫完《李自成》第五卷後不能完成另一寫太平天國的歷史長篇《天京悲劇》的悲觀情緒，寫信鼓勵道：「兄雖滿頭白髮，但精力甚旺，何愁不能完成《李自成》繼而完成《天京悲劇》也。」信末茅盾步姚雪垠《春節感懷》韻和詩一首：「壯志豪情未易摧，文壇飛將又來回。頻年考史撥迷霧，長日揮毫起迅雷。錦繡羅胸仍待織，無情歲月莫相催。高齡百廿君猶半，賀酒料應過兩台。」〔註55〕

　　茅盾讀《李自成》的札記與書信是繼《讀書雜記》形式創造之後所創造的又一新的評論形式；是對民族傳統「評點」批評的繼承與發展。他評《李自成》這部歷史小說，是以自己的《關於歷史和歷史劇》這一長篇理論建樹爲基礎，在文學批評上的又一新建樹。

　　姚雪垠在《爲紀念茅盾先生誕生一百周年而作》的長文中說：「我是他所親手培養的作家之一。」可以說是「少作虛邀賀鑒賞，暮琴幸獲子期心」；「他給我的信很多，往往決定我的猶豫。有時又在《李自成》之外，泛論古今。」「所以我將他看作恩師和知音。」〔註56〕我們把茅盾與姚雪垠關於《李自成》的一大批通信對照著閱讀，很容易進入兩位老作家以形象思維爲主，以邏輯思維爲輔，從歷史到現實，從生活到創作，從創作構思寫作過程到成書到評

〔註54〕韋韜、陳小曼：《父親茅盾的晚年》第187～188頁。
〔註55〕《茅盾全集》第38卷第128頁。
〔註56〕《茅盾和我》第41頁，39頁。「少作」指茅盾當年發表其《差半車麥秸》又給予褒揚。「暮琴」指長篇《李自成》。

論再到如何對待社會反響，相互切磋的全過程。從中可以窺見：大作家從事創作，大理論家從事批評的許多堂奧；也讓我們目睹兩位大師之間以事業爲重，共同合作，親密無間的深厚友情。

　　這是中國現當代文學史上的一段動人的佳話！

第十章　鞠躬盡瘁　死而後已

撥亂反正扶新苗

　　1975 年 1 月 8 日至 18 日，茅盾參加了第四屆全國人民代表大會，並且是大會主席團成員。5 月間胡愈之向他講了聽到的毛澤東批評「四人幫」的消息。不久，「四人幫」批判電影《創業》，受到毛主席批評，以及毛主席關於「黨的文藝政策要調整」的指示等事已經公開。茅盾對《創業》當然持肯定態度；也擁護調整文藝政策的指示。但他分析：「毛主席雖然提出要調整黨的文藝政策，但是並沒有把『四人幫』從他們盤踞的輿論陣地上請下來。這是一個徵兆。所以還不能高興得太早。」後來「四人幫」批判《海霞》，製造「陶鈍事件」，炮製寫「與走資派鬥爭」的影片《春苗》，特別是發動「評《水滸》」運動，藉以污蔑鄧小平「架空毛主席」等事件接連發生。這些證實了茅盾的上述判斷是基本正確的。茅盾對家人說：「鄧小平抓全國各條戰線的整頓，很有起色」，「可是他始終未能把輿論工具掌握起來，這就形成「你抓你的整頓，我批我的『宋江』」。「毛主席對江青的批評都是屬於思想品德方面的，並沒有政治性的。」「只說她有野心，並沒有說她是走資派或反對文化大革命呀！」後來又把鄧小平制定的《論全黨全國各項工作的總綱》拿出來公開批判。茅盾就把全部形勢徹底研究透了。他心裡清楚：鄧小平提倡和堅持的，正是人們多年嚮往的；他所反對的，又正是人們深惡痛絕而又不敢明說的。

　　茅盾發表對《總綱》的讀後感道：「現在明白了，毛主席一定以為這份『總綱』假如貫徹下去，就會徹底否定『文化大革命』，這在他是絕對不能允許的。

所以他說有人要算『文化大革命』的帳，並且把它提到路線鬥爭的高度。在他看來，江青的錯誤和鄧小平的『錯誤』相比較，江青只是『小巫』。」幾個月後茅盾看到傳抄的毛澤東關於「我一生幹了兩件事」〔註1〕的那份談話。茅盾分析道：「這份材料不像是假的，遣詞用字都有毛主席的風格，也符合毛主席的思想邏輯。不過話語中的憂患情緒是毛主席少有的，這篇談話倒像是一篇遺囑。他要堅持文化大革命，可又看到他能依賴的只是江青這樣的人，所以只好說『只有天知道』了！」〔註2〕

這一切分析判斷，都閃爍著政治家般深湛的智慧光芒！

1976 年 1 月 8 日周總理溘然謝世！茅盾悲痛萬分。他 10 日赴北京醫院向遺體告別。15 日赴人民大會堂參加追悼大會。當晚賦挽詩二首。其一：「萬眾號咷哲人萎，競傳舉世頌功勳。靈前慟極神思亂，揮淚難成哀挽文。」其二：「衣冠劍佩今何在？偉績豐功萬古存。錦繡江山添異彩，骨灰撒處見忠魂。」12 月 21 日茅盾寫了回憶錄《敬愛的周總理給予我的教誨的片斷回憶》。後來在 1977 年總理逝世一周年時，茅盾還寫了《敬愛的周總理永垂不朽》。〔註3〕

1976 年 4 月 4 日清明節，茅盾對天安門廣場上「以工人為主體的群眾自發的悼念活動讚歎不已，他認為『文革』以來總是學生在前頭帶頭『衝殺』，而這一次是工人階級走在了前面，這是個十分重要的信號」。他自己年邁多病，不能親自去天安門，就讓家人去看後回來描述那壯烈的情景。讀了抄來的那些詩詞，茅盾讚道：「這才真正是人民大眾的詩歌，不圖詩藻的華麗，但求情感之真實。」有一首題為《向總理請示》的詩曰：「黃浦江上有座橋，江橋腐朽已動搖。江橋搖，眼看要垮掉，請指示，是拆還是燒？」茅盾邊讀邊開懷大笑道：「別看這些普通老百姓不是理論家，也不是筆桿子，卻懂得鬥爭的策略，很機智也很有幽默感。前幾年江青他們搞影射史學，想不到普通老百姓也學會了，並且『以其人之道，還治其人之身』。」〔註4〕

不久接連發生「血洗天安門」和鄧小平再次被打倒等事件。在茅盾家中，繼弟媳張琴秋「文革」受迫害而死後，姪女瑪婭在「追查天安門事件介入者」

〔註1〕 指實現了民主革命和發動了「文化大革命」。

〔註2〕 韋韜、陳小曼：《父親茅盾的晚年》，第 191 頁、194 頁、197 頁、199～200頁。

〔註3〕 分別見《茅盾全集》第 10 卷第 452 頁，第 27 卷第 200 頁和第 17 卷第 606 頁。後兩文未發表，據手稿收入《茅盾全集》。

〔註4〕 《父親茅盾的晚年》第 209 頁。

的迫害中又以死抗爭！在這種氛圍中，茅盾迎來自己的 80 大壽。本來臧克家等老朋友早就籌畫要為他祝壽，終因這種政治環境不適宜而作罷。但韋韜準備了簡單的家宴。茅盾感慨萬端，寫了一首五古：《八十自述》。因心情憂鬱，只寫了童年就輟了筆！1976 年 9 月 9 日毛澤東逝世。10 月 14 日中共中央公佈了「四人幫」終於被捕的消息！從 1964 年到 1976 年經歷了足足十二年的風浪，茅盾終於等到了撥雲見日天空晴朗之時！他懷著激動的心情，抱病參加了 1976 年 10 月 24 日在天安門舉行的有百萬人參加的慶祝粉碎「四人幫」勝利的大會。他目睹了萬眾歡呼雀躍的感人場面，回家後當即寫下三首七絕：《粉碎反黨集團「四人幫」》：

> 寰宇同悲失導師，四凶逆謀急燃眉。
> 烏雲滾滾危疑日，正是中樞決策時。

> 驀地春雷震八方，兆民歌頌黨中央。
> 長安街上喧鑼鼓，歡呼日月又重光。

> 畫皮剝落見原形，功罪千秋有定評。
> 馬列燃犀照妖孽，成精白骨看分明。

次月又寫了一首六言詩：眞相於今大白，謀害創業柱石。黨紀國法難容。國人皆曰可殺。〔註5〕茅盾意猶未盡，又於 12 月底寫長篇七律《十月春雷》。其後於 1977 年 2 月 13 日寫的打油詩《過河卒》寫得最好，也流傳最廣：

> 卒子過河來對方，一橫一縱亦倡狂。非緣勇敢不回步，本性難
> 移是老娘。潛伏內庭窺帥座，跳竄外地煽風忙。春雷震碎春婆夢，
> 叛逆曾無好下場。〔註6〕

這是茅盾閱讀揭批｜四人幫」材料時，發現江青說的「我這個過了河的卒子，能夠吃掉他那個老帥」這句話後有感而發。此詩把他多年的鬱積一吐為快！

1976 年 12 月和 1977 年 1 月，《詩刊》社和中央人民廣播電台在體育館接連舉行了兩次詩歌朗誦演唱會。茅盾觀後十分激動，回家即賦七律《聞歌有作──為王昆、郭蘭英重返舞臺》：

> 早歲歌喉動八方，延安兒女不尋常。新人舊鬼白毛女，陝北江
> 南大墾荒。白骨妖精空施虐，丹心蘭蕙自芬芳。若非粉碎奸幫四，

〔註5〕　《茅盾全集》第 10 卷第 457～458 頁。
〔註6〕　《茅盾全集》第 10 卷第 461 頁。

安得餘韻又繞梁。〔註7〕

茅盾意識到政治上已開始解凍，文藝復蘇的春天快要到了。因此全詩充滿了歷史感與時代感以及歡欣振奮的激情。此詩預示著茅盾也要重返文壇了！但他仍在等待時機。其標誌當然是看是否爲鄧小平和「天安門事件」平反。

在等待時機的 1977 年，茅盾一直爲在「四人幫」猖獗的「形而上學」思想方法束縛下的魯迅研究問題所困擾。魯迅研究本是他畢生從之的大事之一。現在爲什麼竟能使他心煩意亂呢？主要是以下三個問題打亂了他的正常的讀書生活，使之陷入被動而又很難解脫的境地。首先是關於魯迅研究的許多問題讀者紛紛來信，都要求讓他答覆。一是問「秘聞」。二是要求認可其穿鑿附會的論點。開始時茅盾還認眞作覆，後來就以作覆爲苦了。對「鑽研魯迅著作」，茅盾肯定其「熱情可嘉」。但對其「論點不免穿鑿」，且有些人「時常來信詢問」「魯迅的秘聞」，則頗不以爲然。〔註8〕對「聽過魯迅一二次課或通過一二次信的人」以魯迅「戰友」自居的「誇誇其談」，更覺「令人啼笑皆非」。〔註9〕對那些如此追問、考證「史料」者，茅盾認爲「類於漢儒考經」。〔註10〕茅盾還認爲：「年來以魯迅爲招牌，摘取片言隻語，對某某事作誇大解釋者，實在不少。此亦受『四人幫』形而上學影響之一事也。非有霹靂手，不易拉枯摧朽也。」〔註11〕他還在信中發牢騷：「一些解釋魯迅舊體詩的文章則形而上學氾濫。」「我是被迫看它們，因爲都把刊物寄來，請發表意見。我只好不一一作覆。說話困難。說實話呢，將以爲我潑冷水；叫好呢，那不是說謊麼？」〔註12〕第二是當年中央決定出版注釋本《魯迅全集》。於是茅盾被無休止地請求審讀《魯迅全集》注釋稿或回答注釋中碰到的問題所苦！茅盾在給兒媳信中訴苦道：「一些注釋組紛紛來要求爲他們注釋中遇到的問題提供解答。」有些訪問者或水平低，或不嚴肅。記錄整理稿，「記錯的不說，最糟的是文理不通，至於原來是不肯定的語氣都變成肯定而生硬，那就更多了。」〔註13〕葉子銘甚至把「魯迅《集外集拾遺》注釋鉛印

〔註7〕 《茅盾全集》第 10 卷第 462 頁。
〔註8〕 1977 年 5 月 8 日《致臧克家》，《茅盾全集》第 38 卷第 142 頁。
〔註9〕 1977 年 7 月 4 日《致陳小曼》，《茅盾全集》第 38 卷第 164 頁。
〔註10〕 1977 年 12 月 15 日《致趙清閣》，《茅盾全集》第 38 卷第 217 頁。
〔註11〕 1977 年 12 月 15 日《致周而復》，《茅盾全集》第 38 卷第 217 頁。
〔註12〕 1977 年 11 月 5 日《致趙清閣》，《茅盾全集》第 38 卷第 205 頁。
〔註13〕 1977 年 7 月 4 日《致陳小曼》，《茅盾全集》第 38 卷第 164 頁。

油印稿等共四件」寄給茅盾，要求予以校訂。鉛印稿「皆小字，而油印字跡不清，用放大鏡始能閱讀」這時的茅盾，「左目失明，右目僅 0.3 的視力，閱讀小字書困難，進程很慢。」〔註14〕其時茅盾「突發高燒至三十九度五，幾乎送了老命。住院半月餘」。出院後才「將《集外集》注釋校完」，寫「有意見可供參考者均剪取原件」寄去始罷。〔註15〕如此讀書，對於 81 歲的茅盾老人，實在苦不堪言。但他始終鞠躬盡瘁。第三是沒完沒了地解釋魯迅長征賀電問題。對此賀電，學界、文藝界看得過重，許多人又不尊重事實。茅盾頗不以為然。他說：「所謂魯迅與我同電賀長征勝利，乃是誤傳，魯迅有電，我知此事，但除魯迅外，大概沒有別人聯名，現在找不到魯迅原電，且老幹部中無人曾見此電，故原電全文亦不可得。事實如此，你們還把魯迅與我聯名電賀為言，非所宜也。」「賀電一事，我已回答過多人的疑問，即在找不到賀電原文或全文的情況下，應認為是魯迅一人發的，我不願沾這份光。」茅盾說他當年在陝北和毛主席多次談話提及魯迅。但毛主席、周總理都沒提及此電。「大概也沒有把它當成天大的事，沒必要從這一件事證明魯迅是偉大的共產主義者。」茅盾希望「不搞形而上學，不神化魯迅，紮紮實實地、實事求是地研究魯迅」。茅盾當然無法預料，在他身後，竟又有奇談：把「長征」弄成「東征」。把未署姓名的「XXXX」代入魯迅茅盾！該電文之末還高呼「萬歲」，完全與魯迅茅盾的文風、作風大相逕庭！若茅盾九泉之下有知，會作何感想？

　　1977 年 7 月 16 日至 21 日，黨召開了十屆三中全會。儘管會上仍沿襲了「以階級鬥爭為綱」和「兩個凡是」方針，但會議作出了《關於恢復鄧小平同志職務的決議》和《關於王洪文、江青、張春橋、姚文元反黨集團的決定》。恢復了黨中央副主席、軍委副主席、國務院副總理等職務的鄧小平，主動提出分管科教文工作；並立即著手徹底批判「四人幫」炮製的「教育黑線專政論」與「文藝黑線專政論」。茅盾反覆研究十屆三中全會公報和鄧小平的講話，與年初他給黨中央的那封信。茅盾完全領會了鄧小平的意圖。他欣喜地說：「『四人幫』的流毒極深，非有霹靂手，不易摧枯拉朽，現在霹靂手終於來了！」「『文化大革命』是從文化教育戰線發動的，現在又從文化教育戰線著手『撥亂反正』，這是很英明的。」他特別「指著文件上的『必須準確地完整地掌握毛澤東思想體系』這句話」，對韋韜說：「這是個新提法，十分重

〔註14〕1977 年 4 月 17 日《致葉子銘》，《茅盾全集》第 38 卷第 137 頁。
〔註15〕1977 年 5 月 26 日《致葉子銘》，《茅盾全集》第 38 卷第 138 頁。

要的提法。它是說毛澤東思想是個體系，必須完整地準確地學習和掌握，不能只從個別詞句來理解毛澤東思想。」〔註 16〕

　　鄧小平組織文藝界批判「四人幫」的鬥爭，開始時既沒有文藝組織可以依靠——文聯、作協都被「四人幫」砸爛了，也沒有完整的文藝隊伍可以調動——許多人還在「五七」幹校，甚至還戴著「黑幫」帽子；甚至沒有更多的文藝陣地——當時文藝刊物只有被「四人幫」奪去的《人民文學》雜誌。所以主要是依靠黨報黨刊陣地，來重新組織文藝隊伍。茅盾破門而出，殺向批判「四人幫」的戰場，開頭也是出席這些報刊組織的座談會、批判會，用發表講話、爲報刊著文的方式認眞執著地進行撥亂反正工作。這時，他以 81 歲高齡，熱烈迎接文藝春天的冉冉降臨，他似乎又恢復了文學的青春！

　　從 1977 年 8 月黨的十一大召開之後到 1978 年 4 月「實踐是檢驗眞理的標準」討論之前，茅盾圍繞撥亂反正這個主題，把他「文革」十年研究「四人幫」及其「幫派文藝」之所得，厚積薄發，形諸筆端，共發表了六篇文章：《毛主席的文藝路線萬古長青》、《老兵的希望》、《貫徹「雙百」方針，砸碎精神枷鎖》、《中國作家協會主席茅盾同志的講話》、〔註 17〕《駁「四人幫」在文藝創作上的謬論並揭露其罪惡陰謀》、《漫談文藝創作》。〔註 18〕這些文章集中闡述了以下問題：第一，清醒、客觀地估計打倒「四人幫」之後的文藝形勢：他指出，「文革」十年中文藝是「重災區」。「四人幫」把建國後 17 年文藝戰線上毛主席革命路線占主導地位，歪曲成「修正主義占主導地位」。「四人幫」推行了反動的文藝專制主義，把大批革命文藝工作者打成「反革命」；徹底搞亂了文藝隊伍。他們炮製了所謂「三突出」、「三陪襯」、「多側面」、「多浪頭」，等等唯心主義、形而上學的清規戒律，強迫文藝工作者奉爲「典範」和「樣板」。這就徹底搞亂了文藝思想，從而造成萬馬齊喑，人人自危的蕭條局面。茅盾指出：面對這一嚴峻局勢，我們的任務是在揭批「四人幫」砸爛其文藝枷鎖，批判其「文藝黑線專政論」之同時，徹底貫徹「雙百」方針，努力繁榮文藝創作。他反覆強調：在這百廢待興的形勢與歷史必

〔註 16〕　韋韜、陳小曼：《父親茅盾的晚年》第 248 頁。

〔註 17〕　此文收入《茅盾全集》第 27 卷時，改題《在〈人民文學〉編輯部召開的在京文學工作者座談會上的講話》。

〔註 18〕　分別刊於 1977 年《人民文學》9 月號、11 月 12 日《光明日報》、11 月 25 日《人民日報》、1978 年《人民文學》1 月號，1978 年《十月》第 1 期和《紅旗》第 5 期，均收入《茅盾全集》第 27 卷。

然要求面前，關鍵之關鍵是實行文藝民主，貫徹「雙百」方針；而「雙百」方針的基本精神，就是充分發揚文藝民主，反對文藝專制。我們對此應有清醒的認識。第二，茅盾著重批判了所謂「文藝黑線專政」論。他認為『這是狂妄地否定毛主席的革命文藝路線在 17 年中的主導地位，狂妄地否定『文化大革命』前 17 年文藝領域中所取得的輝煌成果。」他大膽地為被「四人幫」打成「大毒草」的諸如《暴風驟雨》、《創業史》、《青春之歌》、《林海雪原》、《紅岩》等一大批有代表性的作品平反正名。〔註 19〕茅盾還批判了「四人幫」對「三十年代文學」所作的歪曲與所謂「批判」。他列舉大量文學史實證明：自三十年代左翼文學取得的輝煌成就，到四十年代解放區文學，再到建國後的十七年，文學的赫赫建樹，都證明文藝工作的主流包括三十年代左翼文學在內，始終沿著正確方向前進。〔註 20〕第三，茅盾徹底批判了「四人幫」所搞的「文藝模式」及與此相關的種種謬論。他認為「四人幫」的「從路線出發」的創作口號，意在貫徹由他們提出的「打倒從上到下一大批走資派」、「反擊右傾翻案風」等題目，限定作家必須寫服務於「四人幫」篡黨奪權的「陰謀文藝」。這不是從毛主席革命路線出發，而是從「四人幫」的「篡黨奪權的反革命路線出發」。今天必須把他們的「鬼蜮伎倆暴露出來」。〔註 21〕茅盾指出：「四人幫」炮製的以「三突出」為中心的那套唯心主義、形而上學的創作戒律，是包括所謂「高、大、全」模式在內的「陰謀文藝」的公式化、概念化、臉譜化的東西。這是套在作家頭上的一整套精神枷鎖，必須徹底砸爛。否則文藝工作者得不到解放，文藝的春天不可能到來！第四，茅盾指出，要從「四人幫」的枷鎖中解放出來，就必須發揚文藝民主，貫徹「雙百」方針。因此必須砸爛「四人幫」搞的「一言堂」，開放「百家爭鳴」的群言堂；必須打破禁區，實現題材、體裁、風格的多樣化。為此還必須從理論上進一步正本清源。第五，茅盾指出：必須重新組織文藝隊伍，恢復和健全文藝組織。他說：「四人幫」不承認我們，不承認我們的文聯、作協等組織。「我們也不承認他們的反革命決定」。中央從「沒有命令撤銷」文聯與作協。所以他在《人民文學》編輯部召開的大會上嚴正宣佈：「今天，我還是要以作家協會主席的身份來講話。」他還代表廣大文藝工作者呼籲：恢復中央和地方的文聯與作

〔註 19〕《茅盾全集》第 27 卷第 229 頁。
〔註 20〕《茅盾全集》第 27 卷第 235～236 頁。
〔註 21〕《茅盾全集》第 27 卷第 288 頁。

協的工作，恢復《文藝報》，繼續進行「理論指導」與「培養一批新的理論骨幹」。〔註22〕

老作家馬烽回憶道：這些看法，今天看來是些明明白白的問題，但在剛剛打倒「四人幫」時，作家們都心有餘悸，對這些問題都等待中央來回答。「誰也不在公開場合」站出來回答。但是茅盾敢於公開站出來回答。他顯然「早已深思熟慮過了。他面對的是事實，而不是考慮個人得失」。這響亮的回答，「給廣大文藝工作者以極大的鼓舞」！〔註23〕

六篇文章中的《漫談文藝創作》，是茅盾因當時在《紅旗》雜誌工作的柯藍趨府約稿所寫的 13000 字的長文。茅盾正是要在黨中央的機關報之一的理論刊物上來正本清源，所以十分重視與著力。這時他一目已盲，另一目 0.3 的視力。但這似乎對他已無約束限制之力了！他用了一週時間就寫成了。他講了六個問題：一、砸爛精神枷鎖，解放思想；二、世界觀的決定性作用；三、生活的深度與廣度；四、創作方法；五、關於技巧問題；六、百花齊放，百家爭鳴。韋韜說：「這樣寫會不會給人『面面俱到』、『老生常談』的印象？」茅盾說：「我要的正是這個『面面俱到』和『老生常談』。我們說徹底批判『四人幫』，這『徹底』二字就包括『面面俱到』，不留一個死角。至於『老生常談』，我以為真理是不怕重複的，況且這些『老生常談』也已經有十年沒有談了。」茅盾指出，這篇長文的主旨就是下面這段話：要砸爛「四人幫」的精神枷鎖，「撥亂反正，都並非易事。這有一個『破』的過程，同時也有一個『立』的過程，必須『破』中有『立』。有些青年作者暫時還感到彷徨無主」，「便是思想尚未完全解放。文藝創作的過程究竟如何，他們還心中無數。這篇漫談式的文章，試圖根據馬列主義、毛澤東思想，就文藝作品（特別是小說）的創作過程，略舉其要點，以備參考。」〔註24〕

1978 年 5 月 11 日《光明日報》以「特約評論員」名義發表了《實踐是檢驗真理的唯一標準》。一石激起千層浪，由這場討論引發了對「兩個凡是」論的徹底否定，為十一屆三中全會的召開作了充分的輿論準備。茅盾十分敏銳地意識到，這又是一個重大的時機。他立即寫了《作家如何理解實踐是檢驗真理的唯一標準》的長文，在剛復刊不久的《文藝報》11 月 15 日第 5 期

〔註22〕《茅盾全集》第 27 卷第 234～237 頁。
〔註23〕《懷念茅盾同志》，《憶茅公》第 333～334 頁。
〔註24〕韋韜、陳小曼：《父親茅盾的晚年》第 248～251 頁。

上發表。茅盾選擇了作家的世界觀及其創作與生活實踐，全方位論述了實踐是檢驗眞理的唯一標準的問題。他著重論述，作家充分的長期的生活實踐是獲得正確世界觀與創作的源泉；作家的思想及其在作品中確立的思想內容與藝術表現之是否正確，仍應由生活實踐與讀者來檢驗，並經由時代的檢驗與歷史的檢驗來確認。他特別強調，作家必須「反覆實踐」。而「反覆實踐的過程也就是反覆修改的過程」。這樣「公諸於世」後，作品才能站得住，才能「經受時間的考驗」。他還強調：「在實踐是檢驗眞理的唯一標準面前，不存在什麼『禁區』，不存在什麼『金科玉律』。這就爲文藝事業開闢了廣大法門。」他號召作家「要靠實踐，再實踐」。文末，茅盾還引清代詩人趙翼的名詩作結：「滿眼生機轉化鈞，天工人巧日爭新。預支五百年新意，到了千年又覺陳。李杜詩篇萬口傳，至今已覺不新鮮。江山代有才人出，各領風騷數百年。」〔註25〕

　　保證新時期創作取得更大的成就，從而把「四人幫」奪去的讀者再奪回來；把因「四人幫」而失去的創作時間再搶回來，是茅盾的一大宏願。因此他在致力重新組織原有的創作隊伍之同時，還期冀「江山代有才人出」，依靠文學新人的大量湧現以充實壯大文藝隊伍。他不顧年邁多病，勉力參與籌備和主持了 1978 年 5 月 27 日至 6 月 5 日在北京召開的中國文聯第三屆全國委員會第三次擴大會議。5 月 27 日他致開幕詞時莊嚴宣佈：「中國文學藝術界聯合會、中國作家協會和《文藝報》，即日起正式恢復工作。」〔註26〕會議期間他又作了題爲《關於培養新生力量》的大會發言。他嚴肅地指出：包括我在內，大家應把韋君宜的《從出版工作看文學創作的情況》的發言稿「讀第二遍，第三遍」。由此能「看出兩個情況十分嚴重」，「作者（大多數是青年）和編輯者的頭腦裡『四人幫』的流毒還嚴重存在，『四人幫』強加於他們的精神枷鎖，還遠遠沒有砸爛。因此，幫助年輕的文學工作者從『四人幫』的禁錮中解放出來，引導他們走上正確的健康的文學創作道路，是老一輩作家責無旁貸的任務。」〔註27〕

　　從「五四」到建國 17 年，茅盾扶植或培養了包括冰心、葉聖陶（第一代）、丁玲、臧克家（第二代）、瑪拉沁夫、敖德斯爾、茹志鵑（第三代）在內的整

〔註25〕《茅盾全集》第 27 卷第 297 頁，299 頁。
〔註26〕《茅盾全集》第 27 卷第 271 頁。
〔註27〕《茅盾全集》第 27 卷第 278 頁。

整三代作家。而今他又要以耄耋之年一方面繼續扶植第三代作家，另一方面又致力培養第四代作家。

　　1977 年 10 月茅盾抱病接待來訪的茹志鵑與詩人雁翼，向他們耳提面命。茅盾對比了「文革」中「『四人幫』的《朝霞》上的小說」「看了開頭，就知道結尾」的公式化、概念化的「幫文藝」，和徐光耀剛發表的短篇《望日蓮》，稱讚《望日蓮》「寫得很有特色」。以此啓發他們選擇自己應走的路。〔註 28〕茅盾特別關注「文革」後年輕人的新作，尤其是毀譽不一的「傷痕文學」。他讀了「傷痕文學」代表作劉心武的《班主任》後「大爲興奮」，說「總算有一篇敢於衝破『禁區』的作品了，這是『百花齊放』的一個勝利」。〔註29〕1979 年 2 月，茅盾《在中、長篇小說座談會上的講話》中比較集中地談了這個問題。茅盾反對在寫「四人幫」問題上設新的「禁區」。他認爲把「身受『四人幫』的許許多多毒害」「寫出來給後人一種經驗教訓」，「只要寫得深刻，教育意義也是很大的。」「這段歷史是很慘痛的」，「現在三十來歲的，正是受『四人幫』毒害最深的人，把他那時所受的毒害和現在思想解放了的情況，以及當時所見的『四人幫』怎麼樣害人、迷惑人的勾當，比較深刻地寫出來，還是需要的；不但需要，如果寫得好，它會享有永恆的生命力的。」茅盾問：「在座的有劉心武同志吧？（劉心武起立示意）我覺得他寫的小說比《傷痕》來得深刻。」他的《班主任》等所體現的正是這種傾向。茅盾還反駁了「《傷痕》格調不高」的批評。他公開站出來爲之辯護。他問道：「『格調』一詞究何所指？在我看來，有格調高的作品，那就是只以故事的新奇曲折引起讀者的興趣，而按其實，則人物不典型，讀後感到它空有外殼，沒有思想內容。《傷痕》卻不是這樣的。」「我以爲對《傷痕》不滿的，並不是因爲它缺乏發人深思的思想內容，而是因爲它的思想性還不夠深刻。」我們「所希望的深刻」，是「再三咀嚼，愈咀嚼愈覺有味」。茅盾認爲劉心武的小說就「比《傷痕》來得深刻」。〔註 30〕

　　茅盾出席這次會並且講話，是克服很大困難，作了充分準備的。爲了培養新生力量（即第四代作家），茅盾在一目失明，另一目 0.3 的視力，看五號字還得用放大鏡，看不久就感昏眊，難辨字跡的情況下，認眞讀了主持此會

〔註28〕趙燕翼：《學而不厭，誨人不倦》，《憶茅公》第 416 頁。
〔註29〕韋韜、陳小曼：《父親茅盾的晚年》第 252 頁。
〔註30〕《茅盾全集》第 27 卷第 335～336 頁。

的人民文學出版社負責人韋君宜送來的材料。「其中包括青年作者馮驥才《鋪花的路》、竹林《生活的路》等三部未定稿」及有關情況的材料。此外還包括與會年輕作者所提的許多問題。這三部作品是當時控訴極「左」暴行的大膽探索。文藝界與出版界對是否應該支持存在分歧。83 歲的茅盾雖然聽說與會者都是 30 多歲的年輕作者，仍「再三囑咐：一定要和青年作者們座談，不要作報告」。到會後一看，會場仍是擺成作報告的樣式，當即責備韋君宜。茅盾講了幾句開場白，就邀請馮驥才坐到他身邊來，面向大家談《鋪花的路》的創作意圖。〔註31〕茅盾仔細聽完。然後先講「題材問題」。主張「應該是什麼都可以寫」，可以「寫解放後的光明面」，也可以暴露「前進中的黑暗面」，不必「掩飾」，只要處理得當正確，都有教育意義。第二談「寫中間人物」問題。他認為「寫人物也沒有什麼可顧慮的」。中間人物也可以寫。因為「這也是現實生活的反映」。他正式給「中間人物」下定義說：「他比進步人物差一點，比落後人物又好一點兒。」「你如果寫這樣的人物在中間的道路上前進的話，雖然現在是中間，不過總有一天要擺脫中間狀態，要上升到進步的方面去。我想這樣的作品的教育意義也是很大的，因為社會上有那麼許多中間狀態的人物。」這就批判了「四人幫」對「寫中間人物」論的批判，為「寫中間人物」論正了名，平了反。談以上幾個問題，包括關於「傷痕文學」問題，都是為肯定要討論的三部作品提供理論指導的。談完這些問題之後，轉入正題：談《冬》、《生活的道路》和《鋪花的路》。茅盾說：「從提綱看，這三篇都好。後兩篇如果寫得深刻，可以使讀者對『四人幫』的無惡不作，加深一層認識。」他提醒三位作者要注意剪裁，力求精煉。他預言：這三部小說印出來會受到讀者的歡迎。我以為出版方面應當放寬尺度，儘量多出新書。書和群眾見面，受到群眾的檢驗，群眾的意見，可以幫助作家提高思想，把初版本再加修改。茅盾談到這三部小說都寫到戀愛，茅盾主張不要「忌諱」，「戀愛既然是生活中實際有的事」，「只要不是單純為了吸引讀者而活生生製造個戀愛故事」，「為什麼不能寫呢？」〔註32〕

　　在場的年輕作者無不因茅盾的思想解放開闊、態度熱情誠摯而動容。馮驥才後來激動地描繪了那個場面和茅盾慈祥的音容。他感到：「當時『左』的思潮仍在禁錮某些人的大腦、束縛著人們的手腳時，這位風燭殘年、體弱神衰的老人的思想鋒芒仍然是犀利的；他像懷著一顆童心那樣，直截了當，無

〔註31〕　韋君宜：《敬悼茅盾先生》，《憶茅公》第 271～272 頁。
〔註32〕　《茅盾全集》第 27 卷第 331～337 頁。

所顧忌地打開自己的心扉。青年們勇敢的嘗試多麼希望老一輩這樣鮮明有力的支持呀！」〔註33〕

茅盾在此前《在1978年全國優秀短篇小說評選發獎大會上的講話》中要求年輕作家學習魯迅、郭沫若那樣「博覽群書，學貫中西」。「要儘量擠時間多讀書」，要記住杜甫的詩句：「讀書破萬卷，下筆如有神。」他表示相信在「文革」後開始創作的新生力量中間，一定「會產生未來的魯迅、未來的郭沫若」，李季當場插話：「也產生未來的茅盾。」茅盾謙辭說：「我是不足道的。」〔註34〕當時在場的王願堅後來回憶此激動人心的情景時說：「這是文壇巨人給我們指出的偉大目標。高峰不是每個人都能爬得上去的，然而登攀卻必須進行！」

如今茅盾謝世已經15年了。他關懷扶植的包括馮驥才在內的第四代作家，不僅成長爲文壇棟樑，而且也在培養他們之後的第五代以至第六代更加年輕的作者了。今天我們面對萬花爭豔的新時期文壇，再回想茅盾當年在《關於培養新生力量》一文中的諄諄教導，回顧他在《作家如何理解實踐是檢驗真理的唯一標準》文末所引趙翼「江山代有才人出，各領風騷數百年」詩的深意，不難領會茅盾對「滿眼生機轉化鈞，天工人巧日爭新」的文藝繁榮局面所寄予的深切期望。

主持四次文代會

1978年12月18日至12月22日黨的十一屆三中全會勝利召開。會議批判了「兩個凡是」的錯誤方針，停止使用「以階級鬥爭爲綱」與「無產階級專政下繼續革命」的口號，開始了徹底否定「文化大革命」與徹底平反冤、假、錯案的工作。全會端正了黨的思想路線，確立了實事求是，解放思想，發揚民主，尊重科學的指導思想。決定把工作重心轉移到社會主義現代化建設上來。此前的4月和8月，中共中央已作出全部摘掉右派分子的帽子和對錯劃右派予以改正的決定。這就爲召開第四次全國文代會奠定了堅實的基礎。

文代會的籌備工作由1978年1月經中央批准成立的恢復文聯和各協會工作籌備小組負責。這個小組由林默涵主持。籌備工作碰到許多困難，在組織

〔註33〕 《緬懷茅盾老人》，《憶茅公》第419～420頁。
〔註34〕 《茅盾全集》第27卷第326～328頁。

方面，是許多作家被打成「反革命」或右派分子還沒有落實政策。思想方面則是存在「左」的干擾。十一屆三中全會的召開，使茅盾感到：徹底解決這兩大困難的時機到來了。他認眞地反覆地學習鑽研十一屆三中全會的文件和鄧小平在黨的中央工作會議及三中全會上的講話。決定把握住貫徹十一屆三中全會精神的有利時機，自己出面從宏觀上推動，促使這兩個問題儘快得到解決。

　　茅盾發現，像三十年代與四十年代在文壇作出突出貢獻的老作家如黃源、林煥平、趙清閣，都因沒有落實政策戴著反革命、右派等帽子，而未能當選爲文代會代表。反之，「此次文代會一半代表是文官」，被人「稱爲文官大會」。趙清閣未當選正式代表，連鄧穎超都「表示不平」。〔註35〕於是茅盾不斷寫信呼籲。1979 年 2 月 16 日他致函林默涵呼籲爲黃源、陳學昭平反。4月 26 日又致函文聯黨委書記陽翰笙，爲當年東京左聯成員、老翻譯家、被錯劃爲右派，「文革」後編了《馬恩論文學藝術》、《列斯論文學藝術》、《毛主席論文學藝術》等書的林煥平呼籲：給他平反並讓他當代表。〔註36〕茅盾在致林默涵的這封信中說：「這次相隔廿年的會議，將是文藝界空前盛大的一次會議。這次會議應是一次大團結的」，「心情非常舒暢的」，「非常生動活潑的」，「眞正百花齊放、百家爭鳴的」，「向 21 世紀躍進的會議！」代表之產生，可取選舉「輔之以特邀」的辦法，「使所有的老作家、老藝術家、老藝人不漏掉一個」。「這些同志中間由於錯案、冤案、假案的桎梏，有的已經沉默了二十多年了！」「應儘快爲這些老同志落實政策，使他們能以舒暢的心情來參加會議。但事實並非如此，有的省市」「動作緩慢。就以我的家鄉浙江而言，像黃源、陳學昭這樣的同志，五七年的錯案至今尚未平反。因此，我建議是否可以向中組部反映，請他們催促各省市抓緊此事，能在文代會前解決，還可以文聯、作協的名義向各省市發出呼籲，請他們重視此事，早爲這些老人落實政策！」〔註37〕茅盾此舉產生了功德無量的效果。

　　陽翰笙在四次文代會上作的《中國文聯會務工作報告》中有這樣一段話：「今年 3 月份，中國文聯與中宣部、中組部、文化部聯合召開了『全國文藝界落實知識份子政策座談會』。這次會議的起因是茅盾副主席給林默涵同志寫

〔註35〕1979 年 9 月 5 日《致姜德明》，《茅盾全集》第 38 卷第 368 頁。
〔註36〕《茅盾全集》第 38 卷第 340～341 頁。
〔註37〕《茅盾全集》第 38 卷第 330～331 頁。

了一封信。」提出建議。「耀邦同志〔註38〕非常重視這個建議，批示召開這個會議，把省、市、自治區主管這方面工作的同志都找來開會。要求各地迅速把全國知名作家、藝術家，特別是歷屆文聯全委和各協會理事的政策落實好。會議產生了《聯合通知》，在會後下達各地，大大促進了文藝界的政策落實工作。」〔註39〕其實茅盾早在此前，已經做了許多工作。如呼籲為老舍的家屬，為參加過北伐的老同志黃慕蘭等落實政策就屬此例。文代會後他還繼續督促此工作。

茅盾做的第二件工作是排除「左」的思想障礙，使文代會能確立正確的基調。他「文革」後發表的一系列文章，主要是批「左」，揭批「四人幫」的反動文藝思想。同時他也注意排除文藝思潮中新產生的不和諧音。這其實也是「文革」的流毒。例如李劍在《河北文藝》1979 年第 6 期發表的《「歌德」與「缺德」》一文，指責暴露黑暗為「缺德」，引發了「歌德」與「缺德」的論爭。茅盾讀了論爭雙方的部分文章。茅盾意識到：當前的首要任務和主要任務是揭露批判「四人幫」，因此，在當前說暴露黑暗「缺德」，是特別有害的極「左」論調。必須掃清這個障礙，才能把「四人幫」批透批臭；為文藝發展鋪平道路。他多次對家人說：「因為暴露黑暗面的作品會有副作用，就說它『缺德』是一種片面性，難道『歌德』的作品就不產生副作用嗎？也有副作用，有時危害還很大，『文革』中的歌功頌德，人物塑造要『高、大、全』等等就是教訓。在現實生活中光明面與黑暗面是共存的，在社會主義社會中光明面作主導，但在某個局部，某段時間內黑暗面也可能變得突出。一部作品既描寫了光明面，又揭露了落後面，反映了社會生活中這對立的兩面，這是一部好作品。如果只寫這矛盾中的一面，只要不是故意粉飾，或者不是故意抹黑，而是表現了客觀的真實，也完全應該允許它們存在。當然，一個作家如果成為只寫一面的『專業戶』，我是不贊成的。至於會不會產生副作用？這取決於作家是否掌握了馬克思主義的世界觀，也取決於『百家爭鳴』能否正常開展，能否對這種副作用進行批評和引導。」〔註 40〕茅盾在許多場合講話、發表文章時，都針對李劍的「左」的片面性發表上述看法。

《在中、長篇小說座談會上的講話》中談「題材問題」部分，也集中分

〔註38〕 胡耀邦那時任中共中央秘書長兼中宣部長。
〔註39〕 《中國文學藝術工作者第四次代表大會文集》第 66～67 頁。
〔註40〕 韋韜、陳小曼：《父親茅盾的晚年》第 254 頁。

析了歌頌光明與暴露黑暗的辯證統一關係。他主張：黨的工作重點轉移了，「文藝創作也要爲『四化』服務」，也要寫「揭批『四人幫』的東西」；「一面揭批『四人幫』，另一方面也是促進現代化。」「在這方面是沒有什麼禁區的。」〔註 41〕這正是針對把揭批「四人幫」與謳歌「四化建設」人爲地對立起來，客觀上產生了阻撓揭批「四人幫」的作用的李劍文章說的。在《溫故以知新》中，茅盾用第二部分整個的篇幅，不點名地集中批評李劍的錯誤觀點。他對家人所說的那些話，幾乎原封不動地寫進這段文章裡。此文的第四部分談全面評價「近三年的文藝現象」時，又結合實際談了這個問題。〔註 42〕茅盾之所以如此重視，因爲李劍文章當時正是「左」的思潮的代表。

　　茅盾一直因當時思想不夠解放、文藝民主不充分、禁區太多、文藝工作者不能從「四人幫」「左」的那一套中解放出來而憂慮。在《漫談文藝創作》中，他所談的第一個題目，就是「砸爛精神枷鎖，解放思想」。另一篇文章《貫徹「雙百」方針，砸碎精神枷鎖》，全文都談此問題。他常常吟誦趙翼的那首詩，並且在《作家如何理解實踐是檢驗眞理的唯一標準》中全文引用了這首詩。他在此文中還引用《實踐論》中下面這段話：「客觀現實世界的變化運動永遠沒有完結，人們在實踐中對於眞理的認識也就永遠沒有完結。馬克思列寧主義沒有結束眞理，而是在實踐中不斷開闢認識眞理的道路。」藉以證明砸爛精神枷鎖、衝破禁區、解放思想的重要性。他還在文中爲這樣的年輕闖將鳴鑼開道，他說：「出現了敢於搗毀『四人幫』所設置『禁區』的青年闖將，這是十分可喜的事。」「自己解放自己的人是最敢想、敢說、敢幹的人，他們初試鋒芒，已經一鳴驚人。他們是我國走上新的長征路上的文藝界的新生力量，是我國四個現代化時期反映如錦現實的主要力量。」〔註 43〕茅盾還鼓勵在對待古代的與外國的文學遺產問題上解放思想。他寫了一首《西江月》：「形象思維誰好，典型塑造孰優？黃鐘瓦釜待搜求，不宜強分先後。泰岱相容抔土，海洋不擇細流；而今借鑒不避修，安得劃牢自囿。」〔註 44〕

　　在致力爲第四次文代會掃清上述兩方面之障礙和難題的同時，茅盾還承擔了爲大會寫歌詞、作報告與開幕詞的重頭任務。關於寫歌詞，在 8 月 8 日的日記中寫道：「試寫爲文代會開幕晚會之《文藝春天歌》，屬草三次，中午

〔註41〕《茅盾全集》第 27 卷第 335 頁。
〔註42〕《茅盾全集》第 27 卷第 354～358 頁。
〔註43〕《茅盾全集》第 27 卷第 297～300 頁。
〔註44〕1979 年 8 月 5 日《爲新刊〈蘇聯文學〉作》，《茅盾全集》第 10 卷第 521 頁。

亦未小睡，下午完成。自視氣勢不壯。姑錄存之。」「又寫《沁園春》，以代《文藝春天歌》，似較好。」8 月 11 日「上下午都反覆修改」。直到 8 月 16 日才定稿。《沁園春》由著名作曲家李煥之譜曲，在晚會開幕時演唱，博得熱烈掌聲。此歌詞刊於 1979 年 10 月 31 日《人民日報》。另一首改題為《祝文藝之春——為第四次文代大會閉幕作》交來約稿的《中國青年報》，刊於 10 月 1 日該報。

開幕詞係由人代擬稿。原文四千餘字。茅盾由 10 月 26 日下午刪改起，27 日晨 4 時許起來改開幕詞兩次。7 時許改定。修改凝縮後，約兩千餘字。〔註45〕文字不多，反映了老人嚴謹的作風與嚴肅的態度。

從 10 月 2 日起，茅盾起草文代會報告。這份報告先是以《解放思想，繁榮文藝創作》為題。定稿時改題為更醒目的《解放思想，發揚文藝民主》。報告的主要著力點是闡述文藝發展的大政方針與指導思想，因此茅盾要調動自己「文革」十年與新時期三年中跟蹤閱讀文壇資料，研究思索之所得，進行高屋建瓴的疏理與概括。因為有 13 年的厚積為基礎，以薄發方式為之，故文字雖然較短，寫時也快，但這篇報告容量很大。茅盾是積新時期三年論著之精華於一文之中了。10 月 4 日完成初稿，10 月 23 日才改定。精打細磨，歷時 22 天。充分體現出茅盾對文代會導向的重視。當時中央還來不及對文藝具體引導，茅盾的報告就具很大的開創性與導向性了。

1979 年 10 月 30 日第四次文代會開幕這天，茅盾特別繁忙，心情也格外興奮激動。據日記記載：他上午九時半「會見瑞典文化代表團，一時半來賓告辭。旋即在原處『開會』，提出主席團名單三百多人。然後又到大會堂大廳，則三千多代表已經在那裡等候」開預備會。茅盾宣讀了主席團名單和大會日程提請審議。大會熱烈鼓掌通過。下午三時文代會正式開幕。茅盾致了開幕詞。鄧小平代表中共中央致賀詞。在主席臺上，坐在茅盾右邊的鄧小平徵求茅盾的意見說：「這次文代會將選舉文聯及各協會新一屆的領導，考慮您年事已高，作協主席又非您繼續擔任不可，我們建議讓周揚同志擔任文聯主席，請您擔任名譽主席，您看是否可以？」茅盾當即爽快地表示：「聽從組織安排。」

11 月 3 日茅盾連日勞累又染風寒，咳嗽加劇。但他帶病赴會作了準備多日的《解放思想，發揚文藝民主》的報告。因咳嗽難耐，講話稿的首尾自己

〔註45〕據《茅盾日記》，開幕詞《茅盾全集》未收。見《中國文學藝術工作者第四次代表大會文集》。

念，中間由人代念。報告共五節：

一、充分肯定新時期三年來文藝創作的成就。這一部分講得綱舉目張，總攬全局。

二、談解放思想。他認為這「既指作家而言，也指領導而言」。因為代表中文官占很大比例，所以後者更具針對性。茅盾不僅提倡題材、人物無禁區，應該多樣化；還針對過去把「雙革」當成惟一進步的創作方法的「左」的偏向，指出應該允許創作方法多樣化。指出：「雙革」固然有許多人在嘗試，卻沒有十分成功的作品。因此無從總結經驗，也無法作出明確的具體的解釋。茅盾突出強調：給作家以「選擇創作方法的自由，也是重要的」。這也是發揚文藝民主的重要內容。「規定死了，只能有害於文藝園地的百花齊放。」這些意見有膽有識，也極具科學性。這是在文藝方針、指導思想上的重大突破。正是從這裡，為後來流派紛呈的新時期文學開了先河。「雙革」提出時，茅盾就持異議。後來迫於壓力，又因為自己談話代表官方身份，不得不在公開場合勉強與「中央」保持一致，現在有了十一屆三中全會的解放思想、實事求是的思想路線作後盾，茅盾也就帶頭解放思想，在文代大會當著三千餘名全國代表，來講衝破禁區的話了！

三、談繼承遺產，借鑒外國問題。茅盾批判了「四人幫」硬把文藝納入批儒評法鬥爭史的簡單粗暴行徑。指出其把並非法家的古人硬拉扯進法家隊伍的笑話。他指出：「這與借鑒文藝遺產風馬牛不相及。」他要求作家借鑒中外文學遺產，一定要有開闊的視野，自然應該「包括遺產中的藝術性部分」。他要求作家不要固步自封；要通過借鑒古今中外文化遺產豐富提高自己。作家還應該表現能力與欣賞能力並重。他認為：沒有欣賞能力，不可能有表現能力。茅盾講的這一點，特別有針對性。

四、談作家既要站得高，鳥瞰全局；又要鑽得深，對所寫的具體事物有全面透徹的認識。「要熟悉多方面的生活。先了解全面則後深入一角。」要處理好「站得高與鑽得深的辯證關係」。他再次強調要掌握技巧，從借鑒他人（包括前人）與學習生活兩條途徑學習技巧，並使兩者有機結合。

五、他要求作家，特別是年輕作家「補課」：補繼承與借鑒文學遺產的課；補本國與外國歷史的課；還要補「國際政策、經濟、現代科學知識」的課。他要求文聯、作協及其下屬機構「作出具體安排」。〔註46〕

─────────────

〔註46〕《茅盾全集》第 27 卷第 366～379 頁。

　　茅盾這個報告，是新時期文藝撥亂反正、正本清源的總宣言。面對「文革」導致的文藝荒蕪、禁區林立的局面，他發揚了「五四」先驅的固有精神，在批判極「左」文藝路線方面，又一次大膽地開了頂風船。這個報告也是茅盾以中國新文學史上迄今仍健在的惟一的一位奠基人，與文聯、作協最高領導人的雙重身份，所作的「文革」之後第一次，也是他畢生最後一次，對中國文藝界的諄諄教誨。如果聯繫到新時期百花似錦、開闊無垠的繁榮局面，我們更能掂出它字字珠璣、其重千鈞的思想分量與美學含量！

　　「文革」結束進入新時期，茅盾衰病的身體和他復出後重新提筆的巨大工作量負荷之間，一直存在嚴重矛盾。但他以巨大的精神力量戰勝了身體與年齡的侷限，一直堅持超負荷運作。籌備文代會期間，這負荷倍增。所以茅盾在文代會上作完報告，就立即住了院。但會議結束時，他仍違背醫囑，從醫院直奔會場，出席了 11 月 16 日的閉幕式。在第四次文代會上，德高望重的茅盾當選為全國文聯首任名譽主席；並繼續當選為中國作家協會主席。在這兩個崗位上，他名副其實地鞠躬盡瘁，死而後已。

熱情關注作序文

　　第四次文代會前後，茅盾除了閱讀日常的參考資料、報刊和重要文件外，還看了大量其它類別的書籍，這些大致包括兩方面的內容：一是應請求寫序文以支持作者和報刊時讀別人的書；二是為寫回憶錄與重版自己的舊作而讀自己的書、文章以及與此相關的書刊資料。此外稍有餘力或有所發現，又儘量找新書來讀。《人民日報》「戰地」專刊與增刊的主編姜德明，是北京知名的晚輩藏書家與史料專家。茅盾常常把他當作「書源」。1978 年 4 月 27 日他在致姜德明信中說：「《戰地》增刊內容甚好，而以阿英之日記為最難得。」「您所舉的書，我都沒有見過。馮亦代，我認識，已函索借閱。唐弢處亦去函索。其餘各書，你能先借我一二種看看否？例如謝六逸之書，曹聚仁、包天笑、葉靈鳳之書。」同日致馮亦代信中說：「聽說您寫過一本《書人書事》，是有關文壇掌故的，惜未讀。不知您手頭還有此書否？請借一閱為禱。」〔註47〕6 月 11 日又致姜德明曰：「曹聚仁及孫陵所寫回憶錄早收到，正在看，一時還沒法看完。每次兩本，看完後還您，再換一二本辦法最好。」「我每日須看之書

〔註47〕《茅盾全集》第 38 卷第 253 頁，254 頁。

刊極多，而我目力又日見衰退，看書甚慢。」〔註48〕他在致碧野信中也說：「歲月不居，老境愈深，想多看一些書、文，奈精力已不許可了。」〔註49〕

自從爲白刃《戰鬥到明天》寫序引來大麻煩後，茅盾一直謝絕作序。晚年破例，完全出於扶植文學事業。這時精力不濟，目力更不濟！儘管如此，應約作序，他仍堅持讀過再寫，決不肯馬虎敷衍。茅盾的序可分五類：

第一類表示支持書刊出版的序，讀書負擔稍輕。這類序如 1980 年 1 月 26 日寫的《歡迎〈中國通俗文藝〉》、2 月 10 日寫的《中國當代文學研究資料・序》等。他肯寫這類序文，不是出於應付差事或爲之支撐門面，而是眞正基於繁榮出版事業、服務讀者的誠意。如他在《中國當代文學研究資料・序》中說：這是「由 20 多所高等院校中文系協作編輯的」，「預計有百冊之多的」，「研究當代作家和作品的」叢書。「塡補了解放以來文學研究工作中的一個空缺。解放後，我們出版過好幾種現代和當代文學史，但是其中所論述到的作家和作品，卻寥寥可數；專門研究作家和作品的著作也出了一些，但也只限於研究魯迅等幾個老作家，對於其他廣大的作家群和他們的作品」，「還沒有系統的專門的研究。這種狀況與三十年來我們文學事業的飛速發展很不相稱。」現在「我們迎來了文藝的春天，二十多所高等院校中文系的同志及時地抓起了這一樁被擱置得太久的工作，眞是一件好事」，「我相信它將引來一個競相研究作家和作品的百花怒放的高潮！」

第二類的序跋如 1979 年 11 月 27 日寫的《關於選編〈草鞋腳〉的一點說明》、1981 年 1 月 15 日寫的《重印〈小說月報〉序》〔註50〕則既要翻檢塵封了的記憶，又要大體翻閱必要的資料。而這類序跋本身，就有重要的史料價值。

第三類是爲古代文學與現代文學選本寫的序文。在這時，茅盾本無精力爲之，但他面對的是情不可卻的請求。如 1978 年 11 月 12 日寫成的《白居易及其同時代的詩人——爲路易・艾黎英譯〈白居易詩選〉而作》〔註51〕就是應畢朔望之請求爲國際友人和老朋友路易・艾黎的譯著所寫。這實際是一篇

〔註48〕《茅盾全集》第 38 卷第 267 頁。

〔註49〕《茅盾全集》第 38 卷第 106 頁。

〔註50〕分別刊於 1980 年 4 月《中國現代文學研究叢刊》第 5 輯和 1981 年 4 月 16 日《人民日報》，均收入《茅盾全集》第 27 卷，和附於該書、該刊初版本之前。

〔註51〕刊 1979 年 1 月 25 日《收穫》第 1 期以《白居易及其同時代的詩人》爲題發表。後改此題，收入《茅盾全集》第 27 卷。

關於古代文學研究的學術價值極高的論文。1978 年 11 月 21 日茅盾在《致畢朔望》信說：「我這序寫得長了點，掉書袋多。」〔註52〕茅盾「前後花了兩個月的時間廣泛閱讀材料，再動筆完稿」。〔註53〕

茅盾認為該書譯法重神似而「不拘形似」。用了「自己的獨創的詩體」。不似蘇曼殊、馬君武譯拜倫的《哀希臘》詩時以中國格律詩形式譯，故「吃力不討好」。茅盾對比了白詩的中文原詩與路易・艾黎的譯文，所得的總結論是：「是『再創造』而又不失原作的神韻，十分難能可貴。」最後茅盾講到他和路易・艾黎的交往，以及路易・艾黎幾十年來對中國革命與建設、中西文化交流的偉大貢獻。而「在八十高齡，又把《白居易詩選》獻給西方讀者」，這將永遠記載在中西文化交流史上。

這篇序，不僅可以看出茅盾博覽群書、取精用宏之力；還因此文真正體現出「文革」後他帶頭衝破禁區，開拓讀書視野。中國人讀了此序，能了解古代文化之豐富博大，強化借鑒古人，古為今用的意識與「補課」的自覺性。外國讀者則能更多了解中國文學遺產的豐富博大，以補因中國幾十年來閉關鎖國，造成洋人不了解中國文化的缺失。而其弘揚中華文化、促進國際文化交流的深意，又是與後來他在四次文代會上提出的關於批判繼承文學遺產、強化中外文化交流的號召相呼應的。

這一類序中還有兩篇，即應柳亞子的女婿徐文烈和張聞天的夫人劉英之請，分別為《柳亞子詩選》、《張聞天文學作品選》所寫的序。〔註54〕茅盾以老朋友身份介紹了柳亞子和張聞天在民主革命時期，先後在不同歷史階段各自的革命經歷與文學貢獻，對其歷史地位與文學史地位，分別作出中肯的評價。因為兩位偉人離我們較白居易近得多，儘管此時兩位偉人已經作古，但讀者除從序文中獲得史料與審美認知外，還更具親切感。

第四類是為當代作家的近作所寫的序。一篇是 1980 年 5 月為杜埃的建國後至新時期初的評論選集《談生活、創作和藝術規律》所寫的序。茅盾認真讀了全書，把文章分成三類，一一分別作出評述。他認為其中第一類「談生活是創作的泉源，到生活中，到群眾中去，從而在複雜的現實生活中間發現問題，透過表象而得其本質，然後形象化而成為小說，這是杜埃同志自己的

〔註52〕《茅盾全集》第 38 卷第 310 頁。
〔註53〕韋韜、陳小曼：《父親茅盾的晚年》第 323 頁。
〔註54〕分別寫於 1980 年 11 月 18 日和 5 月 29 日，分別刊於 1980 年 11 月《羊城晚報》和 1981 年 4 月 6 日《人民日報》，均收入《茅盾全集》第 27 卷。

經驗，故此一輯中的文章極為精彩」。杜埃是抗戰伊始茅盾在香港編《立報·
言林》時重點培養的年輕評論家；又是香港地下黨和茅盾之間的聯絡員。茅
盾避而不談他對杜埃「恩師」般的教誨；也不提後來離港時索性把《言林》
陣地交給杜埃編：這是最大的支持、信任和培育。但回顧這段交往時，卻說：
杜埃「極力支持，積極投稿，使《言林》生色，至今我猶感謝他的雪中送炭」。
〔註55〕

　　另一篇是茅盾逝世之前 106 天寫的《〈草原上的小路〉序》。這是茅盾畢
生從事評論工作的絕筆之作。他「是躺在床上用放大鏡費力地把全部文章細
細讀了一遍，寫下札記，才動筆寫的」。當時他的生命漸近垂危，「又急於完
成回憶錄，這篇序是在時間的夾縫中寫出來的。」〔註56〕但全文字字句句，
都躍動著茅盾那文學生命的活力：全不像是行將入土的垂危老人所寫。他說：
茹志鵑這本短篇集「兼備眾體，題材亦多種多樣；故事不平鋪直敘，而是曲
折有致，後先縈回；人物雖寥寥數筆，仍是個活人」。除「文革」前的一篇外，
大都寫於「文革」後，「有十年浩劫的烙印」，卻「並不正面寫十年浩劫，而
是寫十年浩劫後解放了的大小幹部的心理狀態」，以展現「經過十年浩劫的人
們，其所感受」和「在他們身上呈現的烙印是各種各樣的」。茅盾認為這寫法
比「正面寫十年浩劫，更發人深思，更耐人咀嚼」。此文伊始，茅盾就用了三
段極精彩的比喻性的文學描寫筆法，類似古文論、古代詩話般的民族色彩極
濃的手法，論述茹志鵑的這種風格特色。在這裡我摘錄茅盾這三段絕筆之作，
讓茅盾生命垂危時顯示出的文學活力直面讀者，以饗讀者：

　　　　如在暑天，火傘高張，居斗室者揮汗如雨，坐立不安，忽然烏
　　雲蔽日，而悶熱更甚。俄而狂風大作，電雷交加，沛然下雨，終於
　　是傾盆大雨，剎那之間，暑氣全消。這是人人都有過的經驗。我以
　　為小說也有像這樣的。

　　　　又如靜夜不眠，忽有簫聲，自遠而來，傾耳聽之，簫聲如小兒
　　女絮語，又如百尺高樓，離人懷念遠方親人，又有如千軍萬馬，自
　　近而遠。這不是人人經常都有，但偶然會有的經驗。我以為小說也
　　有像這樣的。

　　　　收在這本小冊子的茹志鵑同志的近作，就像是靜夜簫聲。這也

〔註55〕《茅盾全集》第 27 卷第 450～451 頁。
〔註56〕韋韜、陳小曼：《父親茅盾的晚年》第 324 頁。

許是我的偏見，雖是偏見，願述其所以然。我以爲，小説的風格倘
如暑天雷雨，淋漓盡致，讀者撫掌稱快，然而快於一時，沒有回味。
小説的風格倘近於靜夜簫聲，初讀似覺平凡，再讀則從平凡處顯出
不平凡了，三讀以後則覺得深刻，我稱這樣的作品是耐咀嚼，有回
味的。〔註57〕

　　茅盾對包括茹志鵑在內的年輕作家的培養，是幾十年如一日的。他自己
也未必意識到其作用與價值究竟有多大。然而大家公認，「五四」以來，許多
作家作品，凡經茅盾評論，文壇地位即大體確定。茹志鵑受益，遠過於此。
1958 年茹志鵑的丈夫被錯劃爲右派，開除黨籍軍籍。茹志鵑把情況向上海作
協黨組成員匯報時，「姚文元鼓著金魚眼，臉朝著天花板，鐵板著臉」，面對
「右派家屬」，「唯恐哪一塊肌肉牽動出一個不夠『左』的表情。」致使茹志
鵑「面臨喪失信心的深淵」。在此人生旅途的關鍵時刻，是茅盾對她的《百合
花》給予的高度評價，使茹志鵑「重新站立起來」。使她「立定了一個主意，
不管今後道路會有千難萬險」，「《百合花》即使是一個十字架，我也將沿著它
走到底。」這才又有了茅盾再次給予好評的《靜靜的產院》等作品，以及臨
終前茅盾再次給予高度評價的短篇集《草原上的小路》。〔註58〕

　　第五類是茅盾讀自己的作品爲自己寫的序。如 1979 年 8 月 23 日寫的《兩
本書的序》、〔註59〕8 月 15 日寫的《〈茅盾論創作〉序》等。這一批茅盾論著、
譯著與創作選集，是應新時期文藝復蘇之需，重新出版的或茅盾自編，或由
別人代編、茅盾親自審定的。並應出版社的要求自寫序文。茅盾讀自己的書
並爲自己寫序，正值他集中精力寫《我走過的道路》長篇回憶錄之際。因此
文中充滿自省意識、又對讀者作出必要的情況介紹。其中不乏史料性與理論
色彩很濃的文字。當然也打上新時期撥亂反正過程中不同階段的時代烙印。
《〈茅盾評論文集〉前言》中論從「唯物辯證法的創作方法」、社會主義現實
主義到「雙革」的發展過程，即是一例。茅盾說：「1932 年 4 月聯共（布）中
央撤銷『拉普』（俄羅斯無產階級作家協會的簡稱），批判了『拉普』所提倡
的脫離生活實際並且在哲學上是荒謬的所謂『辯證唯物論的創作方法』之後，

〔註57〕 《茅盾全集》第 27 卷第 448～449 頁。
〔註58〕 茹志鵑《説遲了的話》，《憶茅公》第 392～395 頁。
〔註59〕 刊於 1979 年 12 月《當代》第 3 期，兩本書是指人民文學出版社分別於 1980
　　　　年 4 月和 12 月出版的《茅盾短篇小説集》(上、下) 和 (茅盾散文速寫集)(上、
　　　　下)。

同年十月，斯大林在接見高爾基等作家時正式提出『社會主義現實主義』這個口號，並認爲這是蘇聯文藝家所應導循的基本藝術方法或創作方法。1934年蘇聯第一次作家代表大會所通過的蘇聯作家協會章程，明文規定社會主義現實主義是蘇聯文學創作與文學評論的基本方法；這個方法『要求藝術家從現實的革命發展中眞實地、歷史具體地描寫現實。同時，藝術描寫的眞實性和歷史具體性必須與用社會主義精神從思想上改造和教育勞動人民的任務結合起來』。日丹諾夫對社會主義現實主義這一創作方法又更明確地指出：既要把兩腳踏在現實生活的基地上，又要把革命的浪漫主義作爲一個組成部分，『因爲我們黨的全部生活，工人階級的全部生活及其鬥爭，就在於把最嚴肅的、最冷靜的實際工作跟最偉大的英雄氣概和雄偉的遠景結合起來。』這樣看來，社會主義現實主義這個口號是促進社會主義文藝發展的一個具有戰鬥性的口號；而作爲創作方法，它是包含了革命現實主義和革命浪漫主義的因素的。」「赫魯曉夫搞修正主義，蘇聯文藝界掀起了反社會主義現實主義的黑風，一九六四年召開的蘇聯第二次作家代表大會修改作協章程，取消了『用社會主義精神從思想上改造和教育勞動人民的任務』這重要的一段話，這樣就抽去了社會主義現實主義的革命內容和戰鬥精神。」「這股黑風，在我國一九五七年反右鬥爭以前，也刮到我國，何直的文章就是在這樣的影響之下產生的。」「然而社會主義現實主義作爲創作方法，還有其不夠明確、不夠全面的缺點。正是因此，偉大領袖和導師毛主席在一九五八年提出了革命現實主義和革命浪漫主義相結合的創作方法。這個創作方法，是我國文藝工作者所努力探索並努力運用於創作實踐的唯一正確的指南。」〔註 60〕茅盾這段話，敘述史實是準確眞實的。但觀點還停滯在「文革」時期。到 1979 年作第四次文代會報告時，才有很大的突破，認爲「雙革」還有待實踐來檢驗。作家有選擇不同創作方法的民主權利。創作方法也應該「多樣化」。在《〈茅盾文藝評論集〉序》中提到《夜讀偶記》時茅盾對當年提出「雙革」創作方法時「愈來愈強調浪漫主義」，明顯持否定態度。認爲「這個重要的文藝理論問題」「仍然沒有解決」。他還說：《夜讀偶記》「堅持了現實主義與反現實主義鬥爭的論點，堅持了我國文學現實主義的傳統。」並舉證道：「『四人幫』借『兩結合』之名強行推行的唯心主義、形而上學，」「這不是在新的歷史條件下又一次的現實主義與反現實主義的鬥爭麼？」〔註61〕看來茅盾晚年仍是堅持其關於「現

〔註 60〕《茅盾全集》第 27 卷第 291～292 頁。
〔註 61〕《茅盾全集》第 27 卷第 434～435 頁。

實主義、非現實主義、反現實主義及其相互鬥爭」這一理論的。今天經過現代派在新時期以取代現實主義爲口號崛起而又衰落的新的鬥爭回合，這一新的事實進一步證明：茅盾的主張仍是值得考慮而不能輕易拋棄的。

《〈茅盾譯文選集〉序》和此前後寫的《學習魯迅翻譯介紹外國文學的精神》、《爲介紹及研究外國文學進一解》、《外國戲劇在中國》等文一起，對茅盾過去的外國文學觀及翻譯理論有所突破。其中也充滿了多方面爲讀者考慮，引導讀者、引導文壇借鑒外國的「洋爲中用」精神。

《〈茅盾文藝評論集〉序》還就編《茅盾評論文集》時收入了不該收的帶「左」的烙印的文章一事作了檢討。這種自我批評精神，對大家名家說來尤爲可貴。這種自我批評和 1952 年那篇《〈茅盾選集〉序言》的不適當的自責不同。如 1952 年的那篇序，稱吳蓀甫爲「反動資本家」，不僅太「左」，也太簡單化。「文革」中茅盾的「自責」更是如此。如說：「我的思想沒有改造好，舊作錯誤極多極嚴重，言之汗顏。」〔註62〕如說：「解放後」「才力已盡，了無成就。深自愧恧。但只有力求思想改造稍有寸進。」〔註63〕對這種自我批評中的大批判語言，我們雖不能懷疑其眞誠，但得承認這確實是受到當時「左」的壓力與影響的過「左」行爲。以上兩者，對年輕讀者客觀上可能易致誤導。新時期寫這批新的序言時，茅盾的思想比較解放了。通過「實踐是檢驗眞理的唯一標準」討論之後，他對自己也注意實事求是了。這種實事求是的歷史唯物主義態度，在回憶錄寫作中，體現得更加充分

精心撰寫回憶錄

茅盾爲什麼要寫回憶錄？他在《我走過的道路·序》中提到：「一因幼年稟承慈訓而養成之謹言愼行，至今未敢怠忽。二則我之一生，雖不足法，尚可爲戒。」即總結人生道路正反兩方面的經驗教訓以鑒後人。而且此基幹上附著並帶動起來的內容，更是十分豐富博大：

「青年時甫出學校，即進商務印書館編譯所，四年後主編並改革《小說月報》。」這帶動的是「五四」新文化運動與新文學革命前前後後的廣闊的歷史與文化內容。

〔註62〕1970 年 1 月 26 日《致楊建平》，《茅盾全集》第 37 卷第 147 頁。
〔註63〕1975 年 7 月 23 日《致趙清閣》，《茅盾全集》第 38 卷第 10 頁。

「中年稍經憂患，雖有抱負，早成泡影。」這裡包括的是他 1920 年加入共產黨小組參與建黨，直到參加北伐及大革命；大革命失敗後亡命日本這一大段建黨初期鮮爲人知的個人經歷與歷史壯潮。

「不得已而舞文弄墨，當年又有『避席畏聞文字獄，著書都爲稻粱謀』之情勢」，這是指他二、三、四十年代的整個的創作生涯。所引龔自珍七律《詠史》中的兩句詩是借來說明自己在白色恐怖、文字獄壓迫環境中文學創作與其政治道路互相輔弼的關係。這就以畢生文學道路帶動了中國「五四」以來茅盾所經歷的從二十年代到四十年代尾這一大段文藝思潮史與民主革命鬥爭史的內容。

「在學術上也曾讀經讀史，讀諸子百家，也曾學作詩填詞。」這一條對本書說來至關重要：因爲茅盾的讀書生涯，是以其文學評論、理論著述、翻譯編輯爲基幹的。所以，茅盾說的「人到老年，自知來日無多，回憶過去」，「百感交集」，「於是便有把有生以來所見所聞所親身經歷者寫出來的意念」〔註64〕這句看起來很平常的話，便形成了《我走過的道路》這部長篇回憶錄。

從全書構架來看，它是以茅盾自出生起至 1948 年赴大連迎接新中國止大半段的人生道路爲結構主線和描敘載體，負載著茅盾的思想發展，政治道路，文學創作與文藝批評相交織的文學道路，以「五四」前驅身份領導和引導文壇新潮流的文藝活動家道路，學術研究的治學道路，譯論結合的翻譯家與外國文學史家道路，編報編刊的編輯家道路。這裡羅織在內的共有七八條縱線；它們十分有機地組合在茅盾的人生歷程的回憶中。這裡有主體的經歷、體驗、認知與昇華；有通過主體的「所見所聞所親身經歷」以至直接參與的全部過程中，對客觀世界的眞實反映、客觀描述、疏理提煉、思辨論證，並在很大程度上作出的規律性的揭櫫。而後者的容量，更大於前者。這種以個人經歷帶動歷史展現的，全方位描繪新民主主義時期的文學性回憶錄，至今在中國現當代文學史上還僅此一部。事實上中國文壇先驅中，只有茅盾能完整地統貫這一切。其意義確實是「在讀者自己領會，不待繁言」。

茅盾寫這樣一部回憶錄，最早的動因是「文革」初的外調者促使他不斷翻檢塵封的記憶。目睹著「文革」中被顛倒了的歷史，茅盾覺得自己有責任也有必要通過個人的努力，幫助時代把它再顛倒過來。1973 年他在報紙上重新亮相後，家人和朋友，特別是卓有成見的編輯，都力促他寫回憶錄。他本

〔註64〕《茅盾全集》第 34 卷第 1 頁。

想毛澤東批評了「四人幫」後，形勢會愈來愈好，不料 1975 年底、1976 年初，形勢反倒再變惡化：周總理逝世，鄧小平再次被打倒。這反倒使他下決心立即動手！他對家人說：「我怕是等不到『四人幫』這夥人下臺那一天了。所以我考慮現在就把回憶錄寫出來，即使是不完整的，也好留下一個歷史的見證。你們把它保存好，等到將來再公諸於世。」〔註 65〕

1978 年春節，茅盾在北京醫院碰到胡喬木。喬木高興地把茅盾請到休息室說：「我正有一件事要給您寫信呢，現在當面談罷。中央最近有個決定，要組織力量，從現在還健在的老同志那裡『搶救遺產』——撰寫回憶錄。這件事本來早該做了，可是『四人幫』浪費了我們十年時間，所以現在這項工作更有其緊迫性。這是具有深遠歷史意義的大工程！中央討論時，陳雲同志特別提到您，說建黨初期的歷史，除了您，恐怕已沒有幾個人知道了。他希望您能把這段歷史寫出來，要我給您寫信，提出這個請求。其實您可以寫的不只是這段歷史，您還可以把您六十年的文學生涯寫出來，寫一部文學回憶錄，這也許是更重要的。」〔註 66〕

幾天後林默涵來信，提出了同樣的希望。1978 年約 3 月間，人民文學出版社社長韋君宜來訪。轉達了陳雲、胡喬木的同樣意見。並說人民文學出版社決定創辦《新文學史料》配合中央部署的這項工作。希望茅盾題刊名，並給點稿件。茅盾爽快地答應道：「我給你們這個新刊物寫個長篇連載的回憶錄如何？八月份我交回憶錄的第一篇稿。」韋君宜大喜過望。她這人辦事果斷，不久就派在該社當編輯的茅盾的兒媳陳小曼做茅盾的助手。後來茅盾又先後給中央軍委秘書長羅瑞卿、中央軍委總政治部文化部長劉白羽，和全國政協分管文史工作的副秘書長周而復寫信，通過他們的幫助，把在解放軍政治學院校刊當編輯的兒子韋韜借調來當助手。韋韜是茅盾「大半生活動中的始終在身邊的唯一的一個人了」。〔註 67〕有了兩個助手，茅盾工作進行就更快，品質也就更能保證了。

開始工作時採用錄音後整理成文的方式。茅盾打好腹稿後口授，韋韜操作錄音機，陳小曼、小鋼記錄。從 1976 年 3 月 24 日開始錄音，當中除因天安門事件停了三天外，連續工作到 4 月底錄音才基本結束。5 月中旬和 5 月

〔註 65〕 韋韜、陳小曼：《父親茅盾的晚年》第 282 頁。

〔註 66〕 韋韜、陳小曼：《父親茅盾的晚年》第 279～280 頁。

〔註 67〕 韋韜、陳小曼：《父親茅盾的晚年》第 280～281 頁，288 頁。

底又補充錄了好幾次。但聽了錄製結果，茅盾很不滿意：「只有骨頭，沒有血肉」，講了經歷，缺乏文采，「無法表現作家的風格」。遂決定「自己動筆」，「在錄音的基礎上把回憶錄重新寫過」。茅盾同時感到：「不能太相信記憶，必須廣泛搜集資料以彌補記憶之不足。」〔註68〕於是進一步確定了下述原則：「所記事物，務求眞實。言語對答，或偶添藻飾，但切不因華失眞。凡有書刊可查核者，務必得而心安。凡有友朋可諮詢者，亦必虛心求教。他人之回憶可供參考者，亦必多方搜求，務求無有遺珠。已發表之稿，或有誤記者，承讀者來信指出，將據以改正。其有兩說不同者，存疑而已。」〔註69〕

這樣，茅盾寫回憶錄的過程，實際上形成了在他晚年按時序組織讀書的突出特點。

茅盾藏書極豐富。但他猶感不足。這時各大圖書館都已經開放，他派陳小曼到北京圖書館、歷史博物館等處廣泛搜羅，他仍感不足，何況借期、冊數都有限制。於是決定買書。在家人陪同下，茅盾親自出馬到琉璃廠中國書店採購。得全套《文學》和《世界文庫》合訂本。1919 年《學生雜誌》全年合訂本，以及其他各書。茅盾還感不足，又派韋韜到解放前報刊書籍出版最集中的上海去搜求。韋韜找了在上海書店工作的表妹孔海珠做幫手。他們查遍上海書店幾個舊書庫，找到的舊雜誌，「計有：1921 年至 1928 年《小說月報》，16 開本的《文學週報》一整套，部分《東方雜誌》、《婦女雜誌》和《中學生》，全套《譯文》、《太白》、《文藝陣地》和《筆談》，以及其他零星雜誌，如《解放與改造》、《申報月刊》、《現代》、《中流》、《抗戰文藝》、《文學創作》、《文藝先鋒》等等」。也購到了茅盾的舊作，不少是稀有版本，「如最早的文言譯著《衣・食・住》，最早箋注的古典名著《莊子》，署名沈德鴻編著的 15 冊童話，爲青少年寫的《漢譯西洋文學名著》，爲青年縮編的潔本《紅樓夢》，通俗讀物《上海》、《百貨商店》，以及《小說研究 ABC》、《速寫與隨筆》、《話匣子》、《神話雜論》、《文藝論文集》、《茅盾隨筆》、《耶穌之死》等等孤本書。」解放前在各報刊上發表的大量散篇文章，則由孔海珠到上海圖書館的徐家匯藏書庫等處用了一年多的時間，細緻耐心地查找，陸續複印寄京。把這些新得的書刊和原來在北京搜集到的資料匯總一起，由韋韜按寫作進度分類整理。茅盾則按時序和分類逐一翻閱。「重要的如《小說月報》和《文學》則翻

〔註68〕韋韜、陳小曼：《父親茅盾的晚年》第 285～286 頁。
〔註69〕《我走過的道路・序》，《茅盾全集》第 34 卷序第 1～2 頁。

閱過不止一次。此外，為了寫二十年代與鴛鴦蝴蝶派、學衡派的鬥爭，以及和創造社的論爭，為了寫出三十年代與『民族主義文藝』的鬥爭」，茅盾「還大量翻閱了當時一些代表人物的文章」。在兩年半的時間內，他「大約翻閱了五百萬字以上的資料，寫出了四十萬字的回憶錄」。這對於「左目已失明，右目僅有 0.3 視力」的老人來說，困難就不言而喻了。〔註 70〕

茅盾堅持「務求真實」的原則，「不厭其煩地向當事人或經過那個時代的人求教核實。有時為了一個問題，數次寫信請教」。我們從收入《茅盾全集》第 38 卷的信中不難發現茅盾調查取證之嚴謹認真態度。他多次寫信給曾經他之手聘為中央軍校武漢分校教官的吳文祺，「詢問和核實當時的情形」。為了弄清陳啓修的籍貫，和張特立是否就是張國燾，他「多次寫信向許德珩討教。為了核實 1946 年秋和陽翰笙、洪深、鳳子等同遊杭州西湖的細節，寫信向上海的女作家趙清閣請教」。1979 年 9 月 15 日他先是致信羅章龍，提出了三類問題：包括 1923 年 7 月 8 日上海黨員全體大會選舉情形、上海地方兼區執委會成員組成以及李達建黨初任職等等，然後又「專門派車把羅章龍接到家中，向他了解建黨初期的某些人和事」。他還「與廖沫沙核對香港撤退的情況。請四川的胡錫培介紹抗戰時重慶的街道名稱。向趙明和陳培生詢問 1939 年盛世才統治下的新疆的某些內幕。還請上海的魏紹昌代為向病中的趙丹核實在新疆的二三事」。〔註 71〕

茅盾晚年，肺氣腫引起的氣喘日益加劇，伏案稍久即氣喘難耐，他一般是上午九至十一時寫作。精神好時下午加寫兩小時，平時下午只讀資料。平均每天只能寫八九百字。他時時著急說：「進度太慢了！」其實這樣的進度也是與年老和疾病頑強鬥爭才取得的！

《我走過的道路》是依縱線劃分若干歷史階段確立章節的。〔註 72〕全書共 36 章。前 20 章由茅盾親自執筆，後 16 章，由韋韜據茅盾的部分手稿、錄音、筆記、札記以及創作與理論原著中的文字，整理而成。章內各節的安排，大都是先敍經歷（歷史背景、個人活動，特別是政治活動、任職情況及文學活動），再依創作、評論與理論著述、翻譯、編輯工作或論爭等，視具體情形安排次第，分別描敍或論述。但又時有變化。

〔註 70〕韋韜、陳小曼：《父親茅盾的晚年》第 286～291 頁。
〔註 71〕韋韜、陳小曼：《父親茅盾的晚年》第 292～294 頁。
〔註 72〕實際上茅盾只列出章的標題作為目錄，不用章、節名稱，也未列序號。以下行文中用章、節和序號，是我為方便讀者越俎代庖的。

以第九章「文學與政治的交錯」為例。本章共分六節。一是講 1923 年不編《小說月報》後至 1925 年「五卅」前的生活、編務、平民女校與上海大學任教活動。二是標點《撒克遜劫後英雄略》』及寫《司各特評傳》。三講 1921 年至 1923 年他從事的黨的活動。四是標點《俠隱記》寫《大仲馬傳》。五是在中共上海兼區執委會的工作。六是離開執委會編《民國日報‧社會寫真》副刊期間的編務與著述。而每一節中都注意交待時代社會背景與人際關係。這就縱橫交織地活現出茅盾介入的當時社會和他從事的各種活動的全方位社會景觀。時代風貌與歷史感也因之展現。

談創作著述時他往往進入形象思維或理論著述的構思過程。以第十六章「《子夜》寫作的前前後後」為例,全章五節。

一是講寫作背景、生活積累、創作動機、立意與最初的構思(在這裡披露了《子夜》的第一份寫作大綱的基本內容:第一部《棉紗》;第二部《證券》;第三部《標金》。介紹了故事梗概、主要人物、結構線索等等)。最後談到構思成形後發現面鋪得太大,遂暫擱置。

二是講中間插寫中篇《路》時眼疾發作;治眼的三個月重新構思後形成的基本思路:去掉「農村交響曲」,集中寫「城市交響曲」。關於城市部分對第一次構思內容也作了修改:「決定將寫紗廠改為絲廠。」為補充材料加深認識而重新深入生活,參觀工廠。在此基礎上,擬出第二份大綱和內容提要。大綱已失;但《提要》居然存留下來,於是就全文照錄以饗讀者。這是《我走過的道路》回憶錄中保留的最重要的史料之一。

三是講第三次構思的內容,並扼要比較了寫成的《子夜》和第二次構思寫成的《提要》之異同。

四是講寫作過程中被打斷了時間表的幾件要事:弟弟沈澤民夫婦赴蘇區;與瞿秋白夫婦重新建立聯繫後,瞿秋白對《子夜》構思提出的意見對《子夜》寫作的影響;正在考慮進一步凝縮《子夜》的原定計劃時,又不得不放下,去擔任左聯行政書記。之後又辭去此職,擬出新的分章大綱,繼續創作,直至 1932 年 12 月 5 日脫稿。還談到《子夜》書名的幾經改變,與交付《小說月報》連載,因戰火抄稿被毀,遂決定先行出版。並補述了當初體驗生活時出入交易所的往事情景。

五是講書出版後送贈魯迅的情景。重點是講《子夜》出版後的社會反響。為寫這一節,茅盾讀了大量的評論《子夜》的文章。從中挑選有各種代表性

的 15 篇評論，一一作了很客觀的引證介紹。茅盾覺得這諸多評論，「都不如吳宓之能體會作者的匠心。」結尾茅盾介紹《子夜》的多次重版，以及普通讀者的反響，如連平常不看新文學的少奶奶、小姐、電影界中人甚至舞女，都是《子夜》的讀者。其中還插了一個舞客冒名茅盾的趣事。這樣，《子夜》的創作及出版後的社會反響情況就立體化地展現在我們面前。而茅盾寫此章中社會反響部分，雖然僅選出這 15 篇評論文章加以介紹，但他要讀的文章卻數倍於此。工作量之大，可見一斑。

第八章「一九二二年的文學論戰」，是又一種不同類型的章節。全章雖僅三節，但其容量極大。一是用汪馥泉《「中國文學史研究會」的提議》一文附言中關於文學研究會與創造社論戰的介紹作為引子；引出創造社的創立，及其發動的與文學研究會論戰的情形。在此節裡茅盾用了很大篇幅，對郭沫若的詩集《女神》等作品作了相當細緻中肯的分析與評價，表示了茅盾當年願與創造社合作之誠意，及後來竟然發生論戰的遺憾。二是評述了與創造社論爭的全過程。第一個回合是文學主張夾雜著文人意氣之爭。第二回合是關於如何介紹歐洲文學的討論。第三個回合是關於文學評論中不同見解的爭論。第四回合是關於翻譯錯誤的討論。對這四個回合的介紹，都採用夾敘夾議方法，大量引述介紹了論戰雙方的群體意見與代表人物的意見；特別是郭沫若、郁達夫、成仿吾和茅盾本人的不同意見。所敘真實可信；所引準確無誤；所評客觀公允。這一節其實是一篇史論性極強的學術論文。三是談與創造社論戰，是在文學研究會與「學衡派」論戰之中意外的遭遇戰。本節著重介紹了論戰中魯迅的觀點與貢獻，以及鄭振鐸、沈澤民的貢獻。這樣看來，說這一章其實很像是斷代性的文藝思潮史專章，大概不會過分罷？

這部回憶錄，以茅盾的生活道路為線索，以茅盾的親身經歷現身說法，以其切身體驗的認知為靈魂寫出的是一部相當完整的中國現代政治運動史、文學思潮史、文學創作史、文學批評史有機結合的專著。在「五四」前驅中，沒有第二個人的切身體驗與實踐能夠駕馭這縱向 40 餘年的歷史格局。魯迅早逝於 1936 年。郭沫若同一經歷當中有十年亡命日本的斷裂，和從政多於致文的缺陷。其他「五四」老人大都不是駕馭文藝全局的先驅和居領導地位的大家，更不能統率全局。因此能致力於此的，只有茅盾一人。因此至今力及於此並完成此扛鼎之作的，也只有茅盾這一部長達 80 餘萬字的《我走過的道路》！

1981 年 2 月 17 日晨，茅盾體溫超過 39 度。18 日他照常寫作。因爲幾天前在《小說月報》上發現了 1929 年茅盾致鄭振鐸函中談《虹》之後有寫續篇《霞》之構想的內容，茅盾這天就是增寫這一段。他恐怕沒意識到，這一段文字竟是他全部寫作生涯的一段絕筆！寫完了這一段後，他主動提出「打算去醫院」。而他一向很少主動提出就醫。這「說明他已有了生病的預兆」。然而直拖到 20 日才眞去了醫院。當即被醫生留下住院；從此再也不能回他那個安靜的小院！再不能在臥室和老伴孔德沚的骨灰盒朝夕相伴！

但在醫院中，他仍計畫著寫完回憶錄後，再把未寫完的《鍛煉》和《霜葉紅似二月花》寫完。在夢中他數著「四－五－六－七－八－九－十……」。這是在計算完成回憶錄可用的時間。彌留之際昏迷中他還曾索要寫回憶錄的紙和筆！但是他已左右不了自己的生命了！他終於 1981 年 3 月 27 日 5 時 55 分十分不情願地放下他那枝如椽大筆而溘然長逝！

臨終前的第十三天，他口授了兩封遺囑般的信。一封信致中共中央，提出了恢復黨籍的要求：

親愛的同志們，我自知病將不起，在這最後的時刻，我的心向著你們。爲了共產主義的理想我追求和奮鬥了一生，我請求中央在我死後，以黨員的標準嚴格審查我一生的所作所爲，功過是非。如蒙追認爲光榮的中國共產黨員，這將是我一生中最大榮耀。

另一封信致中國作家協會書記處：

親愛的同志們，爲了繁榮長篇小說的創作，我將我的稿費二十五萬元捐獻給作協，作爲設立一個長篇小說文藝獎金的基金，以獎勵每年最優秀的長篇小說。我自知病將不起，我衷心地祝願我國社會主義文學事業繁榮昌盛。

結束語

　　茅盾畢生讀書，一輩了寫書。他爲讀者寫了收入《茅盾全集》40 卷中的各種各樣的書：理論文章和文學創作。他的精神成果足足哺育了四代作家；教育和滋養了數以億計的中外讀者。在他辭世之際，仍念念不忘於繁榮社會主義文學事業。他以生命的餘燼寫成《我走過的道路》；獻出了他以生命之火換來的稿費，作優秀長篇小說獎勵基金，期冀後人能繼續他畢生以之的「江山代有才人出，各領風騷數百年」的不朽事業。他給我們留下了其價值難以估量的精神遺產，和永垂百代的人格風範。他讀書生涯的基本經驗，只是其無盡寶庫中一個輝煌的殿堂。

　　茅盾當然提供了許多行之有效的讀書方法可供後人借鑒。這一點本書在具體論述環境中，已經扼要地一一作了介紹。但是，對我們讀者說來，在茅盾讀書生涯中，最重要的不是他的讀書方法；而是他幾十年來一貫堅持的讀書宗旨與原則。主要是：

　　一、知行統一原則。他的「知」有兩種：首先是生活實踐取得檢驗的直接認知；然後才是通過讀書學習，從別人的無數實踐認知之總結中取得的間接認知。而「知」是爲了「行」。這就形成了茅盾以知行統一原則爲核心的讀書觀。

　　二、博古通今、溯本窮源原則。博古通今是他的「質」與「量」結合，以「質」爲主的全方位的讀書追求。其中就包括了「學貫中西」的超人的結果。「中」與「西」中都有「古」與「今」。通過這「量」的追求，達到「通」的境界，就導致了「質」的飛躍。由此而產生「悟」：即對客觀世界的規律性把握。爲此必須窮本溯源，順流而下，跟蹤潮流，作「史」的研究，從而把

「時識」與「史識」結合起來而臻於「悟」。這「悟」就是把規律性的把握，昇華成理論。這才有茅盾的學貫中西、博古通今的視野，和其「取精用宏」的著述。而這些著述與創作，爲同代人與後代人的讀書生涯，提供了無限豐富的精神食糧。

三、讀寫結合原則。這一原則包括兩個方面。第一方面是：「借鑒是要吸收其精華，化爲自己的血肉。」「眞正要借鑒，就必須不怕麻煩。」光把名著「讀了兩遍或三四遍，絕對談不上借鑒」。還必須讀別人寫的「解剖這些名著的專著或論文」，以及有關的史著。〔註 1〕光讀別人寫的還不行，還得自己寫讀這類書的「讀書札記」，以至心得與體會。第二方面是：讀別人的書之同時，完成分析解剖論述評論之作，把自己的認知用文字固定下來，以便爲別人讀此書時，提供「解剖這些名著的專著或論文」之類的方便條件。所以茅盾的讀書生涯，絕非單純的個人行爲，很大程度上倒是爲中外讀者的讀書生涯提供方便條件的群體行爲。這就把個人的「知行統一原則」與「博古通今、溯本窮源」以達「學貫中西」之結果的這兩個原則，群體化、普泛化了。

四、讀書育人相結合原則，也包括兩個方面。第一方面：「育」的是「本人」。最典型的例子就是：茅盾通過讀馬列確立了共產主義世界觀；通過溯本窮源樹立了中西皆諳的馬克思主義美學觀。第二方面是，讀書爲了武裝頭腦，以便把自己的創作與著述寫得更好。創作著述是爲了把自己通過「行」獲得的「知」，與通過「知」獲得的「悟」，用文字固定下來；以「書」的形式在讀者中流通。藉以豐富一代又一代讀者的讀書生涯與知識結構；影響一代又一代人的思想意識；並使他們接力般地承傳下去，以便使中國以至世界文壇能臻「江山代有才人出，各領風騷數百年」的最高境界。

如此看來，茅盾的讀書生涯的精髓，其實是自覺地把自己心靈建構的一切，納入全人類精神文明建設大海中；在吐納之中，無私地奉獻出自己文化生命的每一滴水。

對此人類最壯麗的事業，茅盾矻矻追求，畢生不懈；鞠躬盡瘁，死而後已！這就是一代偉人茅盾的人格風範！

1998 年 7 月至 12 月
寫於泉城千佛山麓

〔註 1〕　《爲介紹研究外國文學進一解》，1979 年 9 月《外國文學評論》第一輯，《茅盾全集》第 27 卷第 339～340 頁。

茅盾主要閱讀書目

　　茅盾博覽群書，學貫中西。在有限的篇幅中爲他列書目，並不可能。故取總集、文集、工具書混列、喜讀的作家作品混列，大類與細目並存的辦法。但難免掛一漏萬之嫌。

一、馬克思主義經典論著

　1.《馬克思恩格斯全集》
　2.《列寧全集》
　3.《斯大林全集》
　4.《毛澤東選集》

　　馬、恩、列的「全集」茅盾是選讀，並未通讀；晚年所讀，則是馬、恩、列、斯、毛的大字本版。

二、文史總集、文集、工具

　1.《四部叢刊》
　2.《十三經注疏》
　3.《諸子集成》
　4.《百衲本二十四史》
　5.《漢魏百三家集》
　6.《昭明文選》
　7.《文心雕龍》
　8.《詩品》

9.　《全唐文紀事》
10.　《太平御覽》
11.　《類說》
12.　《佩文韻府》
13.　《詞林紀事》

三、喜讀的中外作家作品

莊子、屈原、司馬遷、李白、杜甫、元稹、白居易、溫庭筠、辛棄疾、陸游、關漢卿、柳亞子、魯迅。

唐宋傳奇、歷朝筆記小說（特別是《世說新語》）、宋詞、元曲、元明傳奇、《三國演義》、《水滸》、《西遊記》、《紅樓夢》、《聊齋》、《儒林外史》、《清末譴責小說》。

希臘神話、羅馬神話、《神曲》。

大仲馬、左拉、泰納、莫泊桑、羅曼・羅蘭、巴比塞、莎士比亞、拜倫、狄更斯、托爾斯泰、陀斯妥耶夫斯基、高爾基、蕭伯納、易卜生、司各特、霍普德曼、德萊塞、泰戈爾。

本書參考書目

1. 《茅盾全集》，人民文學出版社。
   第一卷～第二十八卷
   第二十九卷～第三十三卷（發排稿）
   第三十四卷～第三十八卷
   第三十九卷～第四十卷（日記手稿）
2. 《中國共產黨的七十年》，胡繩著，中共黨史出版社。
3. 《憶茅公》，文化藝術出版社。
4. 《茅盾和我》，中國廣播電視出版社。
5. 《父親茅盾的晚年》，韋韜、陳小曼著，上海書店出版社。
6. 《茅盾評傳》，丁爾綱著，重慶出版社。

後　記

　　長江文藝出版社約我寫這本書時，原擬納入其「中國名人讀書生涯叢書」，故定書名爲《茅盾讀書生涯》；書稿也按其主題與體例要求撰寫而成。後來改變計畫，把本書單獨出版；才改書名爲《茅盾翰墨人生八十秋》；故留下了「讀書生涯叢書」主題與體例要求的明顯痕跡。如：以「翰墨生涯」爲主題，應該讀書歷程和寫作的歷程並重，本書卻以讀書歷程爲基幹；與讀書關係密切的寫作歷程，雖具貫串縱線，卻並非作家、理論批評家、文學史家與翻譯家茅盾的寫作歷程的全面概括。我在此特予說明，以期讀者與學界同行理解與諒解。

　　好在我在 1998 年由重慶出版社出版的長達 65 萬字左右的拙著《茅盾評傳》中，對茅盾的寫作歷程有極詳盡、系統的論述。倒是《茅盾評傳》作爲重慶出版社「中國現代作家評傳叢書」之一種，受其主題與體例要求的限制，對茅盾的讀書歷程所論極簡。從這個意義上說，《茅盾翰墨人生八十秋》和《茅盾評傳》有互補作用；共同提供了一個相對完整的參照。這是可以告慰讀者的。

　　本書寫作與出版過程中，得到長江文藝出版社的幫助與成全；尤其是本書責編李新華同志，更是付出了大量的勞動與心血。茅盾的兒子韋韜同志，我的老友北京十月文藝出版社的總編李志強同志都給予鼎力支持。我的幾位摯友在資料與寫作準備諸方面也提供了許多幫助。在此一并表示我對他們的最大謝意與敬意！

　　限於時間與水平，本書定有不足之處；敬請廣大讀者和學界同行不吝賜教。以期有再版機會時予以校正。

作者　2000 年 5 月 13 日於泉城